D1555019

EFECTO TEQUILA

Libros de Élmer Mendoza
en Tusquets Editores

ANDANZAS

Cóbraselo caro

La prueba del ácido

Nombre de perro

Trancapalanca

El misterio de la orquídea Calavera

FÁBULA

Efecto tequila

MAXI

El amante de Janis Joplin

Cóbraselo caro

La prueba del ácido

Balas de plata

Firmado con un klínex

Un asesino solitario

ÉLMER MENDOZA
EFECTO TEQUILA

El autor de este libro es miembro del Sistema Nacional de Creadores de Arte.

© 2004, Élmer Mendoza

Ilustración de la cubierta: pintura de Ricardo Peláez Goycochea especialmente realizada para esta edición. © 2004, Ricardo Peláez Goycochea
Fotografía del autor: © Jorge Peraza. xorxe
Diseño de la colección: adaptación de FERRATERCAMPINSMORALES

Reservados todos los derechos de esta edición para:
© 2014, Tusquets Editores México, S.A. de C.V.
Avenida Presidente Masarik núm. 111, 2o. piso
Colonia Chapultepec Morales
C.P. 11570, México, D.F.
www.tusquetseditores.com

1.ª edición en Andanzas: octubre de 2004
1.ª edición en Fábula: noviembre de 2010
1.ª edición en Maxi: julio de 2014

ISBN: 978-607-421-596-0

Impreso en los talleres de Litográfica Ingramex, S.A. de C.V.
Centeno núm. 162-1, colonia Granjas Esmeralda, México, D.F.
Impreso y hecho en México – *Printed and made in Mexico*

Índice

Para Leonor

Las cosas de los hombres no son dignas de ser
tomadas en serio, sin embargo, es necesario
hacerlo; en ello radica nuestra desgracia.

Platón. *Leyes VII, 803b*

La vida humana no consiste sólo en lo que hacemos, sino
tanto como eso en lo que no hacemos pero podríamos
hacer, o queremos hacer, o deseamos hacer, o acaso
empezamos a hacer y no nos dejan.

Julián Marías. *Cervantes, clave española*

Reclutado en el infierno

Puedo vivir sin ella pero no es lo mismo, farfulla Alezcano. Pasaron un documental donde explicaban lo de Strawberry Fields: ¿podré realmente? Lugar cercano a Liverpool, ¿quién se robaría este Ford? Dicen que la distancia es el olvido, más destartalado no podría estar, pero yo no concibo esa razón, ¿no me creen? Miren las fotos, es de una dama sentimental con perro, su primer carro, hoy mordaz víctima de sus recuerdos, a mí que me esculquen, *soy totalmente palacio*, ¿y Gilillo?

Divaga. La manía le viene de su pasado drogo solitario caverno. Está en la ventana mirando las antenas en ruinas de los techos vecinos y un anuncio espectacular de cocacola. Es la hora en que vuelven los pájaros. Trinos por aquí, trinos por allá. Quisiera ser perro y desplumarlos. Todo mejorará cuando mi invento para quitar el celofán a los CD funcione: que se puedan tocar sin batallar, sin desesperarse. Estoy pensando ¿Tú no piensas? Preguntó un día el Magnate sin nombre a su mamá. Jamás pregunté a Molly semejante cosa. Ni siquiera cuando me contaba la historia del campo nudista Y tu papá era el mejor dotado y como soy tan Brigitte Bardot todas estaban intrigadas Qué bárbara, dónde te cabe todo eso, basta, ¿han jugado Basta?

Gilillo debe estar festejando. Hace un par de días intentó matarlo desde una suburban: ¿Tú? No me digas, ¿qué haces aquí? Maldito paradigma de muerte; lo sé, vienes a interrumpir mi normalidad, mis planes de ser mejor, mis códigos; pretendes atraparme dormido pero te irás en blanco rata inmunda, no te daré la menor oportunidad, y menos en estos tiempos en que hasta ser uno mismo es tan difícil, hay que compartir; ¿no deberías estar en Almoloya? Gilillo es el cabecilla de la banda de robacarros más poderosa del país; son exportadores, roban aquí, venden en Europa, Medio Oriente y Sudamérica. Su control sobre el medio es exhaustivo, lo que hace prácticamente imposible ubicar cualquier vehículo caído en sus manos, pero la vida pone los medios. Cuando a los expertos de las compañías aseguradoras se les agotan los recursos, me buscan. Soy el instinto en persona, el soñador de pelo largo de Serrat, ¿lo pueden creer? Hacen bien. El mes pasado, tratando de recuperar una Ram Charger en un rancho de la periferia, dimos con un taller de blindaje donde se hallaban reunidos siete miembros de la banda, entre ellos Gilillo Vega Real. Qué sorpresa: el jefe celebrando cumpleaños. Tenían quince Town Country listas para embarcar a Madagascar. Los de la aseguradora sacaron sus pistolitas de agua pero los calmé, Tranquilos, no compremos broncas; llamamos a la prensa y a la policía de tal suerte que primero llegaran los chupatintas. Así ocurrió. Cuando apareció la tira habían tomado más fotos que si se tratara de un concurso de belleza. Imposible transar. Una vez me presté para que soltaran a un malandro, ¿se beneficiaron ustedes? Igual yo, me dejaron chiflando en la loma. Gilillo no quiso hacer show, alzó las manos, se dejó esposar y salió serenamente. Busqué confundirme entre la raza pero el bato me ubicó, y bueno, si me ve lo veo, total, desde Perseo no le pasa nada a nadie. Sonreía soberbio, orgulloso, sardónico, ¿lo pueden creer, un tipo al que llevan detenido con ese desplante? Mejor me fui. Para identificadas estoy yo.

El sol ha humedecido los panes.

En la tele Las cien mujeres más importantes del rock: Gladys Night and the Pipes. A un lado una computadora apagada.

A mí las únicas mujeres que me gustan son las deprimidas, las que andan tan friqueadas que no se la andan acabando, cambian de religión, desodorante, peinado, marido y nada. No les hace el Prozac ni la hierba de san Juan y por más orientación que reciben no dan una. Me encantan su palidez, su semiausencia, su desinterés por cuestiones tan cotidianas como la comida china o el café sin cafeína. Me gusta enterarme de que ya no tienen nada que hacer, que les da lo mismo si es de día o de noche y se desviven hablando de Herman Hesse, Silvia Plath o Mario González Suárez. No se interesan por el placer sexual, hacen el amor como vacas atropelladas y. Tocan la puerta con autoridad.

Elena, debe ser ella, qué ganas de abrazarte mija, de olerte ahí donde deberías llevar perfume.

Alentado por pensamientos X, la amplia gama que produce el amor y sus delicias, cruza la sala muy excitado, mira por el ojo un extraño rostro que no tarda en hacer click en su cerebro de broca. Sonríe intrigado.

Mira a izquierda a derecha; al rostro ligeramente agrecado.

¿Cómo ubicas a alguien después de once años, de quien además te separaste en malos términos?, ¿cómo lo encuentras si vive en otra ciudad, haciendo un trabajo discreto y hace tiempo que dejó de viajar e ir por ahí a echarse un café o una cerveza? Simplemente no ocurre. Las paralelas no se juntan y las divergentes menos. Cuentan que la gente luego coincide en aviones, restoranes o cines y se matan de gusto, pero cuando vas de la casa a los compromisos y de los compromisos a Elena no te topas con nadie. Es mundial. Claro, al menos que hayas trabajado en el SS y tu exjefe nunca se haya decidido a quemar tu foto.

Con una sensación de rechazo y aceptación abre la puerta. Repara en que su playera está empapada. El antitranspirante produce cáncer de mama, ¿qué hace este viejo macuarro aquí, con su media sonrisa en que no sabes si te está mentando la madre o saludando? *De Tijuana a Yucatán usan sombreros Tardán.*

El anciano es delgado, su rostro y sus manos acusan el paso de la edad, Estás igualito, ¿cómo le haces?, comenta irónico, su mirada es aguda y está lejos de ser un oldmancito. Como dijo Oropeza: Éramos muchos y parió la abuela, piensa y sonríe, ¿Está seguro de estar aquí, viejo? El hombre no espera a ser invitado, entra, Es tu casa, ¿no? Inspecciona cada rincón, Elvis mueve la cabeza sonriendo, busca micrófonos, ¿No te agrada la visita de un viejo amigo? Cámaras escondidas, Café o su tecito de manzanilla, elementos sospechosos, ¿Tienes cerveza? Se ve acalorado. Culiacán a finales de junio es la antesala del infierno, julio es la sala y de agosto para qué quieren saber, ¿Qué se le perdió, viejo?, no lo convence, y según recuerda sólo utiliza carros decomisados y a ésos no se los roba nadie, Tal vez tiene una hija coleccionista a la que le acaban de birlar un Mustang 66. ¿Sabe qué me mantiene vivo, señor? El rock, ¿cuándo dijiste esa babosada? Elvis lo observa, ¿Después de los noventa uno se convierte en *papier mâché*? Hace mucho que no me la acarician; sin embargo, sabe que no puede ser tan grande, que en la década de los ochenta era un viejo duro y cascarrabias y en los setenta había sido el terror de los comunistas. Un maldito clásico y lo tiene escudriñando el departamento, No me diga que sigue metido en esa mierda, Me extraña que no tengas aire acondicionado en la sala, ¿tan mal están tus ingresos? Un par de litografías equinas adornan las paredes, lo observa divertido, Cero-39 acaba su cerveza de dos tragos, Sigues con la greña larga, aunque vas para calvo que nomás vuelas, pero ahí está todavía el bigote de los Atléticos de Oakland que no se raja, Genio y figura, viejo, ya sabe, oiga, ¿a poco vino a hacerme un retrato hablado?, Eres experto en esta cosa, ¿verdad? Pasa una mano por el teclado de la computadora, Hágamela buena, ¿Cómo puedes vivir en este cuchitril?, No me diga que está trabajando para la Organización Mundial de la Salud, experimenta un ligero escalofrío en la espina dorsal, detecta el mismo comportamiento perro al que costaba seguir, Es una caballeriza, Su abuela con espuelas, está a punto de replicar pero se queda en sonrisa, ¿simpatía mexicana? Pa' que te jodan, lo tiene de los güevos, esa sensación de no saber qué sigue. Siente ganas de ahorcarlo pero está amedrentado. Usted sí que está conservado, mascula y se siente ridículo, empieza a perder el control, *La línea aérea que va donde quiera*, ¿Quieres que vuelva Elena? Se le ocurren diez preguntas pero sólo lo mira tratando de ser inexpresivo, saca un cigarro y lo enciende, Elena lo abandonó, se lo lanzó a la cara: No soporto vivir con un idiota. Ya. Como si el mundo no estuviera lleno de mujeres viviendo con idiotas. Como si fuera una novedad. Qué mala entraña. Dejó un calzón morado que está sobre la almohada y que suele oler cuando no sabe qué hacer. El enano, sonríe crispado mientras reflexiona, Qué querrá, no creo que haya venido a tomar el té, no es su estilo, No es bueno vivir como anacoreta, ¿Otra cerveza?, se aposta en la ventana, escudriña los techos vecinos, las antenas parabólicas desvencijadas, el anuncio espectacular, se asoma a la recámara vacía. Elvis lo deja hacer suplicando a Dios que no vea el calzón, No sé por qué pero no quiero que piense que soy un pervertido. Tengo algo para ti, al fin lo invita a sentarse frente al televisor encendido. Roberta Flack canta *Killing me softly with his song*. Algo especial para un hombre de tu clase y experiencia, ¿De qué habla? Hay unos libros sobre la mesa de centro, toma uno de Daniel Sada, ¿Es regio?, Creo que sí, estoy escribiendo mis memorias y su lectura me ha sido de mucha utilidad, Hablo de trabajo de verdad, no de recuperador de carcachas de niñas bonitas, ¿buscas este Ford? Toma las fotos que están sobre la mesa. Había sido su jefe en el Servicio Secreto desde que lo reclutó en el mostrador de la librería de Cristal en la Alameda Central de la ciudad de México, ahí jugaban a los jamesbonds. En febrero del 89 llegó un grupo nuevo y los pusieron de patitas en la calle, éste fundó el Centro de Investigación y Seguridad Nacional, nada más y nada menos que para preservar la integridad, estabilidad y permanencia del Estado mexicano, ¿lo pueden creer? Yo no, desde siempre se han dedicado a espiar líderes de oposición, industriales y amas de casa con cacerolas nuevas. Al más puro estilo Hoover. Según las malas lenguas, hasta tienen su funcionario con medias de bailarina de cancán. Tanto se decepcionó que regresó a Culiacán, a este lugar, como diría Joaquín Sabina, al que regresa siempre el fugitivo. ¿Cuánto te pagan por encontrar esta antigualla?, Estoy bien, ¿Cómo vas a estar bien, Elvis? Nadie está bien si se pasa la vida haciéndose tarugo, si sólo se tratara de sacar para comer, ni hablar, pero, ¿crees que tienes futuro recuperando coches robados, lidiando con malandrines de ínfima categoría? Con lo sanguinario que son las bandas me corto la cabeza si duras otro año, He durado once, murmura pero no evita pensar: En esta maldita vida todo se sabe, así que se me van aplacando, Vives en el mismo infierno y sin aire acondicionado, ¿no sabes lo que es calidad de vida?, Cero-39 se pasa el pañuelo por la cara, ¿Qué pretenderá? medita y externa: ¿De cuándo acá tan paternal, viejo?, Es

19

inaudito, aparte te has quedado solo, como gallo clue-co, siquiera te acercaras a tus padres, No tengo el más mínimo interés de ingresar al Cisen, No seas preten-cioso, por un instante convierte su media sonrisa en una completa, Si mi idea apuntara al Cisen, ¿crees que estuviera aquí?, Lo que traiga no me importa, Bien dicen que el que nace pa' maceta no pasa del corredor, Nunca fui de los buenos, no me explico a qué ha venido tan lejos, Los buenos trabajaban para la CIA o la KGB, tú para la BBC de Londres, Usted para la Stasi y el Mossad, se miran y sonríen fríamente, Si ese es su asunto bus-que a uno de esos, viejo, no me interesa, prefiero seguir recuperando carcachas de niñas bonitas, El que no está muerto está loco, en cambio tú, ¿crees que los ingleses te hubieran echado el ojo si fueras un papanatas? Se trata de algo especial, espectacular e importante, adecuado a tu carácter y experiencia, no te va a quitar el sueño, mira, después de la caída del muro de Berlín el oficio se sacu-dió, muchos gobiernos desactivaron parte de su perso-nal; sin embargo, sigue siendo necesario y yo trabajo como enlace, y bueno, ¿qué es la vida si no hacer lo que te gusta? Y si te ganas unos pesos, mejor, ¿no te parece? Sé que Gilillo Vega Real, en cuya detención estuviste, ni siquiera llegó a Almoloya, en la ciudad de México arre-gló todo, lo único que falta es que te busque para cobrár-tela, Pinches corruptos, a este país lo dañan más los bue-nos que los malos, Para qué te expones, saca provecho a tu efectividad de otra manera, qué ciudad tan horrenda, ¿cómo puedes sobrevivir?, ¿Ha visto algún letrero que diga Se vende, Se rifa o algo? Suda copiosamente, ¿Por qué cree que no recibimos emigración? Pocos soportan esta intemperie. ¿Qué padece tu padre?, Pinche perro, los visitó, seguramente ellos le dieron mi dirección, Cáncer, Si nos ayudas nos haremos cargo, lo mandaremos a Houston si lo consideras necesario, Es cáncer terminal, no tiene cura, Los gringos curan todo, El cáncer no y mi padre ya no tiene lucha, le dieron dos meses de vida, No hay peor lucha que la Villa, ¿ya lo olvidaste? Su cara parece fuente brotante, su pañuelo está empapado, ¿A qué hora sale su avión?, Te vas a forrar, Viejo, deveras, gracias por pensar en mí, pero no tengo el más mínimo interés de involucrarme en sus planes. Desde luego que lo tiene, es de los que sucumbe ante lo nuevo, sin embargo, sabe que a ciertas personas no se les debe decir que sí a la primera, Cállate, el viejo lo encara con un gesto mortal, apaga la luz, inspecciona de nuevo en la ventana, en la recámara, la presencia del anuncio se intensifica, No he venido de tan lejos para oír tarugadas, vas a colaborar con nosotros porque te conviene, ¿Me va a obligar?, No seas necio, saca un sobre del bolsillo del pantalón, ¿Sabes qué es esto?, Su carta para Santo Clos al que madruga Dios le ayuda, ¿Te quedaron debiendo, no? Considéralo un obsequio, piensa esto: es tiempo de hacer cosas importantes, Claro, soy el chico bueno del pueblo, el pobre idiota reclutado en el infierno que se vuelve imprescindible de la noche a la mañana, viejo, hace mucho que no me la acarician, Escúchame pazguato bueno para nada, sus ojos relampaguean, Basta de estupideces, Te he traído la oportunidad de tu vida y te comportas como un imbécil, madura, ya no tienes 20,

Soy un cazador, viejo, y salvo un poco de mota de vez en cuando me libré de los vicios, Mejor, así podrás ahorrar, En el 89 me echaron como a un perro, Te traje el adeudo, Ni siquiera me liquidaron, No seas llorón, con nadie lo hicieron, Son unos cretinos, Deja de decir tonterías, con lo que ganes instalarás aire acondicionado y, mejor no, qué caray, no instales aire acondicionado en esta pocilga, comprarás un departamento nuevo, irás a vivir a la orilla del río o a uno de esos barrios elegantes con vigilancia propia, Alezcano lo escucha sin dar crédito, ¿intenta lavarle el cerebro? Pa' que te jodan. Está a punto de decirle Salga por esa puerta qué se está creyendo viejo pendejo, Ah, y seguro Elena regresa, ¿Qué? Definitivo, quiere verme la cara, Elena no va a volver y no trate de embaucarme, ella es harina de otro costal, No me digas, qué tenemos aquí, ¿una extraterrestre que deja los calzones? Por favor Elvis, a quién quieres engañar, hasta las extraterrestres vuelven. Elena vive con una amiga que no lo traga, fue a buscarla la otra noche, iba a subir al departamento cuando escuchó su risa, se ríe como Tom Hulce en *Amadeus*, ¿se acuerdan? Estridente y prolongado. Menos al estar deprimida, cuando no se ríe de ninguna manera. Bajaban varias personas, se oían zapatillas, zapatos y comentarios divertidos que a él le parecieron bufonadas, con su amiga y dos sujetos se iba de farra. Lucía el vestido Zara que le regaló en su cumpleaños, La muy perra, el collar de Murano, El que le llega a medio muslo. Se veía preciosa. Luna llena en la escalera. ¿Se sorprendió al verlo? Qué va, pasó sin saludarlo, Qué poca vergüenza Dios mío, gritó la amiga que tiene voz estentórea, los tipos «no es su problema» las siguieron como si nada. Un buen paisano Qué onda güey va y le rompe la cara al rival; sin embargo, se quedó inmóvil, atrapado en sus pensamientos X, mirándole el trasero.

Alezcano, que no se atreve a decirle que se largue, le confía: ¿Sabe cuál es mi máximo anhelo?: inventar un sistema para quitar el forro a los cidís, que compre usted el suyo y no tenga que andar buscando un cuchillo o dañarse las uñas para tocarlo, ¿ya vio los que tengo para pruebas? Señala una pequeña columna sobre el estéreo, el viejo permanece quieto, ¿Se quedó turulato este mentecato?, observa con aire de duda y comenta, Si no lo han inventado los japoneses lo deben estar haciendo en este momento, qué calor, ¿ha llovido?, acaban sus cervezas, Bueno, ve su reloj, Necesitamos llegar a acuerdos, Elvis no muy convencido dice que sí, ¿a quién no le ha ocurrido?, Suelte pues, Estaré en el equipo, sin embargo, no soy yo quien te planteará el asunto, No me diga, Tu próximo jefe, Adelánteme algo, Prefiero que sea él, lo palmea, su media sonrisa continúa, como cuando era el más sanguinario de los jefes de la Federal de Seguridad y todo el mundo temblaba con sólo oír su nombre.

El Verdi está medio lleno.

Un hombre mayor, delgado, pelo blanco, come salmón ahumado. Está en mangas de camisa, saco y maletín en una silla contigua. Goyeneche, tiene usted apetito, comenta Cero sin mover su media sonrisa, Pedí algo che, no tenemos todo el tiempo, su voz es suave pero su mirada felina, Señor Alezcano, siéntese por favor, Está ansioso, señala Cero a su acompañante que se instala sin abrir la boca, la nacionalidad de Goyeneche no le resulta cómoda, ¿lo habrá traicionado el viejo? Una persecución viene a su mente, un frío invernal y él sin su maldita pistola. Resguardados en un rincón, les sirven tragos y un antipasto, el argentino va al grano, sabe que Elvis es quisquilloso, lo nota dubitativo y no quiere forzarlo por ningún camino que no sea el que le conviene, Señor Alezcano, lo hemos buscado porque un golpe militar amenaza a mi país, aunque lo han llevado con cierta discreción, últimamente se han descarado y han mostrado su verdadero rostro, sabemos que lo encabeza el general Frank Alejandro Yrigoyen, actual ministro de defensa, un egresado de West Point que cuenta con el respaldo de los Estados Unidos, del gran capital argentino y de las fuerzas armadas, ¿Y quieren pararlos? Ahí nos vidrios cocodrilo si lo he visto no me acuerdo, medita Alezcano, Últimamente el presidente ha perdido fuerza, las encuestas le son adversas, incluso se habla de dimisión; la prensa, que está controlada por ellos, se ha encargado de magnificar sus errores y de hacerle el caldo gordo a los golpistas; de tal suerte que la amenaza es completamente real; en esta coyuntura ningún argentino desea ser gobernado de nuevo por los militares, fue una experiencia muy cruenta y desastrosa; este grupo es muy fuerte, detentan gran poder económico, político y militar. Cuando empezaron los rumores un amigo llamó al presidente, le contó que su predecesor tenía en su poder ciertos documentos capaces de frenar el golpe, que por ellos en su periodo no hubo amenazas, el presidente llamó a su antecesor, quedaron en verse en su casa solariega, cuando llegó lo habían asesinado, su despacho se hallaba saqueado y nadie sabía nada, evidentemente los guardias estaban coludidos. Hemos investigado sobre los documentos y su contenido, lo único que sabemos es que el expresidente los guardaba con excesivo celo en una caja gris y que nadie jamás los vio; hemos intentado descubrir su naturaleza, ¿qué puede afectar tanto a las fuerzas armadas que se desistan de un golpe de Estado? Ni idea, más bien sabemos que cuando se deciden no hay quien las detenga. Lo necesitamos para que recupere los documentos, señor Alezcano, la caja gris o lo que quede de ella.

Elvis apura su cerveza, hay casos en que el silencio no otorga y éste es uno de ellos, Nos decidimos por usted porque conoce el terreno y porque posee las habilidades necesarias y suficientes para tener éxito, además, es una buena manera de dejar su madriguera, ¿no le parece?, sé que es inquieto y, ¿Qué fue del amigo que avisó?, Apareció flotando en el Río de la Plata, pide un tequila doble, Un tipo que sólo quiso hacer un favor, perdió la vida sólo por servir de enlace, ¿De cuánto estamos hablando?, De trescientos mil, Dólares, Por supuesto, piensa: si fuera trampa es de lo más tentadora, a poco no, viene a su mente un túnel una carrera una balacera; una porteña hermosa, ¿Qué sabe del Transformer O'Hara? Pregunta por su enemigo jurado, el único que estuvo a punto de atraparlo cuando, contratado por el gobierno inglés, fue el actor estelar en la operación Submarino Amarillo que decidió la guerra de Las Malvinas. Polvo de aquellos lodos. Habrá que tener cuidado, es el jefe del SINA, uno de los servicios secretos de Yrigoyen, ¿Cuántos tiene?, Uno más: el IM, inteligencia militar, entre los dos lo mantienen al tanto de cualquier paso dado o imaginado por civiles o militares, Me persiguió un par de años, una vez casi me atrapa, Esta operación, como todas, tiene sus riesgos, lo protegeremos sin ponerlo a descubierto, *Soy totalmente palacio*, divaga y pregunta: ¿Cuál es el plan?, Durante veintisiete minutos escucha atento, pasa de la sorpresa a la negación, de la negación a la aceptación condicionada, al final se va con todo, Chingue a su madre, total, una raya más al tigre. Elvis es así, imprevisible, no quiere algo y cinco minutos después se deja matar por ello, ¿Por qué España?, ¿Has oído hablar del Registro Único de Vehículos, RUV? Cero-39 toma la palabra sin dejar de vigilar, No mucho, La organización y cobro de un impuesto por uso de vehículos fue otorgado por licitación a una empresa extranjera, algunos mexicanos inconformes están haciendo su escandalito, son amigos de los que accederán al poder en diciembre y creen que lo pueden parar, para ello necesitan información; sabemos dónde está, quién la tiene, conseguirla será tu trabajo, Mira a Cero, luego a Goyeneche, ¿Qué no urge?, Si entrás directo a Argentina sos hombre muerto, che, y el operador del RUV, César Ricardo Calero, es porteño, miembro del grupo golpista, excapitán de navío, empresario, involucrado en el affaire de la ESMA, una ficha y según informes el RUV es un negocio colectivo, Maradona me cae bien, externa Alezcano, dirigiéndose a sí mismo, Primero irás a España, corrige Cero, Nos ganaremos una lana con lo de Calero, la documentación sobre su caso la tiene Federico Entrambasaguas, juez español de la Audiencia Nacional, en el juzgado central de Madrid, vamos a aprovechar el viaje, ¿De cuánto tiempo hablamos?, treinta días a lo sumo, creemos que lo tienen planeado para el nueve de agosto, cumpleaños del general Yrigoyen, quiere regalarse el poder el hijo de puta, Cero-39 saca otro sobre, Debes viajar de inmediato, aquí está tu boleto, pasaporte, dinero, un nick, el tema inicial para recibir instrucciones por internet es: «Enseres de cocina», cambiará todos los días, ¿Y mi padre? El viejo concerta por un celular, Goyeneche termina su espagueti Luisa Miller, Sus boletos están en Aeroméxico, te esperarán hasta las nueve. Qué más hay de Calero, Vivió en España en los ochenta como empresario automotriz y como jefe de un grupo de espionaje, Alezcano recuerda un comercial de Kótex, Su responsabilidad en la guerra sucia fue relevante y al parecer es su punto vulnerable, a sus padres fumando empedernidos, Por ahí lo queremos agarrar; fue torturador, secuestrador y encantador de serpientes, ¿Y aún así no hay información sobre él en Argentina?, Sabemos que hace años fue trasladada a Suiza; por ahora el único que posee datos importante es este juez, que por cierto trae su propia campaña, pretende hacer con los militares argentinos lo que Garzón hizo con Pinochet en el 98, Órale, un héroe epónimo, me encantan.

Exactamente qué es lo que tengo que conseguir, En Madrid todo sobre Calero, se sabe que en el 82 organizó un equipo de espías con guerrilleros exiliados, periodistas con muchos años en el país y empresarios, enciende otro cigarro, En Buenos Aires, la caja, ¿Cuántos muertos contamos?, Le seré franco: catorce, nuestros mejores hombres han quedado en esa mierda, *Si las cosas que valen la pena se hicieran fácilmente… cualquiera las haría*, reflexiona Alezcano, después del abandono de Elena, cualquier cosa descabellada le conviene, y si hay distancia, dinero y emociones, mejor, Dicen que la distancia es el olvido. Madrid te espera, te echas una manzanilla, consigues lo de Calero, lo mandas y a otra cosa mariposa, precisa el viejo, Hoy es martes, vuelas mañana, llegas el jueves a las doce, ese mismo día a las seis nuestro contacto te estará esperando en la estatua de Felipe III, en la Plaza Mayor, vestirá una chamarra del Real Madrid, ya te diremos la clave por la red, ella te llevará directamente al nido del águila, ¿Ella?, Palidasombra Santibáñez, la tenemos registrada como Urganda, sabe lo que debe saber, como ves, nada que te quite el sueño, el viejo respira complacido, Espero no tener que buscar en Bruselas, Zurich o Normandía, viéndola bien Madrid es nuestra casa mayor, No exageres, pinches gachupines, ni que fueran tan chicas palomas, toma la cajetilla de cigarros, El clima es excelente, enciende otro, ¿Se acuerdan de Echelon? Hace poco leí un artículo que habla de sus operaciones, la llamada que acaba usted de hacer fue debidamente registrada y evaluada, Todo está en el contexto, interrumpe Goyeneche, Y en el fondo es lo mismo, Te vas a divertir, expresa Cero, Palidasombra es joven y guapa, acaba su copa de un trago, Bienvenido al club de los vencedores, señala el sobre con los boletos, Si me sigue terapiando me

rajo, lo toma y lo coloca en sus manos, Vive la vida mu-
chacho, Lo veo en Buenos Aires, Goyeneche deja dinero
para la cuenta, se ponen de pie y salen sin más, Alezcano
ni se mueve, Malditos viejos macuarros, nomás porque
es hora en que la gata llora y bueno, trescientos mil no
son nada desdeñables, ¿no les parece? Abre el sobre, sobresale un fajo de dólares. Checa el pasaporte: costarricen-
se, a nombre de Mózar Alvarado, mueve la cabeza, Qué
poca madre, ¿no encontrarían un nombre más feo? Hace
mucho que no me la acarician.

La vi en un paso cebra

Seis para las seis. Elvis Alezcano bebe una caña en una de las mesas de la Plaza Mayor, atento a la estatua de Felipe III y a una chamarra blanca del Real Madrid CF. Hojea el *Hola*: Cristina está embarazada, El nuevo amante de Carolina de Mónaco tiene ojos de androide. Estos tipos están pesados, podrían ganar cualquier concurso de comerciales: poseen instinto, visión mórbida, *timing*. El calor es intenso, parecido al de una treintañera pero seco. La gente se divide en dos: la que cruza de prisa el impresionante cuadrángulo del siglo XVI y la que está plácidamente sentada bebiendo cerveza, café o algo fuerte. Las mujeres se ven demasiado contentas y dueñas de sí mismas para llamarle la atención. ¿Qué soñarán?, ¿cuál será su *american dream*? Son tan garbosas, tan esbeltas, que puede verse el arco iris en su espalda. Molly diría que son un tesoro, y los españoles cruzaron mares y desiertos inclementes en busca de El Dorado, como si no lo tuvieran en casa, pinches locos. Recuerda a Elena, el verano en que se empeñó en no bañarse y aquella fetidez de búho muerto y aquel sexo que poco a poco se convertía en hormiguero. Dizque era una costumbre esquimal. Lucha contra los pensamientos X. Lo bueno es que detestaba el sexo oral, decía que en vez de alocarse le rechinaban los dientes, Demuestre su cultura, no tire basura. Los hombres son elegantes, de rostros limpios, poco que ver con la imagen de los gachupines que se avecindaron en México durante la Colonia y menos con los conquistadores del siglo XVI. Elvis mira su reloj: uno para las seis. ¿Cómo luciría Chuck con leontina? Pinche loco: una playera holgada con la efigie de *Grateful Dead*, tenis, sin calcetines y su leontina relumbrando. Órale. Tiene cinco horas en la ciudad y está molido, soñoliento, ¿quién no piensa en una criatura de la tercera dimensión cómodamente instalada en una turbina del jet mientras vuela? Sobre todo cuando el libro que eligió es malo y las películas pésimas. Hace cuatro horas hizo el primer contacto en una oficina de internet situada frente al hotel Capitol, donde se hospeda en la Gran Vía. Una hora después realizó un reconocimiento del terreno y desde hace quince minutos observa la estatua de Felipe el piadoso. Algunos japoneses toman fotos. Qué onda, ¿dónde se mete Palidasombra Santibáñez? Se está maquillando o qué; los nipones no permiten a los adictos ingresar a su país, ni siquiera a los que la han dejado, qué exagerados. Alezcano 18:10 se pone de pie, camina muy despacio hacia la estatua, Se ve que este asunto es complemento, ¿y si la secuestró la ETA? Entretenido en los pichones realmente mira a cada transeúnte, empieza a desesperarse, ¿Qué hago aquí?, cualquiera puede ser Santibáñez, ¿Si la bronca está en otro lado?, hasta esa niña que porta orgullosa su chamarra blanca del Madrid, se fastidia, ¿Y ahora? Tendrá que buscar una terminal de internet e informar a Cero-39 que su maldito contacto olvidó lavar los platos. Observa los murales de la Casa de la Panadería cuando lo aborda una mujer, ¿Quién ha inventado el teflón, tío? Ojos pardos, ¿su adláter? Pelo casi al rape, teñido de rojo, esbelta, bolso enorme, con una camiseta del Real Madrid y una mini negra, Coño, disculpa, con las prisas no pude conseguir el chándal. Tiene la respuesta en la lengua pero dice, ¿Nos conocemos? Le parece endeble, labios grises, muy parecida a la niña de *La niña y el pichón* de Picasso, Pamela era la mujer de Jim Morrison, alucina, Por Dios, eres Mózar Alvarado ¿no? Cuando menos tu aspecto corresponde, la mira embobado, Me has enviado algo por la red, es tan diferente a lo que esperaba, Palidasombra Santibáñez, se presenta, le toma la mano y se la estrecha, quedó con Cero-39 de no telefonear pero está a punto de incumplir, ¿así trabajan ahora? Antes todo ocurría con mucho aparato y seriedad, se utilizaban maletines negros y los enlaces ocurrían en estaciones de tren, puentes o parques congelados, Tenemos que hablar, ¿vale?, era raro establecer una relación estrecha, Sentémonos por ahí, Pálida parece una joven ama de casa llegando tarde por su niño, A esta hora es un follón tomar taxi, con las prisas por poco y me cargo a un anciano, se siente rebasado, ¿Voy a trabajar con esta punk? Necesito un beso, ¿Has estado antes en Madrid?, Nunca, Tío, esto es Europa, una ciudad del primer mundo, una línea exacta entre lo antiguo y lo moderno, Convivo con hippies y trabajaré con ella, ¿eso es estar con los vencedores? Hace mucho que no me la acarician, medita y señala, Se supone que yo debía identificarte, Cero me orientó: busca a un tío de pelo largo, medio calvo, bigote tupido, no a la mexicana, estatura regular, complexión normal y dile lo del teflón, que por cierto no me has respondido, tío, ¿quién lo ha inventado?, Alezcano la observa, ella lo toma del brazo con familiaridad, Venga, desde ahora soy tu contacto en Madrid, ¿vale? Estudio un posgrado de Literatura en la Complutense y desde ayer me prohibieron el queso, el hijo de puta me puede matar, Abusaste del manchego, Y que lo digas. Bajan por Arco de Cuchilleros y se meten a El Cuchi: *Hemingway never ate here*. La tarde es Plácido Domingo en *La Traviata*. Unos cuantos parroquianos beben animados mientras cotillean de futbol y toros. Piden vino, ella enciende un cigarro. Mózar, vaya marca, comenta sonriente, Sí, mejor me hubieran puesto Emiliano Zapata, Tampoco, mi general es único, con esos ojos tan negros, ese bigote, para comérselo, ¿Y el tuyo?, Era mi apodo, en cuanto pude lo hice mi nombre, oye, Cero dijo que me pondrías al tanto, que me explicarías de qué iba el asunto, digo, algo debo saber, ¿no? Piernas largas, ¿si tuviera el pelo largo se parecería a Sarita Montiel? No creo, tal vez esté más cerca de Ana Torroja o de Ana Bolena; se quita la playera: blusa breve, senos nylon, pearsing en el ombligo. A una mujer no le hagas promesas, aconseja siempre Molly, Hazle el amor y no la agobies con tus problemas, ¿ella qué culpa tiene? Y hace la V de la victoria.

¿Quién es Palidasombra Santibáñez? Trabaja para Cero a la par que asiste al máster del Siglo de Oro y alguna otra cosa. Está abocada a investigar el lavado de dinero en bancos españoles que pretenden asociarse con bancos mexicanos; su conocimiento del terreno y la prisa por conseguir la transición hacen que se incorpore al nuevo plan. Sin embargo, Alezcano es perro viejo y los huesos ni los huele, ¿Quién es esta chica de ojos fríos mirada angelical? Nos corresponde conseguir la bala de plata, ¿conoces a Federico Entrambasaguas?, Coño, quién no, el juez de la Audiencia Nacional, es un fulano famoso, se necesitan cojones para meterse con el terrorismo, Posee algo que necesitamos, Tú dices qué sigue, Trataron de comprarle una información, se ofendió y colgó, Es incorruptible, No me digas, Completamente incorruptible, lleva asuntos de ETA, Segi y Batasuna, si lo que necesitas tiene que ver con eso tengo medios más directos para conseguir lo que quieras, el lugar es tranquilo, Alezcano le ofrece un cigarrillo, Gracias, saca otro Gold Coast que él enciende, Elvis es de los que piensan que las mujeres siempre mienten, sin embargo, pregunta, Qué tal los bancos, Una casa de putas, planeo ir a Cancún en agosto, me dicen que es la hostia, Agua cristalina, buena mesa, sol, cuidate de los extraños, supe de una chica que emborracharon, le extirparon un riñón y en lugar de los brazos del moreno guapo con el que había bailado, despertó en una casa en construcción con un suero conectado, una rajada en el abdomen y una jaqueca marca llorarás; quiero todo sobre el juez: horarios, dirección, costumbres, Vale, tío, que has conseguido asustarme con eso de Cancún, Tiene ojos de venadita y jamás debe perder el control, reflexiona Alezcano, ¿Dónde estará Sophia

Loren?, Sólo cuidate, que no sabe estar mucho tiempo en un lugar, Nos vemos mañana, pide la cuenta, ¿Queréis ir a un tablao o algo?, conozco un lugar cojonudo, En otra ocasión, ¿dónde te localizo? Intercambian tarjetas, él la del hotel y se va. Ella se queda lo suficiente, Menudo imbécil para no encontrarlo.

Por internet consulta con Cero-39. Se mete también a la página del Houston Medical Center para saber de su padre, sin embargo su nombre no aparece. Cuando llegó con los boletos se desconcertaron, Eres mis ojos, farfulló Molly, Pero mijo, ya que hiciste el gasto, ¿por qué no elegiste San Francisco?, ¿no habrá un hospital oncológico allí? Claro, cómo no lo pensé, el paraíso de los hippies.

Para un taxi: A la Audiencia Nacional.

En su habitación el aire mueve la cortina. La maleta sobre la cama.

Edificio moderno, bien conservado. Rodeado de cámaras. Seis vigilantes a la vista. Siete pisos. Entrada por Génova. Estacionamiento cerrado con puerta de metal exclusivo para el ingreso de detenidos. Alarmas de todas clases.

Camina hasta el café Gijón.

Consigue mesa en el fondo, pide una San Miguel y jamón ibérico. Pertenece a un pueblo de bebedores de cerveza que jamás desperdician la oportunidad de echarse un trago. Come despacio, Si esos hombres no fueron capaces de convencerlo, nosotros lo haremos, pero a nuestra manera, expresó Cero-39, mientras se saludaban en el aeropuerto de la ciudad de México, ¿Y cuál es nuestra manera, viejo?, ¿En qué lugar puede ocultar la información que no la consigamos?, No le digo, Obtienes la bala de plata, la escaneas y la envías por internet, ¿entendiste? Nada de teléfonos, los originales puedes enviarlos por paquetería, ¿No que todo está en el contexto?, Eso lo dijo Goyeneche, échate un café en el Gijón, parece que es su lugar preferido. Viejo macuarro, deberían hacerlo galleta, tengo que pensar en el desforrador de cidís y en el Transformer. En una mesa cercana Federico Entrambasaguas conversa con dos amigos, está achispado, el whiskey hace milagros, comenta que pronto vendrá su hija de Algeciras, la experta en granjas de gambas y en cocinar merluza mechada, en la mesa aledaña dos guaruras beben express, Es la hostia, hasta la madre la reconoce y mira que entre mujeres el asunto es complicado, y es que tiene un sazón que coño, hay que joderse. Alfonso, propietario del puesto de cigarros que está a la entrada se acerca, le lleva sus Ducados, el juez lo palmea sonriente, Soy el único juez de la Audiencia Nacional que sostiene una relación amistosa con un anarquista confeso, coño, sabe Dios lo que hubiera sido en otro tiempo, Alfonso sonríe y comenta algo por lo bajo. En otra mesa dos ingleses, uno de raza negra y otro blanco, beben cerveza apaciblemente, escuchan un partido de futbol en sus radiorelojes. El bullicio es aturdidor. En 1996 Alezcano se reunió en el Sanborns de Lafragua de la ciudad de México con dos agentes de la CIA, le hicieron una invitación pero no lo convencieron, No podía confiar en ellos, lo miraban con desprecio y comían solamente hamburguesas con papas fritas y cocacolas de dieta, Hay que compartir. Se halla con la mente violeta cuando le parece ver entrar a Palidasombra Santibáñez que con unas uñas enormes desprende piedras del Muro de las Lamentaciones; el juez y sus amigos que se marchan en ese momento le obstruyen el ángulo de visión; después ubica a una chica con el pelo igual pero nada que ver, Urganda tiene un brillo cabrón, la tientas y te electrocutas; me iré a descansar, el *jet lag* me está provocando visiones; hace mucho que no me la acarician.

En el Capitol la habitación es perfecta. Séptimo piso, por la ventana se ve la leche de la noche. La azotea del edificio contiguo que da a la calle de Jacometrezo está al mismo nivel. Dormita. Voy a inventar ese maldito dispositivo con dos lengüetas de metal, servirá también para abrir cajas de galletas y cepillos dentales. El cambio de horario y el recuerdo de Elena en brazos de aquel gañán le impiden conciliar el sueño. Se acuesta vestido, Malditos pensamientos X, qué voy a querer yo a esa mujer, que se pudra, además ella no quiere vivir con idiotas, ya lo dijo, que busque un matemático, o un asesor político que resista sus ronquidos, luego se desviste. El espía es el enemigo pequeño, ¿quién dijo eso?

Antes de tapear cerca de la Puerta del Sol, hace una nueva visita a la Audiencia Nacional. Sube por Génova, por la acera de enfrente, observa las ventanas cerradas, ¿Cuál será la oficina de Entrambasaguas? El sol deslumbra naranja sin semilla. Los guardias son esquivos policías nacionales especializados. Imposible entrar con rapel. Pálida debe conseguir algo que valga la pena, ¿y si reclutamos a la hija cocinera?

Camina por Preciados hacia la plaza El Callao. Ve la señal del metro. Atrás el inglés de raza negra lo sigue. Es fuerte como superhéroe y serio como Winston Churchill.

De México le indican que no dude, que la cantante tiene buena voz, que la contrate para toda la temporada, que les urge su ficha técnica. Elvis sonríe, las viejas claves, espera que funcionen tan bien como en el pasado; sin embargo, no se convence, piensa que Urganda llama demasiado la atención, ese pelo, ese estilo; hasta que en la calle topa con un grupo de jóvenes vestidas igual y con el mismo look. De pronto la Gran Vía es una fuente rebosante de chicas pelirrojas con blusas estraple y pantalones a la cadera. Mira nomás, parece que las clonaron, ¿lo pueden creer? Hace mucho que no me la acarician.

A las ocho Palidasombra, PS, se reporta. Sé de un lugar perfecto, comenta cuando él le propone cenar, En la Cava Baja.

Ante un solomillo poco hecho, una botella de Protos, gran reserva del 92, en el rincón de Severo Ochoa, con Lucio, PS da cuenta de sus investigaciones.

Elvis escucha silencioso, come, bebe, vigila. Es guapo, cincuenta y pocos, madrileño, como te había dicho es uno de los jueces encargados de los asuntos de ETA y es miembro desde hace tres años del comité para juzgar los Crímenes de lesa Humanidad, casado con Christina Riveros, catedrática de Políticas, llega a las diez de la mañana, almuerza en su despacho en el tercer piso de la Audiencia y normalmente se retira a las 20. Se detiene con un par de amigos en el Gijón hasta las 22, le gusta el escocés, llega a casa alrededor de las 22:30, tiene un piso en Conde de Xiquena número 7, cuarto nivel, el ascensor funciona, es padre de dos, una hija, bióloga marina, que vive en Algeciras y un hijo que trabaja en Sevilla, en la estación del AVE, Pálida engulle un trozo de carne, mastica y bebe, mueve el tenedor al hablar, ¿Con quiénes se junta en el Gijón?, Fernando Segurola, un viejo amigo con el que a veces va al Bernabeu, has de saber que es hincha del Madrid, y Juan Mellado, un funcionario del Ministerio de Justicia que quiere ser novelista, ¿Y si el desgraciado resultó acariciador? Piensa en su rival y pregunta, A qué hora está su casa sola, La mujer asiste lunes, miércoles y jueves a la universidad de 18 a 22, se queda una sudaca que habla hasta por los codos, Si todo es correcto tenemos la vida resuelta, Joder, por qué no, mi trabajo me ha costado, ah, y cinco mil pesetas, Elvis sonríe, ella se encoge de hombros, Tuvo sus noches con Sarita Montiel, comenta señalando el altorrelieve de Severo Ochoa empotrado en la pared, Lucio ha dicho que Octavio Paz se sentaba por allá, Elvis mira los ojos pardos rozagantes, ¿Cumpliría los treinta?, Veo que el Gijón es un sitio importante, Es la hostia, tiene más de cien años, ha decaído un poco pero de vez en cuando puedes ver reunidos en unos cuantos metros cuadrados a escritores, actores, banqueros, pintores, de los más famosos, conversando como si nada, Es la democracia, supongo, Tío, esto es Europa, pasaporte único y pronto tendremos el euro como única moneda, tal vez Cero pretenda también que os traiga por Madrid, ¿no te parece un lugar cojonudo? Se refiere al restaurante, Ve que aquí cena el rey, de pronto aparece por esa puerta sin más y hay que atenderlo. Elvis no se interesa, ¿La sudaca tiene día de descanso?, Supongo que el domingo, ¿Qué hace el juez cuando no va al futbol?, Coño, yo qué sé, lo verá por la tele, leerá, follará, ¿haremos una visita piadosa?, si gustas lo investigo, ¿ves esa tía? Fue *miss* España, ahora es mujer de uno de los hombres más ricos del mundo, ¿Cuándo juega el Madrid?, Tal vez el domingo, no sé, un mesero se acerca con la carta de postres, ¿Cuándo juega el Madrid, majo?, El próximo sábado va contra el Barça, Eso no me lo pierdo, coño. De niño fui a estadios, pero a grandes conciertos, rememora Alezcano que creció entre el buen rock, el nudismo y la mariguana cosechada en casa, ¿y si el desgraciado es lento, le tiene paciencia y comprende lo del sexo oral? Ya me jodí, Hay tiempo, dice ella con mirada glacial, Y en cuanto a ti tal vez quieras conocer la vida nocturna: bakalao, rave, alguna droga de diseño, tío, relájate, sólo se vive dos veces. Elvis sonríe levemente, Me está confundiendo, reflexiona y masculla, No estaría mal, Me trata como turista, continúa pensando, Al rato va a querer llevarme al Museo del Prado, qué güeva, O al Reina Sofía, ¿por qué en las grandes ciudades todo mundo te manda a los museos? Palidasombra siente la vibra irónica y se desconcierta, Me late que este tío es una mierda, Elvis practica una cortesía aizbérica que no le agrada, enciende un Gold Coast, ¿Por qué no vamos al Gijón?, ¿Ese relax es el que te apetece? Suelta el humo, pone sus manos como si implorara, Creo que no sería buena compañía. Después de un Pedro Ximénez, bajativo tradicional del siglo XVI, se largan cada quien por su lado.

Paren al mundo que me quiero bajar

Camina. En el Arco de Cuchilleros se detiene, enciende un Fortuna y no tiene ninguna duda: lo siguen. Pinches negros, por eso no los quiere nadie; claro, ya están aquí, por el cuerpo que tiene debe ser defensa de los Empacadores de Green Bay, pero le van a faltar manos al güey, ¿quién te manda?, ¿los militares argentinos, los del RUV, el Servicio Secreto Español?, ¿quién dijo «no nos volverán a saquear»?

Entra a la Plaza Mayor, se refugia en la segunda columna. Su perseguidor, playera, jeans, sube las escaleras corriendo, trata de descubrir hacia dónde voló el elefante, a paso veloz se ubica cerca de la estatua de Felipe III, mira ansioso hacia todos lados y abandona la plaza por Coloreros. Elvis, quien se ha camaleonado en la gruesa columna se marcha por donde llegó.

En ese momento, Palidasombra Santibáñez entra al Gijón, saluda al cigarrero de beso en ambas mejillas, el viejo reanimado, bata azul, tabaquero de prosapia, le pasa una resma de sobres postales que ella inspecciona: nada, se los devuelve, le compra una revista y unos Gold Coast que deja caer en su gran bolso, va a abandonar el sitio cuando prácticamente choca con dos hombres, uno con bigote de morsa y otro con cara de vecino, que le indican pasar a una mesa, ella obedece sin chistar pero con cara de mírenme y no me toquen guarros hijos de puta. Con extrema seriedad conversan dos minutos en los que Pálida saca un espejito redondo y se pinta los labios de azul, también niega un par de veces con coquetería, llega un mesero, circunstancia que ella aprovecha para largarse. Ellos piden la carta.

Alezcano toma un taxi, A conde de Xiquena número 5 por favor, sintiendo la emoción en los cojones, sabe que ninguna adrenalina es como la del espionaje, es una vibración permanente, como la que provoca el veneno de los peces que a los japoneses tanto seduce. Naturalmente que produce adicción. Y no se satisface corriendo o andando de rijoso en las cantinas, tampoco con la alta velocidad o gritando emocionado en los estadios. Es tan explicable como el origen de la vida e importa lo mismo. Lo importante es experimentarlo. Probablemente estoy aquí también por eso, acepta, Por sentir cómo me tiemblan los cojones. Observa las ventanas del juez levemente iluminadas, cristal emplomado, silencio; da vuelta a la manzana y la misma calma; por Braganza camina hasta Recoletos, toma un taxi a la plaza de El Callao a cuyo costado está el hotel.

En su habitación suena el teléfono, hay un periódico sobre la cama, el aire que se cuela por la ventana es leve.

Domingo 17 horas. Piso en Conde de Xiquena. Pálida y Alezcano disfrazados de misioneros de la Iglesia de los Santos de los Últimos Días han llegado hasta la puerta del juez. Tiene dos cerraduras que PS se encarga de abrir en 17 segundos, Esta mujer es un estuche. Sus ojos felinos parecen cubrirlo todo. La puerta está aceitada. La casa sola y en penumbras. La sudaca en su día libre y los señores en La Trainera comiendo percebes y lubina a la espalda con la hija que llegó esa mañana. Elvis a la vanguardia camina pegado al muro. Descubre un censor volumétrico en el pasillo a 20 centímetros del techo, con su lámpara estilográfica examina el cable que conecta con una pequeña caja. Alguien ha volado sobre el nido del cucú, cuchichea, Pálida la desconecta, Corría los cien metros en buen tiempo, divaga, lo pasan. Alumbra el pasillo y seis puertas, la sala y los muebles, objetos, cuadros en las paredes, cocina, huele bien; un medio baño es la primera puerta, en la habitación inmediata hay posters del Che, Maradona, Evita y una pareja bailando tango, La sudaca es argentina, susurra PS. En el estudio del juez encuentran un grueso legajo de documentos sobre Herri Batasuna pero nada sobre argentinos; los únicos disquetes, unos diez, están rotulados con el mismo nombre. Una laptop en su estuche descansa sobre el escritorio. El estudio de Christina Riveros es una inmensa biblioteca, Palidasombra descubre un ejemplar de la edición príncipe de *El Criticón* de Baltasar Gracián que mete en su bolso, Elvis le pide que lo regrese. Ella sonríe y se encoge de hombros. En el dormitorio tampoco encuentran. Salen. Como dice Cero-39, no hay peor lucha que la Villa, Qué quiere decir, No estoy seguro pero creo que es algo profundamente religioso.

Lunes por la mañana. Parque El Retiro. Pálida se besa ferozmente con un exnovio, tres emigrantes sospechosos observan; lo ha citado porque es policía comisionado en la Audiencia Nacional y pretende comprometerlo para el ingreso. Lleva la mano a la entrepierna. Sabe que no lo logrará, sólo lo hace para demostrarle a Alezcano que los policías españoles no se parecen a los mexicanos. Lo acaricia con sapiencia, el hombre es de los que se quema enseguida y ella lo sabe, por lo mismo suspende en lo más prendido. Él, Qué pasa, joder, pide más, ella lo promete para después, que antes quiere hacerle una propuesta, que no deben quemar las naves, que le consta cómo sabe cumplir. Le pide ayuda para consultar la biblioteca de la Audiencia, él, con firmeza le recuerda que no tiene autoridad para eso, Pálida no insiste, le dice que está bien, que vayan a su departamento. Si mal no recuerda el joven conserva algo que les puede servir.

Por la tarde, Elvis extiende el plano de la Audiencia ante sí. Piensa que a fin de cuentas todos los edificios son unas mazmorras, Ahí están las dos malditas salidas, una llena de policías, otra con su cortina de metal. Descártenla, *Todo mundo tiene un Jetta al menos en la cabeza*, estará el amigo de Pálida pero como si no estuviera, para qué sirve un hombre así, con razón las niñas españolas no quieren ser princesas. Las alarmas son ultrasensibles, a Elvis le es indiferente, jamás tuvo problemas con ellas, siempre cortó el negro o el rojo sin preocuparse y a Pálida le viene completamente flojo el asunto. Par de vagos. Por cierto no la verá esta noche, asistirá a una cena de banqueros en San Lorenzo de El Escorial.

En el cine Capitol, que está al lado del hotel, el inglés blanco bebe agua de una botella. Elvis lo tiene perfectamente ubicado. Pobre güey, seguro es de los que creen que si no toma dos litros de agua al día se va a condenar. Los socios de Calero tienen debilidad por los fisicoculturistas, pinches putos, hace mucho que no me la acarician.

Martes 18:30. Palidasombra Santibáñez y Elvis Alezcano disfrazados de intendentes llegan a la puerta de la Audiencia. Los guardias los miran sin fijarse. Muestran sus gafetes y pasan sin mayor trámite. Estamos de suerte, piensa Alezcano. Toman el elevador hasta el tercer piso. El equipo del juez trabaja a todo vapor, Elvis cuenta nueve personas ocupadas a pesar de la hora. El archivo que es toda una pared llena de carpetas, lo aterroriza. Urge inventar el abrecidís, tal vez allí esté mi futuro. Entre cristales de metro y medio de alto el juez es el más concentrado. El resto de las oficinas se encuentran semivacías, toman de nuevo el elevador hasta el séptimo, allí todo está tranquilo, un intendente limpia apresuradamente una oficina desierta. En el sexto piso se esconden en un pequeño cuarto para trebejos de limpieza mientras se vacía el edificio. Escuchan voces que se van. Cuarenta y cinco minutos después abandonan el escondite.

Café Gijón. El juez ha llegado a la hora acostumbrada, se despoja del saco y se sienta, Fernando Segurola frente a un rosado, Juan Mellado con su trago, comentan el clima, que sería mejor estar en San Sebastián o en Canarias, que ya se tardan las vacaciones de verano. Llama a Alfonso que se acerca con los Ducados. Como la norma es hablar de todo menos del trabajo, se ocupan de la alineación del Madrid, Dicen que traerán a Zinedine Zidane, Para qué coño lo queremos, ¿qué no tenemos a Raúl? Joder. En ese justo momento, en la puerta del despacho, Elvis Alezcano bota la alarma sensible al calor con una sonrisa, está desconectada, Mataron un cornetero, piensa, En el fondo y en la orilla los españoles y los mexicanos nos parecemos, a poco no. Gilillo Vega Real debe estar trabajando tranquilamente, el cara de mis güevos. Aparece el exnovio de Pálida con gesto de pocos amigos, Y ustedes qué hacen acá, Nada, trabajando, responde Pálida detenida en plena puerta abierta sin darle la cara, Para ustedes aún no es hora, joder, salgan ahora mismo, PS, pensando en sus incontinencias, le lanza un dardo vengativo que lo pone a caminar como muñeco. Mierda, esta sustancia no sirve, se supone que lo debe dormir, le dispara de nuevo, el guardia continúa su dislocada caminata por el pasillo. Chau guapo. Dentro de la oficina contemplan cuatro archiveros con actitud de somos los más desgraciados del mundo. Elvis hace señas a Pálida de que se ocupe de ellos; él se encarga del pequeño privado de Entrambasaguas sobre cuyo escritorio descansan dos libros: *Recuerdo de la Muerte* de Miguel Bonasso y *Nunca Más/ informe de la comisión nacional sobre la desaparición de personas*. En Argentina. Son un regalo, están dedicados: Para el hombre más justo de España, firma ilegible con un ganchito hacia arriba, escanea todo. En uno de los cajones encuentra un legajo sobre el capitán de navío José Luis Armengol y seis disquetes sin rotular. Alezcano pasa el escáner por algunas páginas mientras Palidasombra abre y cierra cajones.

En los escritorios de los ayudantes sólo hay datos sobre ETA-KAS-EKIN y la Kale Borroka. En un rincón, sobre el piso, Elvis lidia con una caja fuerte de setenta y cinco centímetros de alto, se ha puesto un estetoscopio, mueve la perilla numerada, ¿Por qué Mick Jagger deseaba una portada de MC Escher? Nada, apenas un leve sonido. Se queda quieto, se vuelve y encuentra el rostro sonriente de Pálida, ¿Cuál es la pinche gracia? Que le pide que se haga a un lado. Le pasa el estetoscopio, ella lo rechaza, pega un dispositivo oscuro en la perilla, que al girarla, indica en una minipantalla cada número de la clave. La abre en cuarenta y seis segundos. Bisutería. Nada que les sirva. Elvis barre con la estilográfica un librero lleno de carpetas. Dejan la oficina. Tiemblan ante la pared tapizada de folders. Dios mío, ¿por qué me has abandonado? Necesito un beso. Alguien toca la pared de cristal, Pálida sonríe, su exnovio se aleja, es un muñeco de cuerda en movimiento. Alezcano examina los títulos de las carpetas. Pálida le señala un archivero atestado de disquetes, toma uno: Caso Azpeleta. Registra el resto mientras checo los folders, murmura. Dos horas después, Si no está aquí, ¿dónde? Me cago en la hostia, maldice Pálida, A ver qué encontramos en esos tres.

El juez se despide media hora antes de sus amigos, sale del Gijón flanqueado por sus guaruras que atisban a todos lados.

Alezcano sigue a Pálidasombra por las escaleras del tercer piso. En el segundo dos policías le hablan a su compañero dardeado. Siguen bajando. Pretenden salir del edificio pero se ha llenado de agentes armados hasta los dientes, Mierda, tendremos que aguantar hasta mañana cuando lleguen todos, resguardémonos en el cuarto de los trebejos, propone PS.

Tienen la entrada a la vista cuando ven al juez Entrambasaguas y a sus dos guardaespaldas llegar, Joder, ¿qué significa esto?, Significa que de noche todos los gatos son pardos y que alguien voló sobre el nido del cucú, Me cago en la hostia, en ese momento se escucha un gran alboroto, Todos al otro acceso, ordena el juez, Aseguramos a tres etarras y no quiero problemas, los policías se movilizan, se oye el ruido metálico de una puerta que se abre, rodean el edificio, un carro que entra, la puerta que se cierra; en la confusión Pálida y Alezcano se escurren a la calle de Génova.

Elvis muy pensativo se despide sin más, Este imbécil no está bien de la cabeza, concluye Pálida, alejándose a su vez.

Entra al Gijón. Debe estar asociado con el diablo. Todos están asociados con el diablo y viven en el infierno. Qué suerte que llegaran los etarras. Busca una mesa al fondo. Cero, te la vas a pellizcar viejo macuarro. No está en la Audiencia ni en su casa; si usted fuera juez, ¿dónde guardaría la información más importante? A lo mejor la tienen los guardaespaldas. Hojea un periódico, Ni modo que los esconda la hija cocinera, dime qué comerciales te gustan y te diré quién eres: usas Patek Philippe, bebes Soberano, vistes Armani o Carolina Herrera, órale, Vargas Llosa, a este güey lo he leído, qué tal si

50

la tiene clavada en el Bernabeu, es el del morro que capa un perro, ¿no?, La olimpiada en breve, ¿cómo le pintará a Ana Guevara? Entra Urganda y a Alfonso se le ilumina la cara, lo saluda con sus besos, toma sus cigarros, hojea una revista, Alezcano observa, Alfonso indica que llegó algo, que busque entre la correspondencia, ella pone cara de becaria, se encuclilla, echa un pequeño sobre marrón en su bolso sin dejar de hojear la revista; se pone de pie, Cara de Vecino se halla a su lado, señala a Bigote de Morsa en una mesa. Ella hace un gesto agrio. El oriental ve al cigarrero y parece preguntarse algo. Caminan a la mesa que no está lejos de Alezcano que se vuelve todo lo que puede a la pared. Tiene el presentimiento de que con Pálida el periódico no funciona. Para su fortuna la chica queda de espalda, Bigote de Morsa inquiere, ella saca su espejo y se empieza a pintar los labios de negro, primero la raya, Cara de Vecino la mira con descaro. Alezcano divaga: Bigote de Morsa: (con voz meliflua) ¿Y tu promesa de amarme toda la vida?, Cara de Vecino: Él o yo, PS: ¿Podrían conseguir algo para sacarle punta al lápiz?, Bigote de Morsa: Responde perra, PS: Coño qué les pasa, son idiotas a qué, Cara de Vecino: Te amo, eres la brisa de mi vida, Bigote de Morsa: Los mataré, PS: Callen, guarros hijoputas. Elvis da un sorbo a su café cortado y sonríe, Palidasombra se larga, los hombres intentan ir tras ella pero desisten, Esas son bolas, la mira salir, Esta mujer es de las que ponen los huevos en varias canastas, esos tipos, son israelitas o palestinos; agente doble, no hay espía que no lo sea, ¿con quién estará? Este juez está pesado, ¿puedes enjuiciar a Calero, viejo macuarro? ¿Está en tu juridicción? ¿Dónde guardas los papeles? Qué güeva.

Sale del café. El negro está en el enlosado central del Paseo de Recoletos vestido de oscuro. ¿Qué onda, eres de este mundo o del otro? Camina hasta Las Cibeles, el esplendor del Palacio de Comunicaciones le recuerda a sus padres, la belleza del Palacio de Linares, ¿Por qué nunca vendrían acá?, ¿por qué siempre prefirieron los Estados Unidos en lugar de Ibiza o Trafalgar Square? No es sólo que les gustara San Francisco, el festival de Newport o Santa Claus, sino lo peligroso que es conocer sólo una cosa, y más con la mayoría de los gringos que tienen esa forma tan apabullante de ser, de creerse únicos, seguros de que el mundo no puede vivir sin ellos; pobres de los buenos, ¿imaginan la vida sin todos esos gringos intervencionistas? *Con Pepsi sí*. El negro observa desde el camellón del Paseo. Elvis frente a la Casa de América consigue taxi. El negro no se mueve, saca un teléfono móvil y se comunica. El vigilante blanco del cine Capitol ve arribar a Alezcano y telefonea a su vez.

Pálida conduce su carro, habla por el móvil. Mañana a las diez y media en la biblioteca nacional, ¿vale? Junto a la estatua de Cervantes, Termina. Pone a María Jiménez.

En su habitación Alezcano orina. Mañana veré qué tienen los disquetes. Saca el calzón morado de sus amores, y el collar de la buena suerte de Molly, un chisme que siempre carga en la maleta. Es un collar de semillas como almendras al que le faltan varias. Se recuesta en la cama, ¿En qué anda esta niña?, coloca el calzón en su cara, ¿Trafica tecnología, información petrolera, secretos de Estado? Por la cara de sus contactos pudiera ser información bélica, armamento, ¿dónde está lo de Calero? Gilillo que casi me atrapa. Llueve. En este caso, ¿qué debe hacer el hijo de Molly? Largarse, esta escala puede obstaculizar la misión, la verdad no entiendo, si les urge qué putas vine a hacer acá. Si el viejo pergamino quiere dinero que trabaje, hay un montón de oldmancitos cuidando carros o haciendo artesanías. Muévete pinche viejo macuarro, quiero esas ollas para mañana. Ya. Necesito un beso.

A las ocho de la mañana fue a checar los disquetes pero estaba cerrado. A las nueve suena el teléfono. Danzón dedicado a: Entrambasaguas tiene una amante, externa Pálida con regocijo, ¿Crees que se le empine?, el calzón morado cubre su cara, el collar sobre el buró, Por qué no, no es tan grande, se trata de una tía argentina, tal vez montonera, colaboradora de César Ricardo Calero en el 82, Amo a esta vieja, piensa, La conocí anoche y por unos duros está dispuesta a salvarte la vida, ¿no es lo que te gusta, chaval? Se llama Esther Aranzubia, pasea perros en el Botánico y quedamos en vernos a las diez.

Fue un cruce de intereses, ¿viste? Aclara Esther, alta, delgada, ojo zarco, caminan siguiendo cinco perros de diversas razas por la amplia vereda del Paseo del Prado a un costado del Botánico, Al principio pensé que sería extraño, inconcebible, después llegué a la conclusión de que lo probable era posible. Era tan sencillo, habíamos luchado contra los milicos y ahora estábamos con ellos, habíamos deseado una revolución ahora hacíamos lo posible por impedirla; como ves, es un asunto de cauces y en el fondo es tan sólo una cuestión de supervivencia, brutal si lo querés pero no da para más, vamos, factor humano che, desde luego que todo contemplado en la superestructura. Elvis escucha boquiabierto. He discutido suficiente este asunto con Federico pero él no entiende, sólo quiere superar a Garzón, todo ese embrollo de Pinochet en el 98, los etarras y no sé qué otra cosa trae en la cabeza, ¿leíste vos el periódico? Pero está en chino, ¿viste?, ¿a quién va a detener si los mismos argentinos ya decretaron la ley de Obediencia Debida y el Punto Final? Es un hombre emocional, intenso pero emocional y al declinar el día está más interesado en el sexo o en sus tragos en el Gijón que en la suerte de los desaparecidos argentinos. Demasiados rituales para un genio.

Los jóvenes egresados de la Escuela de Mecánica de la Armada ordenaban a los suboficiales que torturaran a los detenidos, las mismas instalaciones de la escuela se habían convertido en prisión, la patota o grupo de tareas hizo cosas terribles, luego los enviaban al vuelo de la muerte; a los chupados, antes de lanzarlos al mar completamente desnudos, un cura los confesaba. Vea qué celo de la iglesia. Los que sobrevivieron se camuflaron en el interior o se exiliaron; muchos de los que lo hicieron en Europa pronto fueron reciclados como miembros de las redes de espionaje del régimen, cualquier movimiento que intentara la guerrilla en el exilio era inmediatamente sofocado. Tenían de su lado a prominentes hombres de negocios, periodistas establecidos e intelectuales. Al más bajo costo. Este grupo tan suigéneris estaba bajo el control y supervisión de César Ricardo Calero, teniente de navío, se reunía con ellos en la cafetería Ríofrío o en el Gijón, fueron los responsables de la sangrienta paz vivida en Argentina después de la guerra sucia.

Usted recomendó a la chica que trabaja en casa del juez, Su mujer sufría, ¿viste? Sólo quise ayudar y Olga Filinich es una porteña confiable, le encanta el fútbol y cocina rico, Qué libros regaló a Entrambasaguas, ¿Yo? Ah sí, por ahí algo de Cortázar: los Cronopios, creo, Ricardo Piglia, por si lo quiere saber hace seis meses que no lo veo. Filinich dice otra cosa: Todas las semanas se ven a la hora del almuerzo y la señora lo sabe, pero es tan civilizada; yo le armo un quilombo de pronóstico reservado.

Pálida, con su gran bolso, llega a la biblioteca nacional, abre un libro de poemas de Quevedo y observa. Don Miguel, ¿por qué estáis tan sucio, tío? Se acerca una mujer vestida a la usanza oriental, Cojones, no me diga que le agrada esa moda de la pátina bajo la lluvia, con la vista baja. Lleva un sobre amarillo en una mano. Al pasar al lado de Pálida lo deja caer, Pálida tiene uno igual, se agacha a recoger el caído y le da el suyo a la muchacha con una sonrisa. Nos dicen las originales, se burla. Mientras se larga, la otra entra en el recinto.

Los perros están sedientos cuando Esther Aranzubia pide quinientos dólares más por contar sobre la estación de espionaje en Madrid de lo que al final no sabe gran cosa: De alguna manera la mayoría le entramos, el pibe dirigió también una antena en París; todo este asunto se movía al margen de la embajada, Calero reportaba directamente a alguien en Argentina, quizá al almirante Massera o al mismísimo presidente Galtieri, vos sabés. También estaba el asunto de los coches, sacaban tanta plata como del espionaje, vendían, robaban, revendían, el gran negocio, ¿Conoce a José Luis Armengol?, El coronel Armengol, un perro de la guerra sucia, era el didascálico, un tipo horrendo, ¿Supo de sus nexos con César Ricardo Calero?, En Argentina era evidente, fue uno de los principales animadores de la tortura, decían que había inventado aparatos, y Calero estuvo en la ESMA, en España fue su secreto, si vivió acá nunca lo vi, tampoco supe si tuvo algo que ver con el rubito, eran argentinos che, no son boludos, Alezcano ve que el capítulo se cierra, Esta mujer no sabe dónde tiene la cabeza, a una mujer no se le toca ni con el pétalo de una rosa, proclama Molly, que a pesar de ser hippie, cuando de mujeres se trata, exige corrección; si la información no la tiene Entrambasaguas, si Esther tampoco sabe, ¿entonces?, Había una oficina cerca del monumento a Colón, frente a los Jardines del Descubrimiento, donde hacíamos como que laburábamos; basura che, yo iba allí, por disposición de la embajada debíamos cubrir horario, aburridísimo, bueno, estábamos en un séptimo piso y la vista era linda, ¿viste? Aparte Cortázar y Fuentes y García Márquez, ¿Si hubiera algún documento sobre Calero, dónde estaría?, Qué hombre, con sus ojos de luna, su bigote recortado, tan hermoso y tan cruel, calla, mira a Elvis que espera, sonríe, ¿Usted ha escuchado a Offenbach?, ¿Es el de *La Barcarola*?, Claro, *Le Barcarolle*, una pieza menor, ¿ha escuchado *Les oiseaux dans la charmille*? También es el de *Les contes d'Hoffmann*, Refrésqueme la memoria, Bueno, es la historia de una muñeca a la que se le acaba la cuerda, calla, un joven africano que regentea un top-manta los invita a comprar cidís: Toure Kunda, Sabina, Kiclaroian. Y no puede seguir hasta que. Elvis camina a su lado, Cinco mil dólares si querés saber dónde hay información sobre el teniente Calero, Elvis reprime el deseo de destriparla y darle de comer a los perros que halan sus correas. En Europa, pibe, soy la única que sabe cómo llegar a ella, ¿No la tiene el juez?, Federico es un santo y no tiene dinero. Un espía jamás debe pagar con dinero falso, saca cinco billetes de cien, Es todo lo que tengo, Por esa cantidad y considerando la solidaridad latinoamericana, sólo diré una palabra, Por una palabra te doy cien, aparta el resto, ¿Cien por palabra, qué es esto, el mercado de Babel?, El mercado de pulgas, dime una, ¿Es San Telmo, el Rialto?, Es La Lagunilla y agárrate, Qué confianzas che, Verón, a Elvis se le abruma el rostro, ella alarga la mano y toma el resto, los cuenta, Buscá al Petiso Verón en La Moraleja, calle Alfonso XIII, frente a la iglesia, los perros los separan, Ve de noche y no seas boludo, no alcanza a escuchar la última frase, la observa con su boina calada al estilo del Che, Órale, no nos volverán a saquear.

Llama a Pálida, ¿Cómo te fue con la pava?, Quiero encargarte un chaval, le da los datos, ¿De noche?, Eso dijo Aranzubia, Joder, es un sitio muy pijo, está muy vigilado, Llévate unas pesetas por si se ofrece, Coño, ¿en qué quieres meterme?

Terminal de internet. Sonríe al descubrir que los tres disquetes del juez son cartas de Esther Aranzubia. Órale, ¿quién dijo que el amor es pasajero? Mis padres me tuvieron a los 16 y siguen tan campantes.

El resto de la mañana mataperrea, tapea, bebe sidra; en la librería Méndez compra *Muerte en Venecia* de Thomas Mann y se mete en su habitación a leer. Tendrá que hablar con el juez, se presentará como periodista y más vale que colabore, si no, Ahí lo quiero ver con el efecto tabloide: juez Entrambasaguas tiene una amante, ¿qué necesidad hay? «Día tras día, el dios de las mejillas de fuego guiaba desnudo su ignívoma cuadriga...», Órale, ¿qué significa ignívoma? Ring, divaga: ¿Hasta ahora te acuerdas, desgraciada, hasta ahora abandonaste a ese infeliz? Ring, Si crees que te voy a perdonar estás pendeja. Ring, descuelga, Diga, Elvis Alezcano, el hippie mayor, el famoso Guitarra de Hendrix, Hace mucho que no me la acarician, piensa, Cuántas cosas dependen de mi invento, *a que no puedes comer sólo una*, Soy Jim Marshall ¿estás allí?, Los desaparecidos están apareciendo sin cabeza, paren el mundo que me quiero bajar, *Yellow Submarine*, masculla, Abajo hay un Range Rover azul, cuelga, Bonito color, pa' que te jodan.

Embajada inglesa en Madrid

El blanco conduce, el negro abre la puerta trasera. Es un todo terreno con vidrios ahumados. Elvis los mira. Se explica su presencia con una sonrisa cálida, Significa que les vamos ganando a los putos Caleros, o que se han camuflajeado tan bien que no los he notado.

Hotel Palace. Sigue al negro: hall ascensor pasillo. Mucha crisis debe haber en la BBC para utilizar roperos; pobre güey, jamás podrá pasar desapercibido; ahí lo quiero ver cuando le llegue la esclerosis múltiple.

La habitación de Jim Marshall, jefe de la división LA del Servicio Secreto inglés, está en el segundo piso. Es un dandy bebedor, se conocieron durante la guerra de Las Malvinas, cuando Elvis extrajo del ministerio de defensa argentino para el gobierno de su majestad, los planes para la recuperación de las Falklands, bombardear Hong Kong e incendiar la estación Piccadilly del metro. Marshall la jugó de guapo y se encargó de transmitir vía telefónica la información tal cual, no hubo tiempo de pasarla a ninguno de los tres códigos acordados. El encuentro ocurre en la sala de la suite presidencial con una botella de whiskey al centro y música de Los Beatles. Huele suave. Elvis Alezcano, el que las prefiere deprimidas, Jim Marshall, el eterno agente naranja del MI6, el anfitrión sirve rápidamente dos vasos a la manera clásica, Por los viejos tiempos, brinda, Qué buen whiskey, Es del que toma su majestad, media luz, Con razón dicen que es alcohólica, encienden puros medianos, Será una charla precisa y de duración regular, reflexiona Alezcano. Ustedes los mexicanos tienen un humor tan raro, La vida es un alebrije Jim, ¿lo olvidaste?, Nunca supe lo que era, El filo del sueño, si vivieras en México lo entenderías, No voy a tener tiempo, ¿sabes por qué estas aquí?, Para que te miente la madre, tus malditos bucaneros no me dejan ni a sol ni a sombra, ¿qué les pasa? Marshall sonríe, deja escapar el humo con placer, Estás un poco calvo, pero el bigote de los Atléticos es imbatible, Luce corte de pelo *flet up*, saco y corbata, Te gusta el rock y los Bee Gees te producen urticaria, Un espía no debe tener recuerdos, A ti te sobran, Soy el único con padres hippies, ¿te acuerdas de Buenos Aires? Varias veces estuve a punto de llamarles, con aquel frío de mierda, Pero hicimos el trabajo y aún no nos toca envejecer, Qué bueno, porque en cuanto cumples ochenta te conviertes en papel maché, ¿has visto a la reina madre?, ¿Cuándo volviste?, Hace un año, Marshall sabe que fue la semana anterior pero lo pasa por alto, Si alguna cosa aprendes bien en este oficio es que todo se imbrica y la información privilegiada dura cada vez menos. Beben. Fuman. ¿Lloramos por eso? Alezcano lanza el humo con placer. Cómodamente sentados. Este perro quiere hueso, reflexiona, Espero que no venga a complicarme la vida, Sé lo que buscas,

60

Elvisguitarradehendrix, recuerda un comercial: *Koblenz: la devoradora*, Marshall enfoca la mirada en su excompañero, Ayer saliste de la Audiencia Nacional con las manos vacías. La mente de Alezcano se ilumina. Además, casi te pillan a la salida. Los faros no tienen origen, marshall Dillon, piensa, Cuando el hombre apareció ya estaban allí, ¿dónde leyó eso?, No olvides que a mi gobierno todo lo argentino le concierne, desde Maradona hasta si nevó anoche en Bariloche, andas en busca de información sobre un sujeto llamado César Ricardo Calero, un tipo interesante, involucrado en el affaire de la Escuela de Mecánica de la Armada del 76 al 79, compañero de Mike O'Hara, sólo que a él lo mandaron a España donde se las apañó para crear una eficaz red de espionaje, incluso con antenas en París y Roma; ahora está a punto de dirigir el Registro Único de Vehículos en tu país, pero lo quieren parar, ¿ves cómo todo se imbrica?, Lo único que me consta que se imbrican son mis güevos, asevera sonriendo, calibrando: ¿Está esto en los cálculos de los viejos? No cabe duda que los puestos cambian a la gente, Marshall sonríe, Era tan poca cosa este londinense, Déjame que te cuente una historia: hace unos años ayudamos a los talibanes a tomar el poder en Afganistán, nos ofrecieron petróleo, heroína y mercado libre para nuestros productos. Era una forma efectiva de dejar fuera a los soviéticos; sin embargo, se han salido de control, Said al Eddin, cuñado del presidente, ha creado Al Medaq, una organización terrorista que ha jurado destruir a Occidente. Said es profundamente religioso e inmensamente rico, no te extrañe que sea dueño de este hotel o de la cadena de tiendas donde compraste tu ropa; agrégale que se ha peleado a muerte con los americanos, lo que ha puesto el problema al rojo vivo, da dos profundas caladas a su habano, Tenemos sólidas sospechas de que traman algo grande, ¿quieres cocaína? Tengo una línea por ahí, Paso, Esto es lo que te puedo decir, aparte de que creemos que el comité de planeación, que encabeza Mohamed al Shehi, un extremista de línea dura, está por reunirse en algún lugar de España, mismo que nos encantaría nos ayudaras a ubicar, Olvídalo, estoy fuera de tono, Lo sé, pero no te costará gran esfuerzo, la chica que te acompaña es su agente, se ha estado reuniendo con ellos en el Gijón en tus narices, Elvis sonríe desdeñoso, Qué novedad, No me digas que no lo habías advertido, como si no fuera evidente que Bigote de Morsa y Cara de Vecino son sus contactos y que algo traen entre manos; pero no abre la boca, silencio y tiempo son aliados, además él anda en otro carril. Marshall silba, de la habitación anexa sale el blanco con un portafolios, lo abre, saca un grueso legajo, adentro se oye en la televisión que inicia un partido de futbol: Arsenal *vs* Manchester United, Lo que tenemos sobre Calero será tuyo a cambio de lugar y fecha. Elvis ve el nombre del argentino en la portada y los sellos de la Audiencia Nacional, Qué cabrón, Imbricación amigo, no lo olvides, sólo llegamos un día antes que tú, ah, y te dejamos la alarma desconectada, De acuerdo, me lo llevo de una vez, Marshall fraterniza, Olvídalo Guitarra de Hendrix, tú mismo me has contado que los mexicanos no son de fiar. Elvis apaga el puro, Acerca de mi gente ni media palabra te permito, cabrón, se pone de pie, Marshall se desconcierta, Lo siento, va a la laptop, Quiero obsequiarte algo, saca el CD y se lo alarga, Elvis hace un gesto de desprecio, Por favor, tiene una hermosa foto del cuarteto impresa tanto en el disco como en el estuche, Discúlpame, ¿hemos sido amigos, no? No tiene forro, Inventaré algo en cuanto tenga tiempo, algo electrónico, Al fin lo toma, Esto qué, Son Los Beatles, ¿te gustan, no?, Cuando no andan de fresas, Un día tocaron en privado para su majestad, de hecho sólo existen esta copia y la mía, espero te agrade. El 29 de agosto de 1966 estuvimos en su último concierto en el Candlestick Park, se acuerda Alezcano, Tiene que investigar sobre su padre, ¿cómo estará?, ¿lo habrán operado?, Gracias, se lo guarda en el saco, Ha sido un placer, Guitarra de Hendrix, Nos vemos, dice y piensa: Pinche regalo, me cago en él; señores, el hijo de Molly está a punto de dejar Madrid.

Barrio elegante, silencioso.

Palidasombra timbra en casa del Petiso Verón. ¿Quién?, Antonia Alboreto, me envía Esther Aranzubia, una enfermera abre, ¿Sos la especialista italiana?, ¿Tengo cara de otra cosa? La sigue por un pasillo largo, la casa está en penumbras, huele a humedad, vislumbra una decoración *kitch*. Estatuas por todas partes. La enfermera abre una habitación, Llegó la especialista che, entran; en una cama recibiendo suero está el Petiso Verón víctima del sida; ojos hundidos: la observa, nariz fina, pelo corto, muy delgado. Soriasis extrema. Los ojos de Pálida ubican todo, Querés sanarme de una puta vez, su voz es quebradiza, Sería mi primer milagro, piensa Pálida y dice, Esa fuerza de voluntad me gusta, lo examina cuidadosamente, Conocí a alguien que te aprecia de verdad, Esther es una puta pero me quiere bien, César Ricardo Calero, ¿Conocés a Bebé, dónde lo viste vos?, En Roma, Qué suerte, ¿te lo follaste? Es irresistible; me moría por él, ¿viste? Es el amor de mi vida, debés aliviarme, coño, aún tengo esperanzas de que vuelva conmigo, Volverá, no te preocupes, Pálida checa los medicamentos, ¿Te dijo algo a vos?, Este coctel es insuficiente, No parecés italiana che, Sí, me dio un recado para ti, ¿Un recado?, ¿Lo quieres oír?, De Calero toda palabra es celestial, Te mandó plata, la mira con desconfianza, Pálida acaba de cometer un error, ¿Quién sos? Con esos pelos no podés ser doctora, quien da dinero a Calero soy yo, tengo demasiado, ¿viste? Tampoco pudiste acostarte con él porque está en México, perra putana, ¿quién sos?, Dijo que era poco, pero que a Esther Aranzubia le vendría bien, La puta que te parió putana, ella te manda y me vienes a incordiar con esa mierda, Pálida se fastidia, Significa que no quieres conocer su mensaje, bien, voy a llamar a la enfermera para darle instrucciones y el nuevo coctel que te sacará de esta postración, Verón calla, Ella va hacia la puerta decidida a encontrar a Esther y Puerca, romperle la cara, Esperá nena, se vuelve, su mirada es una copa de leche, Cuánto quiere ahora, estoy cansado, mi corazón es un tango, está quedando vacío, por un instante deja escapar la pesadumbre, No habló de dinero para él, dijo que alguien vendría a preguntar lo que nadie debía saber, que no abrieras la boca, Pálida coloca sobre el buró varias cajas de medicamentos, fue la recomen-

dación más clara de Esther Aranzubia por las cinco mil
pesetas, Sé guardar secretos, che, dice abatido, Es lo único
que sé hacer, Este coctel es el que mantiene sano y activo
a Magic Johnson, en un año estarás en Mallorca aso-
leándote, Cancún, mina, quiero ir a Cancún, Claro que
irás, sólo cuídate, no te vaya a ocurrir lo que a un amigo
a quien le robaron un riñón, en vez de despertar acompañado de la hermosa morena con la que había bailado
despertó en una casa abandonada, Volveré a estar con ese
hermoso *garçon* che, ya verás, todo será rubio, todo, hizo
el gesto universal de los enamorados, Mi administrador te
pagará a vos lo que sea, No, debes pagarme tú, se miran
con intensidad, la habitación es una cáscara de plátano,
Quiero saber lo que nadie debe saber, Verón sonríe, Por
mí no sabrás ni la hora che, ¿quién putas sos?, Entonces
olvídate de Cancún y del *garçon*, Verón tiene un acceso
de tos, Pálida lo toma del cuello y aprieta, Suelta ese
maldito secreto gilipollas de mierda, Lo está ahogando,
lo libera, Vos no sos médica che, ni médica ni nada, así
que te voy a soltar una mierda, Soy médica y esto es el
cóctel del Magic Johnson, me costó un dineral, y sabes
por qué, porque tengo amigos con sida que se están ali-
viando y porque pertenezco a la Organización Mundial
de la Salud, lo toma de nuevo del cuello, Además una
persona enamorada tiene derecho a intentarlo todo, ¿o
no? Verón está a punto de la asfixia, Así que dime de
qué mierda estamos hablando, ¿dónde están los expe-
dientes de Calero? Lo suelta, tose, se repone, la encara,
¿Eso buscás? Te equivocaste de puerta, che, no diré un
culo, Pálida toma la almohada, Pero que eres terco, cabrón,

y se la coloca en la cara, el aparato que sostiene el suero se desploma, el delgado cuerpo se arquea hasta que cae sin vida. Maldito gilipollas, abre el cajón del buró, hay una vieja foto con cinco hombres sentados en sillas de hacienda, entre ellos el Petiso Verón cuyos pies no alcanzan el piso, una Glock con cartucho montado, una fotografía de Maradona haciendo un gol espectacular. En el reverso: La mano de Dios. México 86. Argentina 2 Inglaterra 0, y una vieja postal del Banco Gran Luxemburgo de Zurich.

Elvis se halla tranquilo, el pianista interpreta *As Time Goes By*, bebe, observa la cúpula del abarrotado bar del hotel Palace cuando los ingleses salen. Los sigue. Ellos abordan el Range Rover azul y él un taxi. Marshall lleva el portafolios. Cinco minutos después infiere el siguiente paso. A la embajada inglesa, pide al taxista, Como si la fuéramos a tomar. Nueve minutos y desciende en Fernando el Santo y Monte Esquinza. Necesito un beso. Es un edificio cilíndrico cuya primera planta es estacionamiento. Lo ve a través de la reja. La entrada es por Esquinza, enorme puerta verde; frente a ella, calle de por medio y apenas a tiempo, se esconde Alezcano tras un auto estacionado. En una caseta interior, dos guardias ven futbol por televisión. Se escucha la narración. Pronto llega el Range Rover, acciona su señal. Uno de los guardias abre una pequeña mirilla, identifica el carro, abre un poco la puerta y se acerca al blanco que conduce, como siempre le pide los documentos que el otro muestra, ¿Cómo va el Arsenal?, Pierde una a cero, No me digas, Van veintidós minutos del segundo tiempo, Algún chance tendremos, revisa los papeles y se los devuelve, Vamos a ganar, El señor pasará a su oficina y recogerá su auto, Okey, abre completamente e informa a su compañero, También le van al Arsenal; mientras se da esta conversación Alezcano cruza la calle rápidamente y se mete bajo el carro. Penetra sin problemas. Después del primer giro se suelta y queda a la intemperie, en el piso, rueda hasta un macizo de plantas. Bajo el edificio de cinco niveles hay tres autos estacionados. Baja Marshall con el portafolios, se mete al elevador. Los agentes se marchan en el todo terreno. Se enciende una luz en el primer piso. Siete minutos después se apaga, Alezcano gana la escalera, Marshall sale sin carga. Elvis lo ve caminar hacia los autos. Sube y fácil llega a la oficina: *HP, public relations*. Abre con tarjeta. El portafolios descansa sobre un escritorio de caoba. Huele. Mi abuelo, sólo por olerla cepillaba madera. Lo toma, lo siente liviano. Manipula cuidadosamente la cerradura hasta que lo abre. Vacío. Sólo una hoja con una palabra: Estacionamiento. *Tómalo con calma, tómalo con leche.*

Cuando salen el Arsenal ha empatado en el último minuto. Tal vez por eso los guardias no advierten que salen dos en lugar de uno y como sonríen piensan que es por el gol.

Después de excusarse de nuevo Marshall avanza por las calles de la ciudad, Necesito tus servicios, confirma, Y no me salgas con que estás fuera de tono, has estado muy bien, eso de entrar bajo el Range Rover me encantó, creí que lo ibas a hacer por la casa de junto, O por la de enfrente, ¿no? Sonríen, se refieren a la embajada argentina, que está justo cruzando Fernando el Santo, Podemos negociar, dame lo de Calero y luego hablamos. Es todo tuyo, está en el asiento de atrás, Elvis toma el grueso legajo con los sellos de la Audiencia, lo checa con cuidado: lee, pasa páginas, minutos después encara a Marshall, Esto es basura, ¿qué pretendes?, Te lo iba a decir, ese juez no sabe nada, No juegues conmigo, Marshall, No me atrevería, además te necesito. Alezcano observa por la ventanilla, piensa: Virgen de Guadalupe, qué onda mi reina, ¿controlas el tinglado? No me digas que mandaste a este güey y me alejaste la morra, ¿y Gililló? Sabes muy bien que no soy supersticioso, ¿y el Petiso Verón? Ojalá le haya soltado la sopa a Urganda. Necesito un beso. Lo mira, el británico con su flema, ¿Qué pretendes que se imbrique esta vez?, Te contaré otra historia, en 1986 un avión Hércules C-130 de la fuerza aérea argentina voló a Zurich, transportaba los archivos de la guerra sucia argentina: nombres, responsabilidades, lugares, fechas, un informe completo de cómo militares y comparsas afectaron a unos 30 mil ciudadanos, ¿Por qué no los quemaron?, Elementos de control, mi estimado, un informe sobre malos pasos sirve tanto para un barrido como para un regado, Qué te hace pensar que allí está lo de Calero, ¿Dije que estaba? Es una posibilidad, sé que fue un hombre duro en la guerra, le decían Bebé, por fino, suave y cruel, según sé al torturar ofrecía disculpas, ¿Los depositaron en un banco?, Exactamente, tendré mucho gusto en darte el nombre, sin embargo, tendrás que conseguir la clave en Buenos Aires y allí es dónde entramos nosotros, Si no es trampa te la tragaste entera güey, reflexiona Alezcano, Pinches viejos, son el diablo, Espero contar contigo, tengo dos agentes allá pero mucho me temo que no están resultando, Órale, Requerimos allí un guitarra de Hendrix.

¿Es todo? Pregunta cuando Marshall termina de plantearle su misión, El resto lo sabrás a su tiempo, no tengo mucho dinero, pero tendrás suficiente para algún plan que tengas por ahí, Además de tus libras, quiero otra cosa, hace una pausa, Si me cumples se hace, si no, olvídalo, Marshall lo mira interrogante, Una cena para tres personas con Mick Jagger presente, el inglés se alarma, Pretendes que convenza a Mick Jagger de… estás demente, Mi querido Jim, ¿qué haríamos los simples mortales si no hubiera gente tan sincera? Aquí me bajo, ahí nos vidrios cocodrilo si te he visto no me acuerdo, Espera, veré qué puedo hacer, pero me parece una locura, a esos tipos no te les puedes acercar, Ya, no creo que no tenga cola que le pisen, sería el único en el mundo. Marshall se compromete, ¿Y lo de los fundas?, Qué lo consigan los americanos, parece que el asunto es con ellos, No me digas, ¿irá cada quien por su lado? De lengua me como un plato, Te has de acordar que no siempre nos apoyan como quisiéramos. Elvis se baja en la plaza de España. Haré el amor con las fans de lady D, divaga, Imagínenlas soñando, con las piernas abiertas, en el estadio de Wembley, y yo en mis días. Órale.

Imbricación I

Por la ventana Madrid es un pensamiento X. Dos gatos se desmayan.

El collar está en el buró y el calzón sobre la almohada. Se recuesta, Todo marcha, mañana mismo a mal paso darle prisa me largo a Buenos Aires, Qué onda pinche Elvis, ¿quieres volver a Culiacán? No me digas que te mueres por hacer otra vez el ridículo en la escalera, ¿por qué será la gente así? Le encanta sufrir de amor; además para qué te haces güey, el gañán la satisface machín, ¿le viste el bulto, no? No es por dártelo a desear pero, chale, mejor pienso en mi desforrador de cidís, será como la piedra filosofal: bueno para muchas cosas. Enciende el televisor: cine de las dos de la mañana. Le agrada la traducción al habla española. Pone el calzón sobre el collar. San Francisco. En 1965 mis padres se perdieron con Mick Jagger, se treparon a un *cable car* y se largaron a comer sopa barata en Fisherman's Wharf. Después de un rato, inmersos en el dulce humo de Badiraguato, él obsequió este collar a mi madre quien luego lo bautizó como el de la suerte. En 1972, cuando los Rolling Stones grababan *Exile on Main Street* en Los Ángeles, mi madre se colgó el collar y los visitó. Mick la reconoció. Si no hubiera sido por Keith Richards que estaba histérico el rolling mayor fuera mi tío de leche, cómo la ven, *soy totalmente palacio.*

Diez de la mañana. Ring. Voy a una clase pero estaré libre a las dos, chaval, ¿nos vemos para comer?, Sólo que me sorprendas, Eso déjalo de mi cuenta, tío, que para eso me pinto sola. ¿Llegó el galeón?, Y de qué manera, ya lo verás, Suéltame algo, Fotografía de grupo, banco transalpino, treinta y nueve metros de eslora, Maradona y la mano de Dios, Bien, en cuanto a mí te adelanto: tendré que bailar apretadito, ¿Romanticismo?, Y del bueno, Joder.

En el periódico: Sydney. Se aproxima la fiesta olímpica. Qué onda con Ana, ¿la hará o qué? Cuando llegue Pálida iremos por mi boleto, chance y me voy esta noche, del que no tengo dudas es de Fernando Platas, ese morro está pesado. ¿Y los marchistas? Pinches putos, parecen liebres, como si no supieran que no se debe correr. ¿Qué onda con Chuck, está en el hospital o qué? Reanuda la lectura de *Muerte en Venecia*. Qué rollo mi Tadzio, bien que le haces al loco, ¿no?

A la una treinta está contento y tiene hambre. A las dos mira el teléfono. A las dos quince piensa que nunca se le había hecho tan tarde. A las dos treinta pierde el apetito y está desesperado. A las dos cuarenta y cinco le mienta la madre. A las tres acepta la posibilidad de que pudo haberle ocurrido algo. A las tres y cuarto Palida-sombra Santibáñez, 31 años, madre de un niño de seis que vive con su abuela, agente triple, recibe la tercera descarga eléctrica en los genitales. Está desnuda, atada y vendada, emite un grito ronco porque le han llenado la boca de trapo. Cara de Vecino acerca su rostro al de ella, ¿Hablarás?, ¿Dónde está el microprocesador? Presiona Bigote de Morsa, antes ha dicho que lo tenía donde ahora tiene los electrodos. En el fondo piensa que ni de coña, que lo importante ahora es ganar tiempo. Se lo diste a guardar a tu amigo de poco pelo, sí, él lo debe tener; el viejo del tabaco no creo, es un pobre infeliz, un idiota que muere por tus besos, ganar tiempo, Mózar puede servir para ganar tiempo, Él lo tiene, ¿verdad? Indica que sí, le sacan el trapo. ¿Cómo se llama?, jala aire, Mózar, Mózar Alvarado, ¿Dónde vive?, hotel Capitol, en la Gran Vía. La retendrás hasta que te llamemos y te digamos qué hacer con ella, ordenan a un segundo cara de vecino, echan un ojo a sus armas, se van, Perdóname Mózar, está envarada, agazapada, sangra por la boca y tiene moretones en las piernas y los costados, su ropa, su bolso, dispersos en la alfombra, mira a su guardián, nota que está embebido en su entrepierna, le coquetea, ¿Quieres, chaval?, ¿Os gusta lo bueno? Cara de Vecino sonríe, De acuerdo Banderas, venga, vamos a divertirnos un rato mientras llaman tus compañeros, eres guapo, sibilina, Me muero por acariciarte, mi amor, por la gloria de tu madre desátame, se ve que eres hombre de verdad, él le quita las ligaduras, ella se separa los electrodos con frialdad y dolor, Me cago en la hostia, él se despoja del pantalón, las faldas de la camisa le cubren el sexo, ella se lo toca sonriendo prometedoramente, él se coloca encima, ella lo besa, murmura en su oído, Me encantas chaval, eres un animal brioso, ¿no querrás entrar en esa cosa tan sucia, verdad? Tan manoseada por tus amigos, trae un poco de agua para lavarme, ¿vale? El tipo va a la cocina, Pálida se arrastra hasta el bolso, saca su móvil, maniobra aceleradamente, cigarros, se ve angustiada, el libro de Quevedo, una revista, papeles y más papeles, hasta que encuentra la pistola. El hombre regresa con el agua para recibir un disparo en la frente. Al caer se le sube la camisa. Lleva una bomba atada con cinta gris a la espalda. Hijoputa, menos mal que disparé donde debía.

Encuentra la tarjeta del hotel Capitol y marca. Ocupado. Sufriendo se para, se pone la blusa, el calzón diminuto y vuelve a marcar. Ocupado. Pálida como su nombre echa el pantalón en el bolso abre la puerta y llama el elevador, después de un minuto se abre y se derrumba en brazos de un instalador de alarmas, Señorita, ¿Traes coche, colega?, el tipo la abraza, Hombre, claro, coquetea, Y estoy dispuesto a llevarte a donde pidas, faltaba más. Abordan un Seat Ibiza amarillo. Palidasombra está shockeada, no ha soltado el móvil, Marca, pide al hombre, le da la tarjeta del hotel, El instalador logra meter la llamada, Está llamando, coño, qué hago, Pide con Mózar Alvarado, lo hace y se lo pasa. Qué hongo, Nada que los hijos de puta me han inflado hostias y ahora van a por ti, Mózar, son dos orientales, un tío bigotón y otro cara afilada con barba larga. Tocan fuerte. No puede ser Gililo, ese debe estar rascándose los güevos en Sinaloa. Están abriendo la puerta con ganzúa, toma el collar y el calzón, Nos encontramos en la iglesia del Carmen, atrás de la FNAC, se los guarda en el bolsillo. Por la ventana abierta sigue entrando ese airecillo suave que mueve la cortina. Hay que compartir, ¿se acuerdan de *Up With the People* y del comercial que hicieron para la Coca?: «Quisiera al mundo darle hogar y un momento de amor, sembrar mil flores de color en esta Navidad», Elvis trepa la cornisa, Eso le pasa por juntarse con fundamentalistas, sale y salta limpiamente a la azotea del edificio contiguo, ¿Ya te hiciste el papanicolau mi amor? Huir es lo que más le gusta del espionaje, Que un hombre te vaya persiguiendo para salvar el mundo o para hundirlo. Y tú con los güevos como el pájaro Uyuyuy. Morir en Madrid no está en mis planes, corre hacia un cubo que debe ser la escalera, escucha dos balas zumbar. El bigotón salta de la misma manera, lo sigue Cara de Vecino y también corren hacia allá. Elvis se olvida del elevador y se precipita por la escalera. Once diez en cien metros no está mal ¿verdad? Lo digo para que no se llamen a engaño. En el tercer piso unas niñas juegan con un lego que milagrosamente logra evitar, lo miran con la boca abierta. Apenas ha desaparecido cuando Bigote de Morsa les deshace el ensamble. Cara de Vecino pierde el equilibrio al pisar las piezas y cae aparatosamente, rueda escaleras abajo. Son adultos respetables, dice una niña pecosa, Lo que seremos en unos años, la otra saca la lengua, Ni de coña. Elvis desemboca en la calle Jacometrezo con el corazón en los labios, el tráfico está atascado, corre hacia El Callao, Bigote de Morsa lo ha visto y va hacia allá, ¿Entrará al metro, a la FNAC, al Corte Inglés? Preciados no porque está llena de gente que ha salido a pasear o a hacer la compra. Se escurre, ¿Por qué compran tanto los españoles? Entra a El Corte Inglés y desde el ventanal de perfumería ve a Bigote de Morsa buscar, mano bajo el saco, imagina una Mágnum tecleo de máquina. Lo alcanza Cara de Vecino con otra igual, otean desesperados. Al ver a unos policías acercarse se pierden hacia el hotel Capitol.

¿Has oído hablar del Magnate sin nombre? Un tequila doble ha hecho que PS recupere la prestancia y Elvis el aliento. Están arrinconados en la cervecería Cruz Blanca. Mamá, qué no piensas, preguntó un día a su madre que no lo dejaba dormir; la pobre temía que estuviera enfermo. Trabajo para él, me enviaron un maldito artefacto que nunca llegó y que casi me cuesta el físico, joder, sorbió un poco del tercer trago, Ese chisme lo debía pasar a dos pavos, un sirio y un paquistaní que pertenecen a una secta fundamentalista, unos hijos de puta, Elvis afirma, los ojos de la mujer flamean, Para librarme de ellos te los mandé, tío, qué mierda después para avisarte; afortunadamente no te pillaron, Elvis siente ganas de retorcerle el cuello, Cabrona, ¿no tendrá un pinche amante a quien embroncar?, ¿Qué es el artefacto?, Un ordenador, según sé es tan pequeño como un sello postal, Elvis le enciende el último Gold Coast, suelta el humo, Casi siempre los compro en el Gijón, coño, voy a tener que llevarte, aunque no sea tan buena compañía, ¿te gustan los toros o la ópera? Digo, a lo mejor eres del ala culterana, ¿Dónde se va a reunir Mohamed al Shehi con su gente? El cigarro cae en su ombligo, como rayo se pone de pie, la ceniza mancha el pearcing. Lo recoge del piso, ¿Lo sabes? Elvis la mira, Marshall afirmó: En el Gijón espera indicaciones, ¿En Madrid? Ella bebe el resto, aunque igual le pudieran llegar por internet, ¿Qué no estás en lo del RUV? La mira con dureza, o por teléfono, Estoy en lo que estoy, ella sonríe irónica, ¿Qué gano si te lo digo?, Elvis también, su pelo rojo está opaco, entran dos tipos, tanto su *e-mail* como su teléfono están intervenidos, No es mi pellejo el que peligra, piden sus respectivas cañas, Me cago en su puta madre, cómo me metí en esta mierda, ¿tú por qué andas en esto? Te llamas Elvis Alezcano y estabas retirado, ¿no?, ¿por dinero?, ¿necesitabas emociones fuertes?, Escucha, Elvis acerca su cara, O te pones las pilas o te va a cargar la chingada, ¿oíste? Déjate de pendejadas, si esos güeyes son cabrones los de la CIA son peores y estás a dos fuegos, mi reina, ella sonríe, Mucho miedo les tengo a los gringos, son unos cantamañanas, no les voy a chupar la polla como muchos mejicanos, Escúchame pendeja, esos cretinos son los únicos que pueden salvarte de los fundas y también del Magnate sin nombre, quieren saber el lugar, el día y la hora. Elvis se endereza, ¿Estará dormida Elena? Qué dormida va a estar, no sé que le vio a ese estúpido, ella que presume de selectiva. PS es ahora la que se inclina, Joder colega, repite eso, ¿hay pasta?

Elvis en su nuevo hotel regresa de desayunar. Es su último día en Madrid, Veré la tele como un imbécil. Pega el oído a la puerta antes de abrir. Hay un sobre manila en el piso. Lo inspecciona, lo abre. Sandro Verón, gran amigo de Calero. ¿Qué significa para los ingleses gran amigo? Sidoso. Salió de Madrid hace tres meses con destino a Estados Unidos. La última vez que se le vio fue en una clínica para enfermos de VIH en Miami. La mayor parte del año vive en Argentina, en la municipalidad de San Isidro. Una foto de Verón en ropa de mujer, maquillaje y labios pintados. Marshall Dillon, no sabes un carajo del asunto, carnal. ¿O sí? Recuerda: Tengo que decirte algo colega: maté al Petiso Verón, Pinche Pálida, debes ser tanatóloga. Por la ventana entra la luz y sus conjuros.

Uno vive en Madrid, otro llega directo de París. Agentes Reuland y Palmer de la CIA. El café Gijón está como siempre. Palidasombra saluda a Alfonso y le presenta a Alezcano, Un amigo de ultramar, Cigarrero y anarquista, dice el viejo un poco mosqueado, Tu correo está muerto, guapa, nada ha llegado, compra su cajetilla de Gold Coast, Hombre, ya llegará, barre el local esperando ver a los fundas, Aquí está Joaquín Sabina, murmura Alfonso, señala una mesa al fondo, Coño, me encanta el tipo, Pálida fija su atención, Alezcano comenta, Su acompañante me parece conocido, Arturo Pérez-Reverte, dos chavales cojonudos, a Sabina también le recojo correspondencia, Ya te dejaré algo para él, Mira esto, le muestra un atado de sobres, Las malditas admiradoras, Si quieren se los presento, Excelente idea, sólo que detesto interrumpir, aclara Alezcano, Hombre, esos son cojonudos no maricones, ¿sabes quiénes son?, Elvis canta: «No soy un fulano de la lágrima fácil, de esos que se quejan sólo por vicio». Pensamiento X. Conoció a Elena de librera un día que fue a comprar *El Club Dumas* de Arturo Pérez-Reverte. Cuando lo empacaba le preguntó si era bueno, No leo libros malos, Los hombres viven engañados, creen que el cielo es azul y no tienen idea de quién fue Leonardo Lupercio de Argensola, le endilgó, Los veo muy concentrados, tal vez luego, propone Pálida, se sientan cerca de la pareja, cinco minutos después llegan los americanos, No olvides que es una negociación y que estos güeyes se creen bordados a mano, advierte Elvis, Les quitamos el dinero, les proporcionamos el dato y los enviamos a su casa. Saludan con un gesto, piden hamburguesas y cocacolas, Elvis recuerda, Pinches locos, ¿por qué les gustará tanto esa porquería? Deberían aprender a mis amigos que comen de todo, y asevera, Celebro su buen gusto caballeros, ellos hacen un gesto de me importa madre que tú ya no me quieras queriéndome otra aunque tú te mueras, Pálida pide jamón ibérico y tinto Ribera del Duero. No hay hamburguesas. Uno de ellos toma la palabra, nunca supieron quién era quién, La información que pudieran tener no nos interesa, tenemos años recibiendo amenazas: bombas, plagas, ántrax y nada ha sucedido ni sucederá, somos el país más poderoso del mundo y eso a algunos les duele; sin embargo, debido a nuestras buenas relaciones con Jim, pondremos la señora a salvo, A salvo me pongo sola, coño, el asunto es que esos tíos no cejarán hasta verme muerta y creí que podríamos negociar, No fue lo que nos dijo Marshall, replica Elvis, Lo siento, es lo que la Agencia puede ofrecer, un tiempo en zona de testigos protegidos mientras el grupo se desvanece, ¿En cuánto al Magnate sin nombre?, Ése tampoco significa nada para nosotros, aquí tiene su nueva identidad y un boleto de tren a París para mañana en la noche, una persona la esperará en la Gare D'Austerlitz. Se marchan. Te apuesto a que van a McDonalds, Qué acojonantes. Beben, Marshall piensa que la información se desgasta demasiado rápido, Vale, pero estos tíos son soberbios, me cago en la madre que los parió, entra el juez y se sienta con sus amigos, se ve compungido, Debe andar preocupado por la pérdida del dossier Calero, en su afán de superar a Garzón no advierte que no sirve para un carajo, además los etarras, en ese momento una periodista pretende abordarlo pero los guaruras la retiran con suavidad. PS tenedor en ristre, pide largarse, comen huevos fritos con papas, No amenaces con el tenedor, exigía Molly, Si hablas déjalo en el plato, en todo caso no lo muevas, Alezcano la mira fascinado por el recuerdo, la chica está quebrada, preocupada porque no ha podido concluir lo de los bancos, le confía que le deben tres meses de sueldo, Ten cuidado con Cero, apuntala Elvis, No le des demasiadas libertades, siguiendo el tenedor, Molly le hubiera objetado, Si vas a comer hazlo con propiedad, mi reina, Elvis deja de masticar, En el concierto de Los Beatles en San Francisco mi padre me cargó en hombros para que no perdiera detalle. Afuera quemaban discos, Lennon había dicho que eran más populares que Jesús. ¿Podemos comernos este manjar tranquilamente? Ella reitera que no, Los fundas pueden aparecer y no estoy de ánimo. Por el ventanal del café se ven el negro y el blanco tranquilos, ahora son su escolta. La vida hay que vivirla para creerla. Palidasombra toma su enorme bolso, Los gringos me dieron ganas de mear, Mientras, pagaré. *Nacidos Ford, nacidos fuertes.*

Palidasombra vive en un pequeño piso en Calle de la Palma en el sector universitario. Un dormitorio y una sala de usos múltiples con una ventanita a la calle; allí se refugió Alezcano después de la correteza, se quedó un rato antes de buscar otro hotel. De Chuck y Molly nada, No lo pensaron dos veces los malditos y se largaron a San Francisco, a su elemento, una enfermera hippie que decidió seguirlos se encarga de conseguir la yerba, el alcohol, el hospedaje; en Estados Unidos la gente se muda frecuentemente, sin embargo, siempre hay un proveedor de mariguana, coca, crack, lo que ocupes, a la vista. Son una hermandad poderosa, eterna. Tendido en la moqueta, con *La Historia Verdadera de la Conquista de la Nueva España* de Bernal Díaz del Castillo como almohada, supo que no servía para intelectual: no pegó ojo en toda la noche.

Elvis ha pagado la cuenta y va al puesto de tabaco, Pálida sigue en el lavabo. Alguien desea hablar con usted, dice Bigote de Morsa, siente que le pinchan los cojones, ¿No podría ser más tarde? Ahora quiero ver la estatua del oso y el madroño. La última vez que salí con mis padres fue al Concierto para Bangladesh en el Madison Square Garden. A Avándaro no pudimos llegar: nos detuvieron en Toluca. Cara de Vecino lo encañona por detrás. ¿Alguna vez quisimos venir a Inglaterra?, ¿a cualquier sitio donde los europeos se divirtieran?, ¿Qué coño significa esto? Protesta el cigarrero, Bigote de Morsa lo golpea en la sien con la cacha de su pistola. Se largan rápido. El viejo cae derribando cigarros y revistas. Hijoputas, les grita, Dejen que les ponga la mano encima. Abordan un auto estacionado en doble fila.

Palidasombra sale detrás, hace señas a los ingleses que escuchan un partido de futbol en sus radiorelojes. Elvis está sin ánimos de interrogatorios, Si buscan una mini-computadora yo no la tengo, arguye, pero los orientales no escuchan, Deveras muchachos, no pierdan tiempo, ¿es lo que quieren, no? Además ya me voy, musita, A Buenos Aires, piensa, Cállate, Cara de Vecino oprime el cañón en su costado. Se detienen en el estacionamiento de un edificio de departamentos. Solitario. Usan un elevador interior donde hay un carrito de supermercado. Piso diez. Bigote de Morsa le propina un rodillazo en el vientre, Cara de vecino le patea las espinillas, lo quieren ablandar, ¿Qué pasó? Elvis les avienta el carrito con poca fuerza, Un golpe más y me quejo ante la Convención de Ginebra; en Ginebra hay convenciones para todo, piensa, Necesito un beso, Bigote de Morsa le golpea las costillas con la pistola que es Smith & Wesson, no Mágnum. Virgen de Guadalupe, no se te vaya a ocurrir dejarme solo mi reina. En el mero corazón de Culiacán.

En un departamento amplio, elegantemente decorado, lo esperan dos hombres: uno con bigote de morsa, otro con cara de vecino, Siéntese señor Alvarado, somos de la organización Luna Nueva, inferimos que posee usted algo nuestro, por eso lo hemos hecho venir, un dispositivo especial, una computadora en miniatura que ha costado una fortuna, hemos sido comprensivos ¿dónde está? Elvis recuerda «Yolanda», una canción tropical, Ya le dije a sus cancerberos que no la tengo, Su amiga lo ha señalado, respetaremos su vida, no tenemos nada contra usted y a su amiga le perdonamos la muerte de nuestro compañero, nada queremos saber de ella, es un mal negocio, tiene el vicio del agente doble, algo que nuestra organización castiga severamente; pero bueno, ahora es un asunto menor, nuestro objetivo es enorme, la pérdida de ese ordenador puede retrasarnos meses, nuestra lucha es santa y no podemos permitirlo, Lo siento, nada puedo hacer por ustedes, ¿Ironiza?, Es la verdad y si insisten en maltratarme tendrán que vérselas con mi gobierno, vivo en un país de generales, por si no lo sabe, y están ansiosos por entrar en combate, No me haga reír, nosotros tenemos siglos peleando, hace una seña a Bigote de Morsa que con un movimiento derriba al prisionero y con otro le arranca la camisa, Cara de Vecino le adhiere cuatro electrodos en cuello, pecho y abdomen que lo conectan a una computadora, al lado descansa un grueso libro, oprime una tecla y Elvis siente un ligero escalofrío, como cuando el dentista toca nervio, escribe una palabra, la sensación crece, Lo hemos conectado a un desintegrador molecular, señor Alvarado, si nos obliga transcribiremos Don Quijote y usted quedará hecho un saco de bolitas, Lo hecho en México está bien hecho, ¿para qué querría yo esa porquería? Qué güeva, Mejor me haré aficionado al futbol, ¿saben cuántos millones son? O profesor de literatura comparada; sin embargo, advierte que debe negociar, Cara de Vecino toca varias teclas, Si les digo que la guardo no creo que tengan consideración, si hago lo contrario, tampoco, ¿vivir unas horas más tiene sentido? Ni que fuera a llamar Elena, maldita piruja; Goyeneche, lo siento viejo, deveras, ya ni llorar es bueno, nos tronó, tal vez la idea de venir acá no era tan buena, y luego Pálida, tan embrollada, Esperen, está conmocionado, cadavérico, ¿Buscaron en mi maleta?, Limpiamos su habitación, desprendimos la moqueta, el soclo, rompimos el colchón y nada, Suéltenme, los llevaré, Usted no sale de aquí, diga dónde se encuentra y mis hombres lo recogerán, En la maleta no está, asevera Bigote de Morsa, Escriba, abre el libro, *En un lugar de la mancha,* ordena el barbón, Elvis Necesito un beso grita, tiembla, el mundo empieza a palpitar, siente cómo el escalofrío se vuelve cada vez más tenso, gira y es de colores, *duelos y quebrantos los sábados,* estruendo, ¡Quietos! Como cuando se metía ácido, oye una voz de mujer, y pasaba horas oyendo a Pink Floyd y trasuntando paralelas, se desata un tiroteo, puede ver el plomo pasar encima de su cuerpo. Es una balacera de verdad, ¿quién diseñó las balas? Qué tipo más sagaz, ¿están mis padres ahí? ¿Dónde leí que los chinos han inventado un *CD opener*? Con una navajita. Pobres tipos, luego se ve el nivel de su tecnología. Abre los ojos: Bigote de Morsa, sobre él, tiene el pecho perforado, Cara de Vecino muerto a un lado de la computadora, El interrogador amable está bañado en sangre sobre el sillón, al individuo con cara afilada y barba larga no lo ubica, ¿escapó? En su lugar ve a Palidasombra Santibáñez que le arranca los electrodos y al negro futbolista con una Skorpion que lo ayuda a incorporarse, el libro intacto, atrás el blanco sostiene un AK-47 con una mano mientras con la otra bebe agua. Trastabillea herido de una pierna. Está mareado, Esos cabrones casi escriben un capítulo, Coño, no te podéis quejar, traes el Quijote en el cuerpo, tío, Hace mucho que no me la acarician, Tenemos que irnos, el negro lo toma y lo carga como bebé.

Al día siguiente, rumbo al aeropuerto de Barajas, se afeita el bigote.

Barrio de tango

Domingo 23 de julio. Mañana en Buenos Aires. A un lado de la puerta del jardín Botánico hay varios cadáveres amontonados. Algunas personas que pretenden pasear se alejan horrorizadas.

Doce horas. Elvis Alezcano, arriba al aeropuerto de Ezeiza procedente de Río de Janeiro. Campera de napa, guantes, bufanda. Aunque odia los lentes oscuros tiene que colgarse unos, por si las moscas, Barajas se hallaba infestado de orientales buscando como locos y un taxista que oía cantigas se los vendió sin hacer preguntas; además, se tuvo que registrar con su nombre de pila y como ciudadano mexicano. En Río, gracias a los buenos oficios del instalador Felipe Ehrenberg tuvo un pasaporte nuevo. Pasa migración sin novedad. El frío es metálico. ¿Cuál es la relación entre Napoleón, Tolstoi, el invierno y las tortillas de harina? Un beso por favor. Se cubre las orejas. Aquí estoy de nuevo virgen de Guadalupe, qué todo salga bien mi reina, que el plan de estos señores resulte.

Toma un taxi Al Libertador Sheraton.

Está nublado. Poco tráfico por Ricchieri, el taxista enciende la calefacción, en el radio comerciales que lo hacen sonreír, luego Los Fabulosos Cadillacs: «Te tiraré del altar», Con razón Chuck no traga a Palito Ortega. Cero-39 insiste en obtener la información para detener el RUV, sin embargo, su experiencia con Entrambasaguas y lo de Pálida lo desalentaron, Esa maldita persecución inútil que casi me cuesta la vida; además llegó allí para conseguir una caja gris y es lo que hará, lo demás le viene completamente flojo. *Soy totalmente palacio*, ¿Cómo está Maradona?, Dieguito muy bien, el pibe ha dejado la droga y está tranquilo en casa, ¿Cría vacas o algo?, No, en casa, con la familia. Viendo el paisaje invernal recuerda: La última vez que estuve aquí entré por el aeroparque Jorge Newbery, cerca del estadio Monumental de River; qué tiempos, andaban enloquecidos con la guerra de Las Malvinas. Habían transcurrido cuarenta días de combates y los argentinos doblaban en bajas a los ingleses. Mientras los comisionados discutían la resolución R502 de las Naciones Unidas, un bato de Culiacán, hijo de un par de hippies locos, en la operación Submarino Amarillo logró extraer del ministerio de Defensa los planes logísticos del gobierno militar, hecho que hizo más corta la agonía del ejército argentino y obligó al presidente Galtieri a rendirse el 14 de junio de 1982. Un día antes, gracias a la información proporcionada, Jeremy Moore, jefe de las tropas de su majestad, supo el minuto exacto de un ataque de los Skyhawk sudamericanos y logró escapar por 47 segundos a una muerte segura. De ese refuego sólo me quedó una lana con la que pasé unas vacaciones en Cancún con una porteña que se quería suicidar y una extraña relación con Jim Marshall, que fue mi brazo armado. Al dejarlo en la calle Córdoba, Acá las cosas no andan bien, confiesa el taxista dándole una tarjeta, La economía está en el suelo y la política es un asco, lo que se le ofrezca estoy a sus órdenes. «Recibí el país al borde del abismo, hemos dado un paso adelante», ¿quién lo dijo?

¿Sección de fumar? Pasaré por funcionario comercial de tercer nivel en la embajada mexicana, Por favor. Los trucos de los viejos pergaminos, mañana debo ponerme a las órdenes del encargado de Bancomext. Abríguese señor Langagne, el termómetro marca tres grados pero la sensación térmica es de menos uno, nuestro restaurante cierra a medianoche y el centro de negocios funciona las 24 horas, por si quiere utilizar internet, le informa una chica guapa en la administración, Bienvenido, Gracias, ¿Señor Langagne? Lo mira atento un joven que también trabaja en la administración, Ariel, dice su gafete, Ni más ni menos, Le dejaron este sobre.

Lo abre en su habitación: *Confitería Ideal, 21GMT.* Lo echa en el retrete.

Tiene tiempo para conocer el entorno. Antes come en el restaurante del hotel: fetuchine a la arrabiata, tinto de Mendoza, café y alfajor de postre, Si pudiera invitaría a Gabriela Sabatini, ¿dónde está mi reina? Que tuviera un momento difícil, una depresión tropical, un acceso de ictericia; la podría escuchar, luego la llevaría a una cancha de tenis para que encontrara su eslabón perdido. Observa la calle por la vidriera: tráfico escaso, escasos transeúntes; es la paz dominical de todas las ciudades del mundo, ¿Cómo estará aquélla? Decía que los domingos eran su peor día.

Elvis *Yo sin Klínex no puedo vivir* recorre la calle Florida, compra un abrigo negro, calcetines de lana, está a punto de adquirir un chambergo tipo Gardel pero desiste, con el pelo largo se veía francamente ridículo. Mi madre es mariguana, ni modo carnal, qué voy a hacer, uno no puede escoger a sus padres, ¿será verdad que la vieja del zorzal era ramera? Molly se lo hubiera recriminado, estoy seguro, La decencia es una vocación muy dolorosa, le hubiera dicho, Pero también la más distinguida; señora, deje de andar vendiendo su cuerpo, si no lo hace por usted hágalo por su hijo, pobre inocente qué culpa tiene. Camina entre músicos, vendedores y estatuas vivientes. La gente se mueve apresurada. Pasa Lavalle y llega a Corrientes. Este es un país desarrollado en librerías. Elena juraba que era el peor negocio que había visto en su vida, ¿lee usted su volumen mensual? Que era la prueba de que la humanidad iba de mal en peor, ¿visita la mesa de novedades? El fin de los libros será el fin de la memoria, reiteraba, Y sin memoria, ¿quién puede tener razones para vivir? Pinche vieja loca, tenía su rollo, ¿no? Nunca supe cómo era contenta porque en cuanto se alivianó me abandonó. La muy perra, ojalá se ensarne toda, ¿creen que ese güey le cumpla como se debe? Yo no. Más cosas a mejores precios.

Camina, en una librería compra *Santa Evita* de Tomás Eloy Martínez, A ver qué onda con esta santa, si no me gusta se lo estrello al primer argentino que me venga con mamadas. Qué hermosas son las argentinas, qué rostros más perfectos, qué esbeltez, es una delicia verlas en los cafés hablando de política y cosas peores. Algunas se ven deprimidas, ¿sabrán del golpe? Los abrigos grises ayudan. La depresión no tiene patria, es como el amor a primera vista. Pensamiento X: ¿Encontraré aquí a la mujer de mis sueños? Lo cautivan la calle, los teatros, los comerciales: *¿por qué usás Ariel? Por el chacachaca.* Entra a un café y pide un cortado, abre el ejemplar: «Al despertar de un desmayo que duró más de tres días, Evita tuvo al fin la certeza de que iba a morir...» Órale, suena bien. Lo cierra, va al baño. Le sorprenden la letrina y la pirámide de papel usado al lado del orificio.

Maldito Transformer, más vale que no te me aparezcas pinche pirata Morgan; no cabe duda de que la vida es peyorativa, se encuentra de espalda a la pared con el libro abierto sobre la mesa, ve una ventana a través de la gente, Las mejores cosas que pasan son las que no te esperas; ¿y esta raza? Como que está a punto de caerles un ladrillo en la cabeza, ¿no?, ¿será por lo que tuvieron que pasar en los setenta? O es su Gilillo Vega Real que ya salió de Almoloya, el enano estaría en su elemento. La extraño. La deben tener hasta las manitas. Pinche suripanta, Espero no haberme equivocado. Hace mucho que no me la acarician.

Pasea por la Plaza de Mayo. Pasando la Casa Rosada, frente al parque Colón, se levanta el edificio Libertador que ocupa el Ministerio de defensa, Señores, ¿tienen la caja? Es gris, de galletas, como la que usaba su abuela para guardar papeles, ¿se acuerdan?; Es una caja mágica que puede parar golpistas y matar gente: han muerto catorce si no es que más; ya estando allí podría también investigar un número, unas letras o su combinación para abrir una bóveda en Suiza, donde, de acuerdo con las suposiciones de tres personas, dormitan los archivos más comprometedores de la historia reciente de Argentina, desde luego, suficientes para detener a Calero y asociados, tumbarles el tinglado del RUV y quedar bien con el viejo pergamino. Marshall se lo confirmó: No tienes idea de la cantidad de cajas, fueron trasportadas en un avión Hercules Lockhead C130, salió de Buenos Aires, hizo escalas en Sao Paulo, Caracas, Tenerife, Madrid, hasta llegar a Zurich sin contratiempos. Esa clave también puede estar en un banco local, ¿por qué no? Marshall dixit que después de Las Malvinas los militares argentinos se volvieron quisquillosos. Pudiera estar incluso en un campo militar, chale, se ve que no la quiero encontrar. Tal vez la caja contiene lo mismo. Camina hacia la Casa Rosada enfundado en su abrigo, ¿Por qué siempre me toca venir con este clima? Mi padre iba a la tumba de Richie Valens en invierno, ¿a qué? A oír sus canciones, ponía su grabadora a bajo volumen y le quemaba las patas al judas.

20:30 GMT. Se baja de un taxi en Suipacha y Avenida Sáinz Peña. Tranquilo. Camina por Suipacha. Pasa frente a la opulenta Confitería Ideal, le llaman la atención las arañas colgando y los ricos pasteles. Llena en un setenta por ciento. El tráfico es moderado. Viendo escaparates llega a Corrientes. Veinte minutos después se acerca al lugar por la acera de enfrente. El frío es crudo, él no lo siente porque está nervioso. Entonces aparece. Lo ve acercarse en sentido contrario. Decidido. Elegante. Lo reconoce por su cabellera plateada. Abrigo negro.

Frente a la confitería cruza la calle rápido para ganarle a un auto y encontrarlo adentro. Está por entrar al local cuando varios disparos rajan el aire, Qué onda, se resguarda tras un muro, Goyeneche, quien se ha trenzado a balazos con los del carro negro que casi lo atropella, yace abatido en la acera, No me hagas esto viejo macuarro, se acerca, se acuclilla ante el herido que lo mira ansioso, mueve los labios como para decir algo y muere. Alezcano busca rápidamente entre sus ropas pero está limpio. Se aleja de prisa, ¿Y ahora, qué pasará con nuestro plan?, ¿con quién tendré que tratar? Hace mucho que no me la acarician.

Enciende el televisor. Mal empieza la semana para el que ahorcan el lunes; borraré a Goyeneche para no sentir miedo, se mete en la cama, ¿Si mi único contacto muere, qué onda?, ¿debo abandonar la misión? Paso número uno, externó Goyeneche cuando charlaron en el Verdi: entrar al Ministerio; paso número dos: esperar, como puedes ver, no tenemos plan A, todo es plan B. Sólo tú puedes operar así, chamaco, lo animó Cero, En el filo de la navaja. Recuerda el maletín que le dejó sobre la silla, los 150 mil dólares que contenía, ¿Se raja un sinaloense? Nel ni madres, aunque tampoco se deja ir a lo pendejo. Esa cajita es matagente. En invierno Ipanema es igual. Exactamente lo que tienen en la cabeza. Pasan *Tienes un e-mail*, Meg, te amo profundamente mi reina, más que el Feroz, más que todos; ah, si esa cara de niña saliera ahora del baño desesperanzada porque no salvan al amor yo amanecería convertido en el príncipe de Chicorrato. Pronto se queda dormido. Sueña que Juan

Domingo Perón se introduce en su habitación, ha llegado de su finca solariega, busca la caja, entra al baño, mira la tina, abre su maleta, con un dispositivo electrónico la checa, igual hace con el abrigo, la campera; lo pasa también por el clóset donde Evita mueve los labios muy pálida. Lo observa y se larga. Elvis lo ve con su bufanda roja y un abrigo enorme que le estorba para caminar. Ronca despiadadamente.

Desayuna un capuchino y sándwich de miga de pavita en el restaurante del hotel. En el centro de negocios consulta internet, solicita contacto oral para dentro de ocho horas, busca en el Houston Medical Center el nombre Noé Alezcano Esparragoza, alias Chuck Berry Finn: Nada. Tiene mensaje: «Dalí es mejor que Picasso. 19h». Órale, ya me estaba sintiendo solo, busca museos de la ciudad y sin mucha complicación descubre que ese día, a la hora señalada, el ministro de Defensa inaugurará, en el Museo Nacional de Bellas Artes, la exposición: Grandes maestros de Europa. ¿Tengo que ir? Qué flojera, no hay cosa en esta vida que me caiga más pesada que los museos nacionales. ¿Cómo puede alguien disfrutar de los cuadros en esas casas tan lúgubres? No te puedes sentar a suponer lo que se metió el pintor o el escultor para ejecutar su obra por temor a que se te venga encima. En cinco minutos todos nos transformamos en turistas ansiosos de salir. Por lo que veo no podré escapar: los irritantes riesgos del plan B. Y su padre perdido. Me limpio con la eficiencia norteamericana. Con el sistema de administración X del que tanto presumen. Y mis jefes que viven con otra lógica, tal vez estén en algún Carls Jr tragando hamburguesas, acordándose del día en que conocieron a Jimi Hendrix en el Festival Pop de Monterey. También estaban Brian Jones, Janis Joplin y Allen Ginsberg. Si pudiera hablar con Molly me pondría al tanto.

Toma taxi a la embajada. En Belgrano. Llega a una construcción de tres plantas, con jardín al frente, rodeada de edificios de departamentos. Son las diez.

Dice al portero que va a la oficina de comercio, le indica el tercer nivel, toma el elevador, sale a una sala de exposiciones donde se exhibe obra de Tamayo en pequeño formato. Silba el *Cielito lindo*, Iré al museo y luego? Antes necesito saber qué rollo, los perros ladran a las sandías, Que aparezca el sustituto de Goyeneche. El ala que da al patio trasero está seccionada por mamparas de cristal, en el primer despacho una mujer bien vestida analiza documentos, Chanel Nº 5, le pregunta por el encargado de intercambio comercial, Es encargada, dice con simpatía mexicana, le indica una chica de una oficina contigua, Su secretaria. Todos están a la vista. ¿Mujer, tienen ustedes problemas para tratar con mujeres? Yo no, la secretaria farfulla, Está retrasado señor Langagne, ¿Les preocupa el tiempo en el Servicio Exterior?, ¿los argentinos los han contagiado?, No me notificaron horario, responde y reflexiona, Ni que fuera a trabajar de verdad. Olivia Quiroz, agregada comercial, de facciones fuertes, pelo corto, negro, vestida sobriamente, se ve concentrada a través del cristal. Tal vez no debí venir. Espere un momento, pide la secretaria. Pero Cero insistió: Repórtate, no seas güevón. Las ventanas son ojos de buey, dejan ver el bien cuidado patio trasero, los altos edificios. Traspone la puerta ante la inquietud de la secretaria, Soy Leonardo Langagne, Lo sé, por favor espere afuera. El gesto huraño de la agregada comercial es suficiente para dejar en claro quién tiene la sartén y el mango, lo digo para que no se llamen a engaño, Elvis con su manía de permitir que su subconsciente se explaye piensa en María Félix, Margaret Thatcher y en la señora del barrio que jamás regresaba las pelotas. Cuando invente el abrecidís nadie me hará estos desplantes. Pinches chinos. Se sienta frente a Marcela Delgado, la primera mujer con la que habló, ¿Te pidió que esperaras? Pregunta sin mirarlo, Exactamente, No te va a recibir, continúa trabajando, ¿Por qué?, El tiempo es sagrado y la entrada es a las nueve, ¿Tanto?, Sírvete café y no pierdas la paciencia, ¿qué tal de vuelo?, Bien, gracias, ¿Cómo está México lindo y querido?, Precioso, ya le salió su primer dientito, de rostro fino, está perfectamente vestida y maquillada; Elvis hojea revistas de comercio, inspecciona el local, la pintura, el piso, piensa en el museo. Qué flojera, ¿qué hago aquí?, Diego Rivera se mandó hacer un engendro el día que reconoció que Frida Khalo era una genio a la que más le valía desnudar. Y Chuck que quiere visitar el museo del Rock and roll, chale. De vez en vez mira hacia Quiroz que cuando no está al teléfono corrige documentos o dicta a su secretaria, *En la casa o la oficina tenga usted vitacilina*, con un sano dinamismo. Qué se me hace que esta vieja quiere ser embajadora. Qué mal momento para morir. A las doce aparece el chofer del embajador, cuarenta años, calcula Alezcano, Padre de dos adolescentes: un chico drogadicto que quiere ser diputado y una chica incapaz de aprobar matemáticas en la prepa, con dos empleos. Marcela los presenta, Francisco Riquelme, no me diga que llegó tarde, Desconocía el horario, Siempre ocurre, comenta Marcela, Es como cegarse con un eclipse, nadie lo cree hasta que pasa, Dudo que lo llame antes de las cuatro y media, lo alienta el chofer, Ya se lo he dicho, Marcela vuelve a sus papeles. Usted no se desanime. ¿Una celosa de su deber? Reflexiona Elvis, Pinches viejos, seguro no le informaron, Oye tú, dobermana, estás en un error, he venido a hacer mi desmadre, no a trabajar contigo, se trata de una tapadera, ¿entiendes eso? Ayer mataron a mi contacto, lo acribillaron en mi nariz, ¿no pretenderás que sea el siguiente, verdad? Aliviánate mi reina, déjame hacer lo mío y estemos en paz. ¿Andas mestruando? Pues échate un té de orégano y que Dios te bendiga. Cero-39 dijo que todo estaba arreglado, que sólo por seguridad debía reportarse y ya lo han conocido un chofer con toda la pinta de agente doble y una mujer que parece muñeca de linda y bien vestida. Con la firme idea de hacerse recibir Pinche vieja qué se está creyendo se apersona en la puerta. Cero-39 te sacaba las tripas si osabas interrumpirlo, ésta me querrá besar. Apoco no. Su sombra vacila. No lo he llamado señor Langagne, lo encara con voz que se escucha en todo el nivel, ¿Quiere café?, Quiroz es una chipa, Espere, afuera, enfatiza tomando su taza llena. Su rostro angular flamea, ¿No comete un error?, Lo atenderé en su momento, señor, le clava la quebradora en las sienes, Y el error no es mío, Ni con el pétalo de una rosa, yo la envenenaba con toloache macerado, una porción en ayunas hasta que le llegara la regla. No tiene más remedio que volverse, la secretaria lo mira tensa, y salir a la calle, nerviosa, harta. Sopla el viento. En un puesto de periodicos ve la foto de los muertos del día anterior, Uta madre, se ve que estos cabrones no se andan por las ramas. Camina un poco y la ciudad lo sorprende, ¿cómo ha podido un país tan fuerte desplomarse?, ¿son tan poderosos los políticos que pueden acabar una nación mientras se burlan de los magos?, ¿qué parte tienen los militares y la guerra sucia en esta debacle? A un político mexicano de bigote y panza floja le robaron un Lincoln 49, una joya, desechó su aseguradora y trató directamente conmigo, me ofreció cinco veces el costo del trabajo. Cinco días después lo encontré en un transbordador sin un rasguño, cubierto con un plástico negro, a punto de viajar a San Petersburgo. Lo llevé a su casa, tenía siete idénticos. Me pagó en efectivo. Me contó que no había terminado la primaria, ¿a mí qué me importa? Que preparaba su campaña para senador, pasa las pasas, que era la mamá de los pollitos.

Para un taxi A la catedral.

Camina hasta el ministerio de Defensa, disimuladamente lo rodea, soldados de rostro cetrino lo resguardan, el tráfico en la calle posterior es lento, Plan B: ¿alcantarillas otra vez? Qué güeva, vuelve al frente y entra, se entretiene en el monumento a los Mártires de Las Malvinas, Esto de la embajada no me termina de gustar, en el aburrido milico que lo resguarda; unos diez efectivos armados vigilan el acceso al alto edificio, se aproxima a la puerta, uno de ellos le apunta al pecho con un fusil de asalto, No puede pasar, Qué magnífico edificio, es una verdadera joya de la arquitectura latinoamericana, el milico duda, baja un poco el arma, No puede merodear, pasar o permanecer aquí, retírese, ¿Todavía despacha el ministro en el piso doce?, Márchese, le ordena, Elvis se vuelve sonriente, Muy bien, reflexiona, Le haremos una visita no al doce, sino al catorce, donde según informes de Goyeneche tiene su madriguera, tal vez guarda la Matagente sobre el escritorio. En un cibercafé, se mete a Yahoo: en el chat de romance:

Paseolunar: mi gusto es…

Marijuana girl: perdí todo, te lo juro, fue la peor noche de mi vida.

Caballoviejo: me largo, snif.

Kataura: te amo Paseo, no te vayas con ese cabrón.

Bladerunner: el futuro ya llegó.

Cocaíno: ah.

Bondadoso: mándele flores mi Kata y deje de estar chillando.

Chicadelasbragasazules: ya llegué.

Marijuana girl: la peor yerba que haya yo probado.

Paseolunar: lo último que haría en mi vida sería involucrarme contigo, pedazo de moco.

Adán: y Eva?

Bladerunner: pélenme, es un huracán.

Muerto: hijos, honren mi memoria, pase lo que pase no dejen que las adversidades los desanimen o los venzan.

Cocaíno: he sentido eso.

Kataura: te amo, no sé lo que eso signifique para ti.

Pataschuecas: mari, quiero hacerte un niño.

Chicadelasbragasazules: Bonda, qué onda, salió un verso sin esfuerzo.

Adán: han visto a Eva?

Marijuana girl: no tienes con qué Patas, eres un fiasco.

Paseolunar: significa que eres un imbécil, un retrasado mental, un pedazo de moco.

Bondadoso: mi niña, con las ganas que tengo de verte.

Pataschuecas: Adán, aquí tengo a Eva, al rato te la mando, ahora está muy ocupada.

Bladerunner: me voy, indudablemente sus terapias ocupacionales les han hecho perder interés en el futuro.

Kataura: dime lo que quieras, pero no me dejes.

Cocaíno: órale, que al que defraude le jalen las patas.

Chicadelasbragasazules: yo también quiero repetir, creo que nacimos el uno para el otro.

Adán: cómo?

Marijuana girl: alguien quiere?

Paseolunar: tarado.

Bondadoso: pienso lo mismo. Sólo tengo una duda, bueno, dos.

Pataschuecas: te la mandaría antes pero está muy contenta.

Kataura: tus palabras son bálsamo para mis oídos.

Marijuana girl: me voy, si les gana la ansiedad, ya saben cómo localizarme.

Muerto: los ultratumbanos están cerca, espéralos.

Chicadelasbragasazules: cuáles?

Adán: pregúntale si consiguió las manzanas.

Paseolunar: bonda, ¿me harías el amor?

Proyecto de nación: podrían ponerme atención?

Bondadoso: nada quiero saber de tus cristales.

Chicadelasbragasazules: paseo no seas perra, respeta.

Kataura: snif.

Cocaíno: órale.

Pataschuecas: sólo una.

Proyecto de nación: compañeros tenemos que cambiar las estructuras.

Chicadelasbragasazules: pobre de ti si me entero que sales con esa puerca, qué tienen mis ojos?

Paseolunar: los hombres son pa' seducirlos moscamuerta, comprende que él no quiere tus lentes.

Adán: ya me jodí.

Bondadoso: nada, querida, pero no me hacen sentir seguro.

Cocaíno ha salido.

Qué onda con la embajada, ¿me tengo que clavar? Chale.

La vampiresa de negro

A las cuatro treinta lo recibe Olivia Quiroz. Acusa la intensidad de la jornada pero sus ojos siguen duros como en la mañana, Si fueron a Nueva York deben estar en Time Square consiguiendo boletos a mitad de precio para los *Monólogos de la vagina*, Chuck es un chico y en lo que menos piensa es en curarse. Señor Langagne, la entrada es a las nueve, la salida a las cinco con media hora para almorzar, trabajará al lado de la señorita Delgado, su obligación será revisar los negocios en que los empresarios mexicanos estarían interesados en invertir y en las propuestas argentinas que pudieran importar a nuestros inversionistas, todos los días a las cuatro de la tarde me comunicará sus resultados, mismos que serán sometidos a un escrutinio de posibilidades, cómo ve, somos el enlace, ¿alguna pregunta?, A qué hora me toca ir al baño, No tolero gracejadas señor Langagne, usted ha sido contratado para un trabajo y a eso se limitará, puede retirarse, Esas son bolas, lo deja frío, señorita, ¿no está confundida?, No le permito juicios a priori, señor Langagne, si quiere trabajar bajo mis órdenes esas son las condiciones, si no, la misma puerta de entrada es la salida. Ahí tienen a alguien que nunca oyó de la mujer ahorcada, está loca si cree que voy a regresar, no pienso perder un minuto más aquí, con Goyeneche muerto ¿qué clase de contactos me esperan?, ¿quiénes son los ultra-tumbanos? Sin embargo, podría invitarle un café, seño-rita Quiroz, me encanta Buenos Aires, entre el tango y la realidad hay poca cosa ¿no le parece?, Nuestro trabajo es muy serio, señor Langagne, implica inversiones millo-narias, si a usted le agrada más divertirse seguro también sabe calcular su desgaste, mañana a las nueve, se pone sus lentes oscuros, ¿Me va a dejar plantado? Recoge su bolso, se pone suspenso, No entiendo, ¿quieren que tra-baje aquí, de verdad? Están jodidos, jodidos y agujera-dos del medio; me equivoqué, tal vez debí reportarme al embajador. Antes de salir le ordena, Y córtese el pelo, es una norma, ¿Qué pelo?, ella hace como que no lo escucha, Elvis sonríe divertido, ¿Sabe Cero algo de esta arpía?, ¿quién está detrás de Goyeneche? Creo que nece-sito un beso.

Museo Nacional de Bellas Artes.

Como es su costumbre, antes de entrar inspecciona cuidadosamente las inmediaciones. En avenida Liberta-dor el tráfico es tupido. Se trata de una planta de agua remodelada ubicada en plaza Urquiza. La oscuridad llega y el frío aumenta. Ve llegar al embajador mexicano, lo sabe por el chofer que maneja un auto enorme con una banderita tricolor, un hombre con sombrero hongo baja y entra al recinto, Elvis se pone una perilla y un bigote muy bien recortado para que no lo identifique Riquelme que siguió hasta el estacionamiento. El ministro Frank

Alejandro Yrigoyen aparece puntual, rodeado de su guardia castrense; es simpático, maduro, de porte atlético; saluda de beso a las señoras que le sonríen y de apretón de manos a los señores. El agregado cultural de México se reúne con su jefe. A pesar de la cortesía el ambiente es tenso. Como todos los ministros trae prisa, de manera que después de saludar a Elvis Alezcano que está muy elegante, se acerca a un ramillete de micrófonos para hacer el favor de inaugurar. Damas y caballeros, buenas noches, Elvis huele, Es para mí un honor compartir con ustedes en este sagrado recinto, Por aquí debe andar mi contacto, Mi adoración por Van Gogh es del dominio público, escanea cada invitado, todos aprueban, el hombre mira a los asistentes por un momento, También eres un maldito intrigante, deteniéndose un poco más en las señoras que están en primer término. El hilo de Ariadna, reflexiona Alezcano, lo ve en la foto del Petiso Verón, es el más alto, el más sonriente. Veremos aquí algunas de sus obras más significativas, Y yo veré a mi acople, Esta importante exposición ha sido enriquecida por los grandes maestros españoles Picasso, Tapies, Miró y Dalí, que me parece más interesante que Picasso, El ministro habla por tres numinosos minutos con gran simpatía y conocimiento, Alezcano no pierde detalle, Primer paso: Ministerio de defensa. Tu territorio, se acuerda de Chuck: cáncer de próstata, pero cómo, si estaba muy bien, fue fulminante; piensa que podría organizar un asado, invitaría al ministro, a sus asistentes, a dos o tres señoras para que les hable de Van Gogh; le daría de comer suficiente, de beber en exceso y después le apretaría el pescuezo hasta que confesara dónde está la caja. El embajador mexicano muy atento a las explicaciones de su agregado, Riquelme apartado, esperando. Yrigoyen hace un breve recorrido: Magritte, Balthus, Miró, Leger, Picasso, Ernst, Dalí, *La noche estrellada* de Van Gogh dónde se detiene un minuto, durante el cual se hace un respetuoso silencio. Nada que ver con el de espátula que es cortante, cósmico, inhumano, Señor ministro, inquiere una corresponsal española, Se dice que el presidente está en la cuerda floja; en caso de que renuncie, ¿cuál sería la postura de las fuerzas armadas?, Le han informado mal, señorita, el presidente está más firme que nunca y tiene el respaldo incondicional de las fuerzas armadas, creo que por el momento no tengo más que declarar, la corta, sonríe a un anciano que está a su lado. Después se retira, solamente se despide de una hermosa mujer vestida de negro, la misma que en este instante, en las barbas de Alezcano, cambia su copa vacía por otra llena a un mesero que no trae más. Lánguida como una flor sin flor. Elvis Quién es esta belleza busca rápido otro mesero, Mi reino por una copa, necesito brindar con, cuando la consigue *La vampiresa de negro* ha desaparecido, ¿Se acuerdan de Los Hollies: *Long Cool Woman in Black Dress?*, ¿dónde? Se fastidia, se fue, Qué sitio más petrificante, carece de calor y más que iluminado está alumbrado, será mejor que me largue. Sus paisanos conversan animadamente con otros invitados. Rumbo a la salida pasa al lado de Riquelme que lo mira con curiosidad, se detiene a observar *Estudio para el caballo II* de Picasso, el chofer sigue atento, Qué güeva, hasta

Cero-39 puede pintar esa dentadura, ese cerrito verde, yo creo que por eso me mandó aquí, para presumirme luego, pinche contacto no apareció. Recoge su abrigo del guardarropa, se lo pone, saca sus guantes, se coloca el izquierdo, va a ponerse el derecho pero retira la mano sorprendido, del interior extrae un papel, lo desdobla: «Dalí es mejor que Picasso, Café Tortoni, rincón Luigi Pirandello, 23 horas». Éramos muchos y parió la abuela. Escrito a mano. Sale poniéndose el guante. El papel arde, lo suelta, cae al asfalto. ¿Recuerdan lo mismo que yo? *Mejor mejora Mejoral.*

En ese instante dos hombres caras de vecino procedentes de Roma toman taxi en Ezeiza. ¿A qué vienen?

En un tren nocturno, Palidasombra Santibáñez lee la edición príncipe de Baltasar Gracián que no devolvió. Fuma. Se ve agobiada.

Cruza Plaza Francia hasta Buenos Aires Design Center, cena lomo al verdeo con un tinto de Maipú, de postre dulce de leche. No se compara con el jamoncillo mexicano, apláquense. Pensamiento X: a Elena le hubiera encantado este postre, elogiaría su sencillez, su sabor, ya, sosiégate, ¿has visto a las argentinas? Él si conoce a alguien será a Gabriela Sabatini, está decidido. Borges, ¿será verdad que expresó su intención de ser enterrado en La Recoleta? Como que de allí los gusanos suben al cielo donde se convierten en termitas.

Toma un taxi Al Tortoni.

Veamos qué onda, ¿cuántos cartílagos tienen los ultratumbanos? Sin plan A estás siempre al borde del abismo.

Los argentinos son fanáticos de la noche, a pesar del frío hay gente por todos lados. Llega faltando 40 minutos para la cita. La zona es hermosa. La avenida de Mayo debe ser una de las más bellas del mundo. ¿No se parece un poco a la Gran Vía? Los edificios que rodean el café no tienen madre, le hacen olvidar por un minuto para qué está allí, en la boca del lobo. Arriba se halla la Academia Nacional del Tango y tiene una salida por Rivadavia. Se aposta en el dintel de una tienda de discos a doce metros de la entrada. Una pareja de *punks* habla de un quilombo en puente Mitre, beben de una botella oscura. Un viejo de chamarra pasa frente a él, rostro pétreo. Pobre carcamal, debería estar durmiendo, apuesto a que sufre hipotermia, ¿y yo? Qué putas hago aquí con todo este traperío encima, qué güeva, soy un reflejo del país, todo sobre armazones desvencijados, abusando de la improvisación y de la suerte. Me urge un beso. Empezaré por asegurar el resto del dinero no están los tiempos para dar crédito, viejos macuarros, uno ya marchó, ojalá y al otro le dé un infarto. El anciano entra al Tortoni. Imagina su vida: lleva diez años con un marcapasos, padece hemorroides y le han practicado tres operaciones de próstata; sin embargo, tiene ese aire de grandeza, esa altivez, camina erguido y a leguas se ve que no es un oldmancito, esos ancianos derrotados por la vida que viven sus últimos días luchando contra las moscas; ¿recuerdan el chiste de los náufragos? Será mejor que me resguarde, no vaya a aparecer el Transformer O'Hara y vuelen pelos. Como si lo hubiera invocado, un Peugeot negro circula despacio, los hombres que lo habitan observan. Escalofrío. Uno de esos manejaban los asesinos de Goyeneche. Los transeúntes se apresuran. Si la leche es poca al niño le toca.

El Tortoni es un bullicioso tren con barra enmedio. Pasos, miradas: recorre el sitio. Descubre al viejo sentado junto a los baños fumando frente a un express, Pobrecito, debe padecer de la vejiga, ¿qué me pasa, por qué ando de compadecido? Repara en que lo acompaña otro hombre tan longevo como él, vestido a la Gardel, con chambergo y pelo engominado. También acaba de llegar. Pregunta a un mesero por el rincón Luigi Pirandello, señala un busto del dramaturgo justo al lado de los viejos. No me digas, se acerca despacio, Dalí es mejor que Picasso, murmura, los señores lo miran, uno de ellos responde, Pero Picasso vendió más. Dios mío, los ultratumbanos, pinche Goyeneche, por eso no quería confiar en ti. Siéntese, le indica el que vio afuera, el otro bebe whiskey. Se oyen canciones de Alberto Castillo y la mayoría de los clientes son los dueños del universo, Alezcano se siente gambusino, conversan en voz baja, beben despacio en un ritual que no desean concluir, algunos oldmancitos toman café sin sonreír. Se sienta sin saludar. El del express hace una seña y un mesero se acerca, Ángel, servíle al señor, el viejo del whiskey tiene ojos saltones como Diego Rivera y es elegante, el otro viste austero, pide un tequila. Fuman cigarrillos negros. Le parece estar en el siglo XIX acompañando a Domingo Faustino Sarmiento el día que decidió pintar de ese color la Casa Rosada. Este recinto es una de nuestras tradiciones más cojonudas, explica el viejo engominado, Data de 1858, observa con un azul intenso, Así que vos sos el pibe del Submarino Amarillo, el primer viejo tranquilo, Elvis Alezcano los mira con atención, ¿quiénes son?, ¿de qué asilo escaparon?, ¿no temen enfermarse?, Mataron un cornetero, responde y ambos sonríen, hacen gestos de aprobación, ¿Dónde es la fiesta? Ataca Elvis que piensa, Se acabarán los espías pero no el espionaje. Sabemos por qué estás aquí Elvis Alezcano y somos tu red, Alezcano bebe, Por favor, no quiero faltarles al respeto, Mataron a Goyeneche cuando iba a darte las últimas instrucciones, Elvis los mira, sus rostros son de granito azul, enciende un cigarro, Era nuestro amigo, nos pidió colaborar y aquí estamos, decínos qué necesitás, pibe, expresa el engominado, No estamos de acuerdo con tu contribución a la derrota argentina en Las Malvinas, sin embargo, nos parece que el objetivo es más relevante que cualquier cosa ocurrida en el pasado. Te apoyaremos, che, solamente no nos encargués nada de internet, es demasiado complicado para nosotros, Pertenecemos a otro época, sonríe el elegante, Dice Cero que vos sos un experto. Amigos de Cero-39, entre los tres podrían sumar 400 años, sólo sus ojos son dos ascuas en la penumbra culta del café. Elvis apura el tequila reposado, ¿Saben qué me iba a decir Goyeneche en la confitería?, Ni idea, como supondrás poco nos comunicábamos, ¿Les aclaró algo?, Dijo que era cosa de coser y cantar, y nos encanta ¿viste? ¿Quieren qué consiga la Matagente con este par de vetarros catarrientos? Deben estar bromeando, se indispuso, Viejo macuarro, con razón lo mataron, no tienen idea de lo que batallamos Marshall y yo, casi nos desollan vivos. Primero una *punk* sin escrúpulos, después la embajada y ahora ellos, ahí los quiero ver para infiltrarlos, PV, se dirige al primer viejo, Quiero la historia de Frank Alejandro Yrigoyen y los nombres de quienes lo respaldan, civiles, militares, colaboradores cercanos, fotos, amantes, parientes, Diego, todo sobre el personal que trabaja en la embajada mexicana, especialmente de la señorita Olivia Quiroz, ambos asienten despacio, Será un placer, ¿Contaremos con alguien más?, Tal vez, expresa el elegante con un aire de misterio, ¿lo pueden creer? Yo sí. Una cosa che, para vos no importa ¿no es cierto? Sin embargo para nosotros sí, asiente el primer viejo, Queremos utilizar nuestros antiguos nombres, si no te molesta, es de buena suerte; el mío es Vittorio Ganduglia y el de mi compañero Isaac Tepermann, ésos que nos has puesto suenan muy raro, No hay problema, mañana a las 19 en el bar del Sheraton. Los probaría, si era la voluntad de Goyeneche lo complacería; sin embargo, es perro viejo y los huesos nomás los mira; Maldito carcamal, sentía que iba a fracasar, que ese par de señores eran un obstáculo más, ¿qué esperar de un par de retirados? Sólo a ellos se les ocurre, ¿lo hacen por ahorrar?, o porque no tienen en quién confiar. Ya veremos si pueden mover un dedo sin quejarse de la artritis. Deja un billete. Gardel canta *Por una cabeza*. Sale por el billar a una Rivadavia solitaria.

Una red muy especial

A la mañana siguiente, por la red, recibe la orden de seguir en la embajada. Asiste desdeñoso. Pinches ultratumbanos. Lagañoso. Todos están bañados, cambiados y en sus puestos, como conocen el problema del antitranspirante se han puesto desodorante. Se ven tan bonitos. Marcela Delgado bebe café con pastas. No cabe duda Langagne, eres un niño bueno, comenta risueña, Ocúpate de tus asuntos pinche arpía, reflexiona sonriente y dice, Soy el Menneken-Pis, Oye, cualquier cosa, ya sabes, somos el equipo de todos, Órale. Hay un bulto de papeles sobre su escritorio, abre una carpeta: «Riego por aspersión», ¿Qué me importa a mí esa mierda?, da vuelta a la página y encuentra una explicación aburridísima sobre riego y rendimientos por hectárea, Para regar mis güevos, páginas con diagramas a colores y rostros de campesinos sonrientes. Una dirección en Guanajuato, teléfonos, faxes, *e-mails*. Qué joda, ¿habrá un argentino al que le interese?, ¿alguien querrá regar la pampa? El Río de la Plata tiene hasta setenta kilómetros de ancho y lo que le sobra es agua. Lo echa a la basura, No vaya a ser que a la cuatrojos la subyugue. ¿Por qué no piensan en cosas que resuelvan problemas domésticos? Como quitar el empaque a los CD, al gouda: es difícil abrirlos sin recurrir a un cuchillo o a una punta, algunos traen una cinta de celofán rojo que jamás funciona. Hace tiempo que no voy al cine, ¿saben cuál quiero ver? *Gladiador*, qué onda con Russell Crowe, ¿que se está dejando caimán a la Meg? Cómo la ves Feroz, No creo, la morra tendrá malos ratos pero no malos gustos. Un segundo proyecto es sobre un molino de nixtamal, Qué despropósito, ¿quién le diría a este imbécil que los argentinos comen tortillas de maíz? Con ganas de tomar todos los proyectos y lanzarlos al aire, los que caigan sobre el escritorio son los meritorios y los otros al cesto de la basura y asunto arreglado, ¿y Asunta? Observa a Marcela que trabaja muy concentrada y a través del cristal a la agregada comercial que sigue el mismo ritmo del día anterior, La frígida de la familia. Encuentra unas cincuenta carpetas de argentinos que buscan socios mexicanos, fábricas de sándwiches de miga, Ya, no creo que a los mexicanos les gusten, somos taqueros por naturaleza, dos de asada y uno de machaca pa' llevar. Fábricas de alfajores, destiladoras, sensores de onda corta, especiales para alarmas contra robo de vehículos. Ya. Chismes y más chismes que sirven para dos cosas, ni que no supiera yo, ¿Asunta es nombre italiano o español? Antes de lanzar este último proyecto a la basura, busca la firma: alférez de fragata Rosendo Estrada Mignolo. Otro militar, me encantan los militares, maldito camuflaje, aparta la carpeta, Hubieran pensado algo mejor y luego los carcamales; Dios mío paren el mundo que me quiero bajar. Trabaja sin interrupción el resto de la mañana, aparentemente, porque no deja de pensar en el ministerio, Entro, tomo la caja, salgo y me largo. ¿Debo involucrar a los ultratumbanos? Ya veremos, pero, ¿a quién más? A las doce aparece el chofer con su cara de agente doble, ¿Cómo va el día, che?, Mal, los ojos de buey me deprimen y la calefacción está averiada, Pero si la acaban de instalar, debería estar funcionando, Infórmale al embajador, No creo que sea propicio, anda preocupado por el triunfo de la oposición en tu país. Claro, es un senador que trabaja como embajador, pero ha de sentir frío, ¿no?, Es lo más probable, esta vez el chofer se queda un rato, el embajador está reunido, en cuanto Marcela va al baño, Langagne, por ahí le encargo a un amigo, un tal Estrada Mignolo, está quebrado y es un loco cojonudo, Un argentino tratando de corromper a un mexicano, ¿lo pueden creer? Alezcano sonríe, le dice que no se preocupe, que si está en sus manos el amigo está del otro lado. Riquelme le cuenta que tiene un pariente futbolista tan bueno como Diego, Alezcano que ha visto detenidamente la foto del gol anotado por la mano de Dios no sabe qué postura tomar, ¿Dónde juega? Sabe que una discusión sobre futbol con un argentino es causa perdida, En Boca, claro, el pibe es especial, sobre todo con cancha achicada, qué tal si una de estas noches nos desvelamos, conozco una tanguera, la misma que visita Robert Duval cuando viene a Buenos Aires, está bárbara, podríamos también ir a La Bombonera.

En México necesitan pruebas de que Calero estuvo mezclado en la guerra sucia, elementos que certifiquen su complicidad con mafias internacionales de robacarros.

El tipo y sus socios cobrarán un impuesto por la compra de una unidad que luego desaparecerá. En Argentina necesitan la caja, ¿se llevarían su expediente en ese avión Hércules? O permanece en el ministerio de defensa, ¿en el despacho de un juez federal? O en el banco de la esquina, ¿cuál es la clave para ingresar al Gran Luxemburgo, dónde está? El viejo quiere ganarse una lana y tal vez deba hacer algo. Entrambasaguas conservaba información sobre espionaje y algunos datos sobre su desempeño en la guerra sucia: 217 ejecuciones, 128 torturados, 19 secuestros y un montón de chupados, los revoltosos que lanzaban al mar. Dicen que Massera lo adoraba, que lo quería a su lado. Todo eso constaba en el archivo de la Audiencia Nacional extraído por los chicos de Marshall, pero no hay pruebas. Papelito no habla. Los documentos de la caja gris, ¿de qué tratan?, ¿están a la vista? La carta de Edgar Allan Poe. ¿Otra vez al mundo de las alcantarillas? Qué flojera, pinche Transformer, y con los viejitos, Hace mucho que no me la acarician, ¿cuántos militares mantiene el Estado mexicano? Raleigh es el cigarro, Oye Langagne, interrumpe Marcela, Qué bueno que te asignaron aquí, hay bastantes paisanos deseosos de invertir en Argentina y precisan información oportuna, La información es lo mío, expresa sonriente, Llenaremos la pampa de fábricas de tamales, camotes enmielados y mangueras para regar *canabis*, vamos a sembrar desde Córdova hasta Río Negro, ella se contagia, Menos mal que no pierdes el sentido del humor, sin embargo es en serio, el gran capital mexicano está muy interesado en Argentina. A Marcela realmente le entusiasma el programa,

Es tiempo de que la industria nacional se extienda y trasponga fronteras, y qué mejor que el mercado argentino, que si bien está un poco deprimido, es un pueblo acostumbrado a consumir, Chale, piensa Elvis, Ha de tener harto al marido, la escucha durante diez minutos imaginando que habla absorbiendo, como si estuviera fumando mota.

Hace algunas notas breves y las guarda para cuando Olivia Quiroz lo llame, a las cuatro, Pinche dobermana, lo sé, soy un macho asqueroso, pero no me importa, ella es una cretina, ¿ya olvidaron cómo me trató ayer? Viejos macuarros, me tienen trabajando como idiota, como si no tuviera una misión que cumplir. Molly me apoyaría, estoy seguro, No le hagas promesas, repetiría, Llévala a terreno y que pase lo que tenga que pasar, y Chuck pondría a Led Zeppelin, tomaría a su reina de las manos para bailar *Perro negro* como si fuera *Cuento de los bosques de Viena*. Par de locos. En Woodstock me perdí, se habían metido tanto ácido que no sabían de ellos menos de mí. Enloquecieron cuando tocó Santana. Pinche nacionalismo. Espero que la enfermera hippie esté a la altura de las circunstancias.

Va al baño al segundo piso, a las oficinas del embajador que en ese momento abandona el lugar, Riquelme lo presenta como el nuevo funcionario de la oficina de comercio, Es un placer, José López Campuzano de traje negro, con su sombrero hongo, bufanda y bastón, hace una reverencia ridícula, Bienvenido, señor Langagne, cada miembro de esta embajada es un representante del pueblo de México, ¿qué tal su vuelo?, Qué chinga con el vuelo, Bien, algunas turbulencias pero bien, Es un gusto tenerlo con nosotros, lo que se le ofrezca, ya sabe, esa es mi oficina y esta mi secretaria, señala a una morocha que sonríe, Ahora me retiro, un asunto importante en Olivos , pero mañana, si la virgen de Guadalupe no dispone otra cosa, estaremos aquí, al pie del cañón, Un güevón es lo que eres, conjetura Alezcano sonriendo, le da mala espina, No creo que este imbécil sepa algo, ¿dónde me metieron? Quiere alejarse lo más pronto posible de Quiroz y dejar de revisar papeles ordinarios, sin embargo, prefiere callar, el de sombrero hongo se retira presidido por el chofer que marcha muy erguido.

Alezcano se entretiene viendo carteles de la secretaría de Turismo: Déjese conquistar por México: Cancún, Mazatlán, Topolobampo. Tal como supone, en cuanto el embajador desaparece la secretaria se levanta, recoge sus bártulos y hasta mañana. Se mueve rápido. En treintaitrés segundos abre la puerta con tarjeta. ¿Para qué? No sabría explicarlo. Es una oficina normal de embajador de país subdesarrollado, que además lleva sombrero hongo: un archivero desordenado, un escritorio de caoba lleno de carpetas, figuras indígenas, una foto de familia numerosa, en una esquina una vitrina de cristal con una bandera mexicana, un perchero con un sombrero de charro profusamente adornado y otro de Gardel, un tocador con perfume y agua de colonia, una cafetera, unos jarros de Tlaquepaque, tres botellas de tequila con sus respectivos caballitos, un clóset lleno de trajes de diversos colores, uno de charro entre ellos. Pinche viejo macuarro, está más loco que una cabra. La ventana da al jardín. Busca. En una carpeta encuentra una serie de recomendaciones, la tercera es para Estrada Mignolo, la firma el subsecretario de Defensa, Alberto Scoponi. Un fax del general Francisco Pichardo, jefe de la tercera región con sede en Guadalajara, Jalisco, México, donde lo felicita por su atinada gestión y le adelanta que nuestro común amigo lo visitará los primeros días de agosto. Qué bonita familia. Bajo esa carpeta está otra con su nombramiento firmado por la misma secretaria de Relaciones Exteriores, ¿lo pueden creer?, sonríe, el espionaje mexicano siempre ha tenido los mejores falsificadores de firmas. Su misión es demasiado delicada para que el embajador esté enterado. Es de los enquistados, de los que van a salir botando en diciembre. Abre el escritorio. Está saturado de latas de chiles jalapeños y de cajas de camotes de Puebla. La panza es primero. Un CD de pistas de canciones rancheras, Así que al angelito le gusta cantar. Escucha un leve ruido. Pasos. Entra al baño rápidamente, ¿Qué carajos hago aquí? Mira el antitranspirante, A este infeliz lo va a joder el cáncer de mama. Cuando sale el pasillo está vacío. Sophia debe estar comiendo.

A la hora convenida Quiroz lo llama. Mira sus notas con displicencia, Señor Langagne, pensé que sabía trabajar, que sabía presentar un informe, Alezcano resiste las ganas de ahorcarla, la imagina pataleando, ¿Qué es esto?, poniéndose morada, Usted dijo que, con la lengua de fuera, Pero no así señor Langagne, lo interrumpe, Tiene que escribir usted una lista de proyectos viables y otra de inviables con su diagnóstico, y la quiero ahora,

Pero ya van a ser las cinco, Usted se queda y no tolero desobediencias, señor Langagne, póngase a trabajar y haga las cosas como Dios manda, mañana a las ocho quiero encontrar esos documentos debidamente ordenados en mi escritorio, y córtese el pelo, Se está excediendo señorita, ¿por qué se porta así?, Hasta mañana señor Langagne. Pinche dobermana, me tiene hasta la madre, ¿de dónde se le ocurre que me corte el pelo? Soy qué o qué, Permítame que le diga algo, Tengo trabajo señor Langagne, requiero privacidad, abandona la oficina gruñendo, En Ginebra debe haber algo que regule esto, espero que Cero-39 y sus compinches sepan lo que hacen, si no, voy a terminar convertido en Jack el destripador. Marcela se divierte, Te dije que preguntaras, Langagne, que te podía orientar, No la mira, no responde, teme cometer una injusticia. Todo sea por el maldito dinero. Pobre Goyeneche, no por nada pero se veía buena persona, acomoda las carpetas sobre el escritorio, Mira que ir hasta Culiacán a ver si podía venir, echa varias a la basura, Movió la boca cuando cayó, ¿me querría decir algo? Echa otras más, ¿Qué voy a hacer con los señores? Aparece Riquelme, Qué hay che, le pide que se acerque, le secretea: Ya hablé con la señorita Quiroz de tu amigo, la verdad no le agradó, ya ves cómo son las mujeres, tuve que convencerla pero se salió con la suya, exigió a cambio que antes de que te vayas pases estos nombres a estas hojas, En ésta los viables que son éstos, el de tu amigo en primer término y los inviables acá, ¿Tengo qué hacerlo?, Quieres que tu amigo quede, ¿no?, Que yo recuerde jamás me han pedido semejante cosa, soy el chofer,

Claro, tampoco tu amigo había solicitado ayuda, ah, y lo ponés en su escritorio, quiere encontrarlos allí a las ocho, por la mañana. Sale disparado. No es de tontos precisamente de lo que los argentinos tienen fama, qué va; mientras Riquelme no acierta a qué hacer, él se escabulle.

En un negocio de renta de computadoras se conecta con México. Saben lo de Goyeneche, esas noticias vuelan, busca respuestas: nada. Plantea su inconformidad: no a la embadurnada, no a la urna individua de los lentes. Ahora, ¿quién es el jefe? Por fin aparece el nombre Chuck, lo reportan estable, ¿Qué significa eso?, ¿lo operaron, lo están medicando, está en observación? No puede llamar a nadie, lo sabe; también le sorprende su inquietud, Hace años que no vivo con ellos y me la paso recordándolos, ¿no será una premonición? Está preocupado. Quién lo diría, pinche viejo loco, con su leontina y su remera, sus tenis y su ley, opinando que me parezco a su padre, haciendo siempre lo correcto. En el portal del gobierno encuentra los teléfonos del ministro de Defensa.

Compra un celular y se mete al café Exedra, de amplios ventanales de cristal. Pide un bocadillo y vino blanco; así le gusta a ella: una galleta con jamón o queso asado, su vino y hablar de la inutilidad de la política y cómo se ha convertido en el principal tema de los medios, junto con el deporte y la violencia. ¿A quién le importan?, ¿a ti, a mí, a la madre Teresa de Calcuta?, Está muerta, Este mundo va a hacer *crack*, necesitamos una buena terraza para ver cómo todo se va a la mierda, el gran orgasmo universal, *Apocalipsis Now*, su rostro era el más pálido del país y su espalda la más encorvada. Cuando Molly la conoció lo primero que le dijo fue: «Enderézate mi reina, una mujer no debe perder jamás la compostura, es parte del estilo y el estilo, cuando todo va mal, te salva», luego le ofreció un toque. Entra un gringo, pide una hamburguesa con papas y una coca de dieta; abre su laptop, se pone a trabajar, de vez en cuando barre con mirada glaucomosa el local, Alezcano sonríe, Apuesto un güevo a que es de la CIA, demasiados carbohidratos y en un minuto se va a sentir el rey del universo; los chicos buenos, los huérfanos de Stalin; deben estar pensando en establecer un régimen comunista en alguna isla desierta para tener qué hacer. Lo observa teclear cuidadosamente. Es primo de los hermanos Caradura que vimos en Madrid. Una vez que concluye el bocadillo marca al Ministerio, logra llegar hasta el secretario particular de Frank Alejandro Yrigoyen, ¿lo vería en el museo la noche anterior? El general no está disponible, se encuentra en una reunión con agregados militares, ¿Quién es el de México? Algún maldito tragaldabas. Tendrá que averiguarlo. Soy Alfonso Soria, argumenta, Necesito hablar con él en relación a una invitación para el presidente de Venezuela. Esa es la técnica de Cero-39: Tira arriba bigotes embarrados, lo que obtengas de abajo será ganancia, Si supiera que me he cortado el mostacho y que esa vieja maldita quiere que me corte el pelo, hay un ligero titubeo, No está disponible, señor, sin embargo, si la invitación es para el cumpleaños, es el nueve de agosto, lo tengo que cortar, cambia súbitamente, Perdón caballero ¿me puede repetir su nombre? Lo hace, Espere un momento, permítame checar la lista, pausa leve, Lo siento, no aparece Venezuela, hasta luego, prop, Alezcano ve su reloj, paga, deja el celular en el servilletero, se encamina a la salida. El gringo está muy concentrado, tanto que le pica la curiosidad, podría ser un estudiante haciendo la tarea o jugando solitario, ¿qué ando yo adjudicándole otro rol? Ya me entró el delirio, sin embargo, al pasar a su lado ve de reojo las siglas CIA en la pantalla. No tienen lucha, creen que pueden ir por ahí impunemente, como cuando ponían y quitaban gobernantes en los países latinoamericanos. Sé que les han hurtado computadoras y programas de asuntos no resueltos de sus oficinas en Washington, que manejan todo con las patas. ¿Por qué serán así?

En el banco Itaú checa la hora y la temperatura: 18:12, 7 grados centígrados. Diecisiete minutos después un carro negro se detiene, obstruye el tráfico, bajan dos hombres con sobretodos verde olivo, caras imprecisas y entran al café, en tres segundos descubren el aparato. Están más organizados de lo que pensé, observa desde un camellón de la avenida Nueve de Julio, Con razón mataron a Goyeneche, aguantando el frío como un maldito bastardo. Los agentes preguntan al mesero que asustado, señala la puerta. Claro que están en alerta máxima y no va a ser fácil, no obstante, a mí hace mucho que no me la acarician. Agárrate culebra, el bato del Submarino Amarillo está de regreso, sé quiénes son los de la foto, menos uno, Aranzubia te señaló como el principal güevogordo, además, ¿tienes algo que ver con el Registro

123

Único de Vehículos?, llevas relación con el Bebé, ¿no? Al viejo le encantaría, es hora en que la gata llora. En el museo te veías señor del tiempo y la temática. Los tipos preguntan al gringo que señala la máquina, Me lleva la que me trajo, saca un impreso con la cara de Alezcano, El muy cabrón, mientras mariqueaba, me hizo una foto. Los tipos se marchan, llevan el impreso y el teléfono para analizarlos, parten en un Peugeot negro placas ZNP 16209, Órale, idéntico al de los asesinos de Goyeneche.

Al dos para las siete ve entrar a los viejos al bar del hotel. Un guitarrista canta baladas melifluas. Tepermann viste un pulóver gris con cuello de tortuga bajo la gastada campera de cuero y Ganduglia, un abrigo de lana, negro, sobre un traje del mismo color. Matusalén y sus muchachos, da un trago al brandy con agua mineral, hay bullicio y más parroquianos de los que Elvis esperaba; los señores se despojan del abrigo y la campera, se sientan y piden lo de siempre: café express uno, whiskey el otro. Qué hay, comenta un poco mosqueado, Tengo todo lo de Yrigoyen che, además de la relación de sus amigos y socios, por debajo de la mesa le pasa una cartera de piel que guardaba bajo el pulóver, Allí encontrarás también las fichas con la información del personal de la embajada mexicana, añade Ganduglia. Desea sonreír pero se aguanta, Pinches carcamales, están más lúcidos que yo y como equipo funcionan, Sophia Loren está retirada, ¿en Nápoles? Necesito una computadora portátil con módem y la dirección de Alberto Scopponi, dice en voz baja. De la computadora me encargo yo, acepta Ganduglia, Lo de Scopponi está allí, señala

124

Isaac la cartera. ¿Saben quién está a cargo ahora?, Que yo sepa, vos, Ganduglia apura su trago. Los observa, fuma, con ojos irónicos, ¿Lo creen? Afirman convencidos, Bueno, no se enfríen demasiado, mañana a las 19 en el Tortoni, Bárbaro.

En su habitación revisa las fichas: el embajador pertenece a un grupo político en desgracia por lo que su salida es inminente con el advenimiento del nuevo gobierno, el agregado militar es el general Macario Pérez y no hay mucho sobre él porque sólo tiene un mes en el cargo; el chofer es maestrante en filosofía por la universidad de Buenos Aires, la secretaria es peruana, Marcela Delgado es de familia adinerada, fue cantante de folclor en su juventud, vive muy bien en un edificio inteligente del barrio de Palermo, ¿Qué es eso? Se lo preguntaría, Olivia Quiroz, simplemente experta en comercio internacional con infinidad de cursos en California y Washington, tres meses en el cargo y su objetivo es cruzar inversiones al corto plazo entre mexicanos y argentinos. Vivió con un gringo en el campus de la universidad de San José en California, Seguro lo mató, sin hijos, O se suicidó, vive en un departamento en el barrio de Belgrano, Pobre infeliz. Nada por aquí, nada por acá. *Soy totalmente palacio.*

Es la media noche cuando tiene claro el círculo de fuego que ampara al ministro, Está muy cabrón. Los jefes de clan que lo respaldan son Fabrizio Petriciolli, Armando Moreno y Emilio Granvela. Yrigoyen y los dos primeros egresados de West Point y alumnos sobresalientes en campo de Mayo. Aliados con Granvela, el civil del grupo, controlan gran parte de la economía y la política del país. Todos son notoriamente prósperos: flota de barcos mercantes, agencias de ventas de automóviles en todo el continente, agencias de seguros contra robos de vehículos en 18 países latinoamericanos, restorantes, hoteles, tres fábricas de uniformes militares, estaciones de nafta. Están podridos en billetes. Incluso se rumora que son armatraficantes. Su fuerza empezó en 1976 con la dictadura y no ha parado de crecer en la democracia. Moreno y Petriciolli fueron actores importantes en la guerra sucia, Yrigoyen se mantuvo en un discreto tercer plano y Granvela desde siempre está dedicado a hacer plata. Saca la foto conseguida por Pálida y compara con las aportadas por Tepermann. Todos están menos Granvela, que tiene pelo rizado y rostro impetuoso. No han cambiado gran cosa, Verón está muerto, ¿dónde entra Calero?, ¿y el quinto? Ve un hombre de recia catadura, nariz similar a la de Tomás Eloy Martínez, de mirada catastrófica, vuelve a checar y ninguna foto nueva corresponde, Qué desmadre, a lo mejor es Armengol. ¿Dónde está la caja de chocolates?, ¿quién la guarda? Hace mucho que no me la acarician.

Los enemigos

La mañana es brumosa. Aunque el Servicio de Inteligencia Nacional tiene sus oficinas en el edificio Libertador, Miguel Ángel O'Hara prefiere trabajar en una casa apartada, con jardín al frente, en una calle de poco tráfico. Bebe café. Se mira la prótesis de la pierna derecha. Por la ventana que tiene a su izquierda ve un jardín lleno de hojas secas, también a dos personajes que llegan. Los hombres de verde son inconfundibles. Muy parecidos entre sí. O'Hara los recibe de pie y los saluda sin aspavientos. Una hora antes había conversado con Yrigoyen acerca de la necesidad de intensificar la vigilancia y sobre una extraña llamada a la que después de analizar los chicos de la IM le daban alguna importancia, No quiero sorpresas en mi cumpleaños, había dicho el jefe, Ahí te encargo. El señor ministro nos ordenó ponernos a su disposición, dice uno de los recién llegados, Nosotros encantados de trabajar con vos, Para mí es un verdadero honor, se oye un poco solemne, ¿Lo conoce al tipo? Inquiere el otro hombre de verde mostrando la foto de Alezcano, O'Hara observa con cuidado, sonríe, ¿Cuándo la tomaron?, Anoche, en el Exedra, llama por un celular,

Señor ministro, lo conozco al paquete y creo que debemos darle algo más que cierta importancia ¿podemos vernos? A las 22 me parece perfecto, cuelga emocionado. Señores, quiero a todo mundo alerta, redoblen guardias en el ministerio y en la casa del general; este hombre es un hijo de puta, enemigo de Argentina, un escurridizo, puede disfrazarse de lo que sea; tenemos que joderlo antes de que dé el siguiente paso.

Durante el día no pasa gran cosa. Riquelme ha cumplido a carta cabal, pero en cuanto puede sube a reclamarle, Sos un boludo che, sin embargo está preparado, sin abrir boca le extiende un sobre con ciento cincuenta dólares, Contrata un maestro para tu hija, piensa, Que le explique el teorema de Pitágoras y la importancia del Cálculo diferencial e integral en el sistema binario. Ya. Primera y única vez, Langagne, por favor, no podés ir por ahí haciendo esas maldades, mirá que cada quién tiene sus responsabilidades, le hace señas con el índice de que sí, Por tu culpa me perdí el primer tiempo del partido de Boca, Marcela permanece atenta, Eres pícaro Langagne, viste un traje sastre oscuro de alta calidad que le asienta perfecto. Olivia Quiroz se reúne un par de veces con el embajador y con un grupo de empresarios mexicanos que llegan de esquiar en San Martín de los Andes, ¿lo pueden creer?, ya no les gusta Colorado, Conozco un tipo en Culiacán que tenía una pareja de pingüinos en su casa, esperaba que se reprodujeran pero los tuvo que regalar, a su familia no se le cortaba la gripa. Quiroz se marcha con ellos y no vuelve. De manera que la pasan tranquilos, cuentan chistes, hablan del clima y cuando están a punto de largarse la secretaria le pasa el teléfono, Señor Langagne, es para usted, la señorita Quiroz, Maldita dobermana, ¿Qué tal el frío?, responde, Señor Langagne, si mañana se presenta usted con el pelo largo lo haré echar, y si no se comporta entonces no lo echaré de la embajada, lo echaré del país, cuelga, Alezcano no sabe de qué color ponerse, la secretaria pálida y Marcela que adivina, roja. ¿Qué onda? Pinche vieja relinga. Puede que venga a que me maten, pero no a que me humillen, ¿qué se está creyendo? Hace mucho que no me la acarician.

Mensaje: «Julio César nunca fue buen portero», Órale, ¿el boxeador o el periodista? Con estas claves los de Echelon se la pellizcan, pobres principiantes. Su programa para detectar cualquier rareza en el ciberespacio se estrella con Cero-39. De Quiroz nada, maldita perra. En cuanto a los viejos. Han espiado para el Mossad en varios países de Occidente, incluyendo Estados Unidos. Viven retirados sin mayores penurias. Les importa un carajo la democracia y el presidente, sin embargo, odian a los militares, han sufrido en carne propia sus abusos; por eso están ahí; algo que los separa inexorablemente es que Vittorio es hincha del River Plate e Isaac del Boca Juniors. Si evitas que discutan de futbol tendrás dos colaboradores de excelencia. Claro, somos parte de los triunfadores, de los que saben lo que es calidad de vida; viejo macuarro, desde cuándo no los verá. Total, puede confiar en ellos. Lo haré y espero que al primer viento frío no se conviertan en estalactitas. Chuck mejora, me alegra, un hippie debe poco a la vida, lo han marginado del progreso y la religión, la educación y la familia, no es referente de nada, pero si enferma debe sanar. Un día les reclamé a mis padres sus costumbres, me dejé influenciar por un amigo de la prepa y les eché en cara que fumaran delante de mí, que hubieran hecho un mundo tan aparte donde sólo ellos cabían. Les dije que los odiaba, que solamente me habían dado malos ejemplos. Chale, me puse bien fresa. Molly lloró sin perder la compostura, esa Molly, tan propia ella, Chuck en cambio se acercó, escuchaban a Leonard Cohen, Es música para perdedores, señaló, Qué onda, por qué estás tan inquieto, repetí mis razones. Calló un momento, Nosotros ya no importamos, afirmó, Tomamos nuestros riesgos, vivimos la vida como nos llegó y perdimos, perdimos horriblemente; ahora importas tú, lo del amor y paz se chifló, volvió el individualismo, los yupis, ¿oíste a Lennon? No cree en Los Beatles, ni en Elvis, sólo cree en él, si andas tan reflexivo seguramente ya te diste cuenta cuál es la onda, está café. Como el viejo decía, si las cosas que valen la pena se hicieran fácilmente… cualquiera las haría. Chale. ¿Qué sucedió con Anthony Quin?

Tuvieron que pasar 20 años para que comprendiera.

En El Tortoni los viejos esperan en la mesa de Alfonsina Storni como los reyes del tango.

En avenida Mayo un camión militar obstruye el paso. Le cae una piedra en el toldo. Se oye una ráfaga.

A Elvis Alezcano le agrada la prisa; aunque en muchas cosas elige ser paciente como los pescadores de perlas o los buenos amantes, en el espionaje o en la recuperación de automóviles prefiere la rapidez, sostiene que reduce el sentido trágico de la acción y con suerte hasta puede haber sorpresas, No tienes tiempo de pensar en nada; como ahora, que además desea desembarazarse lo más pronto posible de la señorita Quiroz. Hay qué ingresar de una buena vez al Ministerio, lo que se vaya a cocer que se vaya remojando. Llega con esa idea con los viejos, Pinches ultratumbanos, que beben lo mismo y discuten acaloradamente de futbol. Viejos pergaminos, deberían ser entrenadores, No podrán avanzar si Bielsa se empeña en ese esquema estúpido, no está dirigiendo en la primera división, debería darse cuenta, El verdadero error che, sería utilizar a cualquiera de River, eso es la muerte ¿viste? La muerte, Vos te empeñás como él, igual querés que hagamos el ridículo en el mundial. Elvis no sabe cómo detenerlos, pide un tequila y los deja hablar un rato, hasta recordar un verso de Alfonsina, «Hombre pequeñito, hombre pequeñito», los otros lo miran asombrados, Lo que me vayan a decir díganselo a la señora, sonríen, piden nuevas bebidas, ¿recordaron algo? Pues sí, ni modo que qué. Les enseña la foto de los cinco lobitos, ¿los conocen?, Después de observar comenta Vittorio, El equipo completo, che, A cuatro los tenemos ubicados, los ojos de Tepermann brillan inquietantes, ¿Quién es el quinto?, En mi vida lo he visto, manifiesta Ganduglia, ¿Lo conocés vos?, Isaac niega, ¿Es José Luis Armengol?, Desmienten con la cabeza, Lo conozco a Armengol, afirma el elegante, cubre su ojo izquierdo con un parche negro y está completamente calvo, Se parece al autor de *Santa Evita*, Tomás Eloy Martínez, Martínez, ¿lo conocés vos Tepermann?, Es un chico tucumano que escribió sobre

Perón, según la CIA no sabe bailar tango, *Esta navidad Presidente estará presente*, ¿Qué hacía el Petiso Verón allí si no era militar?, Si no fue amor fue dinero, expresa Vittorio, los tres sonríen. Los Verón son muy fuertes, sus intereses van desde heladerías, cárnicos, transporte, hasta la banca nacional, Pálida contó que mantenía a Calero, cavila, Piden otra ronda. Castillo canta: *Violetas*. Los observa, ¿De qué serán capaces? Como no queriendo expone, Vamos a entrar al ministerio de Defensa, ellos hacen gestos aprobatorios, ¿Cuándo?, Mañana por la noche, ¿Qué? Por sus gestos entiende que no conocen del asunto, ¿Tan en frío, che?, ¿Factor sorpresa?, Con el asesinato de Goyeneche será imposible sorprender a nadie, además, según sé, han caído 14; sé lo perro que son los militares, por eso vamos a meterle rapidez, es lo único que nos queda, Más cosas a mejores precios, piensa, Desde la puerta de la Confitería Ideal donde me había citado, vi cómo lo mataron; le dispararon desde un carro negro, un Peugeot según pude ver después, Los autos del IM, aclara Tepermann, y Ganduglia: ¿No crees vos que deberíamos reconocer el terreno?, Los güeyes tienen mi foto, reflexiona y dice, Tal vez aún no me relacionan con Goyeneche, no obstante, saben que estoy aquí, me retrataron en el Exedra, les cuenta, Creo que no debemos perder tiempo, Tepermann mira profundo, Pensálo, che, para qué correr riesgos, Conozco un acceso, beben, Alezcano piensa, Más vale que resulte, culiche a punto de volver a casa, Significa que tenemos billete pagado, Consíganme un traje de motociclista y unos *wokitokis*, aviénse para ir disfrazados de barrenderos; nos veremos en el hotel a la medianoche, como en los tiempos de Isser Harel, ¿estuvieron en lo de Adolph Eichmann, no?, los ojos de los viejos brillan, Lo hicimos a plena la luz del día, che, sonríen, beben, Un verdadero quilombo, Menos mal que ahora es sólo una caja, afirman. Entran cuatro milicos uniformados, exigen al mesero que les sirva rápido. Elvis manifiesta que desea pasear por avenida de Mayo y sale; en realidad busca una peluquería. La encuentra a dos cuadras del café. No lleva el pelo corto desde los primeros tiempos del rock en los que siendo niño se peinaba de copete. Lo bueno es que mi padre no está aquí, ni él se reconoce, Si no, ya me estuviera molestando con que parezco ejecutivo de medio pelo, a ver qué gestos hace la dobermana. ¿Qué pensaría aquella desgraciada si me viera?, ¿volvería? Nunca me vio con el pelo así. El maricón con el que vive lo usa corto.

El hotel está cerca, llega caminando. Traspone la puerta huyendo del frío y se topa con los cara de vecino Ave María Purísima que andan en lo suyo. Traen su foto y un montón de dólares que reparten con generosidad.

El teléfono de su habitación suena.

En el Tortoni Ganduglia cuelga. Los militares lo miran con desprecio.

Los caras de vecino pasan sin reconocerlo. Alezcano respira, recuerda el desintegrador, el escalofrío del dentista y al *Quijote de la Mancha*, un libro que en su perra vida se ha interesado en leer.

Se me antoja una capirinha de maracuyá, ¿Serán los mismos? Claro que no, los novios de Pálida cayeron acribillados, menos mal, alguien voló sobre el nido del cucú,

¿buscan su maquinita? A mí que me esculquen, *soy totalmente palacio*, Pálida los engañó, además, ¿qué importancia tiene? Ni a los gringos les interesó. Se acerca a la administración, Joven, le encargo mi cuenta, piensa: Más vale que digan aquí corrió que aquí quedó, Ariel, el mismo que le dio el recado cuando llegó está de turno, ¿Se va señor Langagne?, Sí, un asunto impostergable, ¿buscaban algo los señores de la petrolera?, A un huésped, pero no está con nosotros, ¿Te dieron algún indicio?, el chico lo mira profundo, Alezcano le desliza un billete, el joven le entrega la copia de una vieja foto donde está con bigote y pelo largo que se guarda en el abrigo. Llega Tepermann. ¿Ya quieres hacer la visita piadosa? Lo toma del brazo y se alejan, La puntualidad es la madre de todos los vicios, ¿Y Vittorio?, En el café, estamos sin plata, tuvimos que comprar parte de la información, también necesitamos para la computadora y los disfraces, Qué pasó mi Tepermann, ¿por qué crees que no me he casado? Sonríen, Debo cambiar de hotel, le informa, Voy por mi maleta, ¿Qué ocurre?, Es una historia estúpida, al rato se las cuento.

Se instala en el Marriot, frente al parque Retiro. Nombre: Federico Campbell. Profesión: Telegrafista. Domicilio: Ganduglia se compromete a conseguirle un departamento amueblado en un par de días.

Con el calzón en la cara reflexiona, Lo de la embajada no lo entiendo, ¿por qué tengo que hacerlo? Los orientales, ¿qué hacen aquí?, ¿buscan su artefacto? La puta que los parió lo tiene, encuentren a Palidasombra Santibáñez, a ver dónde la hallan, se supone que quedó bajo custodia de los gringos, en receso. ¿Quieren alguien de la tercera dimensión? ¿Vieron alguna vez los senos de Sophia Loren con una blusa calada, a los hombros? Ay mamá, hace mucho que no me la acarician.

Te ves superjoven, exclama Marcela en cuanto entra, Irreconocible, la secretaria también lo aprueba y como que a Quiroz se le escapa una leve sonrisa: no estoy seguro. Él agradece como caballero del teatro isabelino. ¿Por qué cada vez a más mujeres les agrada que los hombres se corten el pelo?, ¿dónde quedaron aquellas chicas locas que amaban el relajo, la greña larga, el rock?, ¿son las mismas con varios kilos de más? Qué güeva morras, qué gacho se friquearon.

En cuanto Marcela va al baño utiliza su computadora. Hay un breve comunicado de Cero-39 donde le manda un *nick* para el día siguiente, ¿Mataron un cornetero?

Piso catorce.

Miguel O'Hara, entre los hombres de olivo, sale del elevador cargando un maletín. 47 años, alto, fuerte, afeitado, con el pelo engominado peinado hacia atrás, cojea de la pierna derecha. Viste traje oscuro. Son las diez, los escritorios se encuentran vacíos, menos el del secretario del ministro. O'Hara atento no se fía ni de su sombra. Los hombres de verde sañudos. El secretario lo saluda con un leve movimiento de cabeza y le abre la puerta de grueso cristal con el escudo de la república Argentina. Yrigoyen, en mangas de camisa, se ve relajado. Mickey, agradezco tu ingente atención a nuestro asunto che, sé que estuviste todo el día en ello, Lo amerita general, estrechan las manos, coloca el maletín sobre el escritorio que se halla lleno de papeles, además de una matera y un libro *Nunca Más/ informe de la comisión nacional sobre la desaparición de personas*, el recién llegado lo ve con displicencia, No me diga que todavía le interesa esa mierda, abre el maletín donde trae su laptop, la enciende, Tal vez tengamos que enfrentar la misma plaga, responde Yrigoyen con mirada significativa, Pretendo exterminarla, acabar con todos esos hijos de puta de una buena vez, estoy harto, toma mate, las fuerzas armadas no tienen por qué mostrarse conmiserativas, Los casi gemelos aprueban excitados, Su determinación es la nuestra general, es hora de que a este país lo gobierne una mano dura, vuelve la laptop hacia el ministro, una cara con bigote y pelo largo llena la pantalla, los hombres de verde alertas, Elvis Alezcano, alias Guitarra de Hendrix, mexicano al servicio de los ingleses en el 82, ingresó al país hace unos días con pasaporte brasileño como Leonardo Langagne de Souza, su cobertura: experto en comercio exterior en la embajada de México; es un tipo extraño, mi informante dice que realmente trabaja, que cumple sus horarios correctamente, como que hace las cosas sin ganas pero es muy rápido y me debe dos. O'Hara se mira la prótesis pero lo que realmente ve es la pierna herida, Es un maestro del disfraz, pienso que su presencia no es casual, que tiene que ver con usted, no quiero descartar un atentado, Despreocupáte che, estoy perfectamente protegido, el tipo llamó para algo de Venezuela y yo nada tengo con ellos ¿viste?, Esta tarde lo ubicamos, descubrimos que hace tres semanas Rosendo Goyeneche viajó a México, tal vez se entrevistaron, el tipo conoce Buenos

136

Aires y por una buena cantidad es capaz de jugarse el cutis, Matálo che, con extranjeros o con nacionales nadie va a detenernos, ¿Tenemos algo de interés para los ingleses?, Toda la Argentina, che, toda Argentina es de interés para esos hijos de puta; la pérfida Albión, si traen algo entre manos más nos vale estar alertas, no los quiero echando a perder mi fiesta; sin embargo, hay una variante que quiero que considerés, ¿te acordás vos de César Ricardo Calero?, El Bebé, claro, Se encuentra en México tratando de iniciar un negocio, poca cosa che, y los enemigos de sus socios quieren bloquearlo usando el tema de la ESMA, todo ese cuento, como si no hubiéramos resuelto el asunto con la Obediencia Debida, quizá lo que busca sea esa información, cuando menos es lo que advierten nuestros contactos en México, No se fíe general, el tipo tenía más de diez años retirado, ¿lo rehabilitaron sólo para eso?, ¿no les convendría mejor comprar la información?, Da lo mismo che, venga a lo que venga no prosperará, sencillamente porque vos lo vas a matar ¿cierto? Si quiere información sobre Calero que vaya a Suiza, ¿sabés vos quién guarda la clave?, O'Hara sonríe, Usted, En un lugar perfectamente inexpunable, Si debemos proteger algo más, hágamelo saber, Tranquilo che, todo está en su sitio, ahora el quid es que debés quitarlo al Guitarra ese de enmedio, lo nuestro no lo para nadie ¿viste? Uno, dos o mil muertos más, ¿qué importan? Calero necesita unos días para que el Congreso mexicano apruebe el negocio y nosotros también; veo que a vos te agrada che, ¿es tu mexicano?, Llevo diez años soñando el momento de encontrarlo, Mucho se habla de ese encono tuyo ¿necesitás algo en especial?, Acceso a su oficina las 24 horas, lo más probable es que intente llegar hasta acá, ¿Pero vos le ves tamaños para que atente contra mí?, El tipo es extraño, medio loco, drogadicto, le gusta el rock, es un desquiciado capaz de todo, Perderá su tiempo, pero usálo de señuelo, tenés patente de corso, Nosotros estaremos vigilando, los hombres de verde siguen exaltados, Ustedes obedezcan a O'Hara che, Le agradezco que me haya involucrado, Oká, como comprenderás los preparativos de mi fiesta nos exigen concentración, no quisiera hablar más del asunto, Despreocúpese, mira la foto, Por cierto el boludo se cortó el pelo. Lo peluquea en la pantalla.

Afuera el frío peina el erizo.

Ministerio: piso catorce

Tres cartoneros recorren Ingeniero Huerga, la calle trasera del ministerio de Defensa. Entrará por el sistema de drenaje a una cuadra del objetivo; Elvis empuja un carrito de supermercado del que sobresalen trozos de madera y metal, mira a Ganduglia disfrazado con ropa vieja, Qué diferencia, le hace un gesto interrogativo, Ve tranquilo che, murmura el viejo, Ya nos la arreglaremos. El ministerio se halla rodeado de guardias. Se detienen un momento para cubrirlo, levantan la alcantarilla y penetra. Se quita la ropa, queda en mono oscuro de motociclista. Los viejos permanecen apacibles hurgando en un tacho de basura. Pasa un Civic lleno de jóvenes que beben, gritan vivas a River y a Boca y mueras al gobierno. Así como hay temas que separan a los aficionados también hay otros que los unen. Tiran una botella vacía que se estrella en la tapa semiabierta. Un guardia sigue con atención sus movimientos: empujan los carritos de acera a acera.

Elvis camina rápido. Se recuerda corriendo perseguido, El puto del Transformer me quería matar, ilumina con una lámpara de mano, Por aquí fue donde Marshall le chupó la pierna. Corre un hilo de agua hedionda. Chapotea. Las ratas chillan, lo observan sin inmutarse. Mientras avanza ve los tubos de drenaje que conectan con las casas. De algunos escurre porquería, ¿Fue la izquierda o la derecha? Cuando ha adelantado lo suficiente llega a uno grande. Está frente al ministerio. Sigue por ahí, agachado. Localiza la vieja marca hecha en el 82 por los equipos especiales del MI6. Por ahí es la salida pero no ve la tapa: ha sido obstruida con concreto, Qué cabrones tan desconfiados, continúa caminando. Doce metros adelante entra una leve luz. Es otra tapa de drenaje. Elvis logra levantarla con gran esfuerzo. Da a un pequeño cubo interior. Ve las estrellas, una puerta, un pasillo. Se quita el mono y queda en uniforme de guardia. Despreocupadamente abre la puerta, la cierra sin poner atención a la cámara de circuito cerrado. Camina marcialmente por el pasillo solitario. Toma el ascensor: piso 13. Subirá el otro por la escalera.

Afuera del edificio los guardias hacen su ronda, echan vapor. En la sala de control de circuito cerrado el encargado fuma, bebe café, escucha milongas, mira al techo. El reloj de pared marca la una de la mañana. En la pantalla ve al compañero salir del elevador pero ni en cuenta.

Los viejos callados. Un carro pasa por encima de la alcantarilla y aunque levemente, la hace sonar lo suficiente para que el guardia la escuche y se ponga inquieto. Con el siguiente el ruido se incrementa y el guardia se detiene en la esquina. Su aliento vaporiza. Uno más se acerca a acompañarlo.

En el 14 avista la oficina del ministro. En el vestíbulo un par de agentes comisionados por O'Hara fuman, beben mate, juegan truco. Prepara la cerbatana de Pálida y se acerca decidido. Los agentes ven el uniforme y ni se inmutan. Son de la elite. Elvis los dardea, se ponen de pie aceleradamente y caminan igual que el exnovio. Se acuerda de Pálida y sonríe, Desgraciada, no corrigió la sustancia.

Opera las ganzúas de espalda a la puerta fingiendo vigilar. Los agentes caminan por el lugar. La abre en poco más de un minuto. Penetra y se relaja. No hay cámaras.

El hombre de la caseta de control ve a los agentes en el monitor, ¿A qué juegan esos boludos? Esos del SINA cada día están más locos.

En la calle un Peugeot negro circula despacio. Los viejos hurgan muy concentrados entre los desperdicios. Desde el carro los observan con frialdad, uno de los agentes les grita, Circulen jovatos, no los quiero ver detenidos. Mueven sus carritos en sentido contrario al tráfico.

Elvis busca cuidadosamente: en el archivo, el escritorio, los muebles y ninguna caja o algo que se le parezca, ¿de qué tamaño, con qué aspecto? Sepa la bola, Si son documentos tal vez no sea grande, que no me salga como la maldita carta robada de Edgar Allan Poe, *soy totalmente palacio*; si eran tan peligrosos y ya los recuperaron, ¿no los destruirían?, ¿ustedes qué harían? Tampoco encuentra algo que ver con Calero, Zurich o algún banco. Malditos viejos macuarros. Busca un número, una frase, alguna pista, no es difícil reconocer esas claves, poseen un aura, una distinción que Alezcano es capaz de identificar. La caja puede estar también en un banco. Bajo unos sobres ve el ejemplar de *Nunca más*. El sabor que hace historia. Lo abre. Tiene la misma firma de ganchito que el de Entrambasaguas. Órale, ¿quién anda por ahí regalando mamotretos? «Con mi mejor afecto», Ya, tengo que leer *Santa Evita,* tal vez el autor sea nuestro quinto hombre. Cero-39 iba a regalar un libro cuando me conoció, pinche viejo loco, Necesito algo, intentó explicarme, Quiero impresionar a alguien, tenía cara de bobo, las feromonas jamás mienten, le recomendé *Veinte poemas de amor y una canción desesperada* cuando debí recomendarle *Residencia en la tierra* o algo de Octavio Paz, digo, para que lo mandaran a la mierda, desconocía la clase de sabandija que era. Es increíble como hasta los más cerdos necesitan de vez en cuando de la poesía. Luego volvió un par de veces, la última me fui con él: sería espía y me entrenarían para destripar comunistas en la DFS. En la caja fuerte utiliza el mecanismo de Pálida. ¿Qué haría yo sin ti, Urganda? Encuentra varios folders con informaciones diversas. Se interesa por una nota escrita a mano: «Calero 50 mil d». ¿Será esto la clave de Zurich? Le toma foto. Si la caja o lo que sea no está aquí, ¿entonces, dónde?, ¿en qué otro ministerio? Pasos. Necesito un beso. Que se aproximan. ¿En qué agujero? Se esconde tras el escritorio del ministro, O es *La carta robada.* Los dardeados en su descontrol se mueven en la escalera: se hallan en el piso nueve. El vigilante se detiene, prueba que la puerta esté cerrada, sigue. Elvis abre el cajón de abajo. Encuentra la foto que le hizo la CIA.

Dios mío, qué feo estoy, y cada día más viejo, me hace falta el bigote. Con el pelo corto parezco marica. La deja en su lugar. Checa el resto de los cajones. Nada.

Apenas se han tranquilizado los viejos cuando la alcantarilla se mueve. Atraviesan los carritos. Elvis sale vestido de militar. Maniobran de prisa porque los guardias en la esquina continúan atentos. Recogen los cristales rotos, acomodan la tapa, toman sus carritos y se largan por donde llegaron. Los guardias intrigados. Siete cartoneros brotan de la noche empujando sus carritos colmados. O'Hara llega en ese momento, un guardia le comparte su inquietud, mira hacia el punto que le señala, Maldito bastardo, murmura, se va cojeando hacia a la puerta. Sabe lo que acaba de ocurrir.

A la vuelta regalan los carritos de súper a una familia y abordan el auto de Isaac. Los pone al tanto, Nada pescadito, los del Peugeot negro tienen a los jóvenes del Civic con las manos en alto. Cada día es menos soportable, dice Tepermann, silencio, ¿Si ustedes hubieran recuperado unos documentos comprometedores, no los hubieran quemado? Más silencio, Tenemos que seguir che, para que la muerte de tantos pibes, Goyeneche entre ellos, no haya sido en vano, expresa Ganduglia con cierta tristeza, Elvis comprende, No soy de los que retrocede, sonríe, Vamos a conseguir esa chingadera, si los quemaron encontraremos las cenizas y las guardaremos para el miércoles, aunque digan que este año será en jueves. Debe ser un adelanto, opina Vittorio reflexionando lo de Calero, O una liquidación, Un pago por algo, El pago de un derecho, De una participación, De una apuesta.

Tenían mi foto, Vos parecés artista che, todo mundo tiene tu foto. Les había contado de los cara de vecino.

Chat en el centro de negocios al que llega antes de subir a su habitación:

Cielitolindo ha ingresado a arte y cultura.

Carlosb: es que en Colombia la vaina no es así, aquí se jode hermano.

Drácula: busco sangre orgánica.

Marizla: todo iba bien hasta que apareció Romeo, no el personaje de Shakespeare, un vecino alcohólico.

Moro: hablo de fundar nada, un no sitio, algo que exista pero que no tenga nombre.

Cielitolindo: alguien sabe cuántas novelas de Walter Scott se leen en la actualidad?

Flordecanela: querido Drácula, resuélvelo en un banco de sangre.

Ddk: hubieras llamado a la policía, hay varios que son muy efectivos.

Carlosb: eso me huele a revolución y acá estamos hartos.

Drácula: mis incisiones no son dolorosas, apenas un cosquilleo.

Marizla: no porque estaba desnuda y ellos quieren checar todo.

Moro: un no sitio donde no sople la brisa y los espirómetros tengan siempre el mismo nivel.

Placazo2: alguien quiere explicarme cuándo nació el graffitti.

Flordecanela: me voy, están insufribles.

Cielitolindo ha salido de arte y cultura.

El calzón de nuevo le cubre el rostro. Indudablemente ha perdido el aroma pero no su significación. Después del ministerio, ¿qué?, ¿dónde?, ¿cuándo? Apúrense porque nos puede tronar. Es casi medianoche en Culiacán, ¿Estará Elena haciendo de las suyas?, ¿al fin encontró su medio tomate? Chale, nomás falta que ahora sí le guste el sexo oral. Extraño las antenas en ruinas, el anuncio. Si lo que buscas no lo encuentras en el lugar predestinado pon atención a las personas, ¿dónde guardan lo más valioso? Tenemos que movernos, ¿tendré que invitar a cenar al ministro? *Mejor mejora mejoral.*

Telón de fondo

Gracias a Dios es viernes.

Camina despacio, silba el *Cielito lindo*, al doblar la calle Arcos donde está la embajada se detiene en el puesto de periódicos y compra una revista de *Comercio Exterior*. A unos metros ve a los cara de vecino fingiendo leer la cultural, Vaya que son tercos, tengo tan pocas ganas de revisar carpetas y con éstos encima, ¿lo pueden creer? Un claxon lo saca de sus reflexiones, Qué güeva, es Riquelme en el carro del embajador, Elvis se sube atrás, Jaime, a la embajada, ordena, Coño, tú si que sos un boludo, sentáte a mi lado che, No mames pinche Riquelme, dale a esa madre, vamos por unas minas, Cuáles minas, che, vamos a laburar, ya van a dar las nueve, y tendrás que pagar los tragos, Ponle fecha, vamos a ponernos en curda, Iremos con Robert Duval, Bueno Riquelme, ¿de dónde ese amor por Robert Duval? Te está curtiendo o qué, porque traes una cara, ¿No podés dejar de bromear? *I Started the Joke*. Guácala, los Bee Gees.

Frente al edificio, dentro del Peugeot ZNP 16209, los hombres de los abrigos verdes comen bocadillos con café, vigilan.

El día transcurre normal en la embajada: cotilleo suave con Marcela, atento a Quiroz a quien regala la revista, preguntas a Riquelme: ¿es cierto que Platón era puto?, Con razón estás en Comercio che, siempre pensé que le faltaba razón a Platón cuando aseguraba que aunque fuera una desgracia, había que ocuparse de los seres humanos, no obstante con vos, no sé qué pensar, supongo que sos de los que escucha la palabra cultura y desenfunda, Fuiste montonero ¿verdad?, Sos un hijo de puta, Langagne, Ya, tan delicados ni me gustan, Vete a la mierda. Marcela finiquita la discusión.

A la hora del almuerzo todos salen por un bocadillo. Desde un ojo de buey, junto a *Naturaleza muerta con pie* de Tamayo, observa la calle. Los orientales en su sitio, Maldita Pálida, si estuviera aquí le retorcería el pescuezo, entonces ve el carro y a los hombres de verde, Ándese paseando ¿estos también?, ¿lo pueden creer?, recuerda una silueta: Cuando entré ya estaban allí. Pinches monterrosos. ¿Vigilan al embajador o a la dobermana?, ¿buscan algún contrabando de chiles jalapeños? No le hagas al loco Alezcano, vienen por ti, saben a qué te trajo Goyeneche, tienen tu foto. Agentes en la oficina del ministro, agentes frente a la embajada, responsabilidades con la dobermana, orientales ¿qué onda?, ¿así se trabaja en la actualidad? *Todo mundo tiene un Jetta al menos en la cabeza* y esto está fuera de control.

Baja a la oficina del embajador, El señor López no se encuentra, informa la peruana, Lo sé, me envió por unas prendas. Toma un sombrero hongo, un bastón y una gruesa bufanda gris. Sobre el escritorio hay una caja de puros de San Andrés Tuxtla: coge dos. Sale. Dandy inglés de finales del XIX paseando muy quitado de la pena. Ni los orientales ni los de verde olivo lo reconocen.

Querida Dobermana, ahí nos vidrios cocodrilo si te he visto no me acuerdo. Vuélvete a casar, compra una casita en los suburbios, cría gallinas y trata de ser feliz; ah, y no mates al marido.

¿Por qué la gente de Goyeneche no ha dado señales de vida?, ¿quién me dará el resto del dinero?, ¿a quién entregamos la Matagente si la conseguimos?

Esa noche en El Tortoni Ganduglia le informa que ya le consiguió casa y Tepermann aporta varias addendas: Petriciolli está desaparecido, Moreno vive sin mayores preocupaciones: hipismo, yateo, fiestas, es un pensionado feliz que desde hace diez años no figura; Granvela es el gran pituco, viaja en su yate por el mundo y es cabeza de grandes corporaciones. Todos son mayores que Yrigoyen que en los setenta vivía en Europa y no estuvo en la parte coyuntural del grupo: el affaire de la ESMA y la guerra sucia, lo que a la postre le ha permitido hacer carrera política sin mayores obstáculos. César Ricardo Calero aparece vinculado a Granvela, es el vicepresidente ejecutivo del sector automotriz para América Latina. Verón proviene de una rica familia que además posee estancias ganaderas, seguramente la foto la tomaron en una de ellas. ¿Qué hay de Armengol?, Es el profesor de los tres cerditos, sonríe Ganduglia, Un hijo de puta, añade Isaac, Y no está en la foto. Beben. ¿Cómo seguirá Chuck?, ¿Qué hay de bajas?, Hemos perdido 22 elementos, No falta mucho para el cumpleaños de Yrigoyen,

¿Vamos a buscar en su casa?, ¿Queda de otra?, Será como pasar una cortina de acero sin soplete, Sí, pero tal vez no lo esperen, ¿Cómo se llamará la enfermera hippie? Hace mucho que no me la acarician.

En su oficina, Miguel O'Hara conversa con los de verde olivo y con los del ministerio que están abatidos. Es hábil para el disfraz, es por su cuerpo, puede ir de mujer, de anciana, de golfista, de lo que sea, todo le queda al hijo de puta, con este boludo hay que tener los ojos muy abiertos. Está en nuestras manos, sus posibilidades de escapar son mínimas. Vamos a matarlo, así que dejen de comportarse como maricas y como estúpidos: otro error de éstos y los encano, ¿Qué buscaba en el ministerio? Pregunta uno de los hombres de verde, Información, que afortunadamente está en buenas manos.

En el carro de Isaac Tepermann hacen el tour, un viejo Ford equipado para espionaje. Los viejos adelante. Elvis clavado, observando.

La noche es un párpado infiel.

En el elegante barrio de Palermo, Aquí vive Yrigoyen, señala Ganduglia con una ligera indicación de los ojos sin mover un músculo. Media manzana. Sobre un muro de cinco metros sobresale una construcción apabullante de los años treinta, rodeada de plantas, entre ellas una jacarandá con sus flores moradas tan parecida a las amapas. Cuando un pueblo está en crisis los que viven bien viven mejor. En una caseta cuenta tres guardias de seguridad, Órale, más dos carros estacionados en la calle, Aficionado a Van Gogh y a la inhospitalidad de los museos nacionales, con una gran fortuna, sin amante visible. La gente que adora los museos ¿finge algo? De chicos, ¿los trataban bien? O los martirizaban para que memorizaran la diferencia entre expresionismo e impresionismo. Continúan. Elvis pensativo, se acentúa la arruga de los años. Los carcamales eufóricos, Seguro Goyeneche los sacó de la Chacarita para que vinieran a cumplir su última voluntad. Hay dos casetas de vigilancia, una en cada calle, confirma Vittorio, El muro está electrificado y hay un puesto de control de circuito cerrado, Pan comido, expresa Tepermann con seriedad, ¿Qué? Maldito carcamal, ¿lo pueden creer? Pinches ultratumbanos, son vagos, para cuando yo voy ellos vienen; en la exposición se encontraba la cabeza, ¿qué significan los 50 mil d. a Calero? Les cuenta a los viejos lo de los agentes frente a la embajada y lo de los cara de vecino, Por supuesto que saben para qué estás aquí che, la inteligencia militar es quisquillosa, esperemos que no te ubiquen. Debés extremar precauciones.

Petriciolli vive en Olivos, a tres cuadras de la casa presidencial, en una residencia posmoderna de dos plantas, con muro y portón eléctrico. Afuera, en un auto del ejército, dos soldados vigilan. La caseta de seguridad se encuentra vacía, la puerta de acceso es de metal a prueba de balas. Tiene alarmas por todos lados, comenta Ganduglia, Están protegiendo a la esposa, ¿Qué sabemos de ella?, De clase alta, alcohólica, poco agraciada. Calero también tiene su morada en Olivos, pero al otro lado de la casa presidencial. Sin embargo está abandonada. El jardín crece desarreglado y sucio. Tal vez se afincó en México. Para ver la casa de Granvela enfilan a San Isidro, una municipalidad silenciosa de soberbias edificaciones antiguas, calles angostas y empedradas; cerca de la catedral y pegada al río, se alza una enorme mansión de piedra oscura, con enredaderas en las paredes, La casita de los Granvela. Los viejos quedan circunspectos. Mierda. Le cuentan que era rico, que en tiempos de la dictadura se hizo más rico. La sangre es buen negocio, piensa Alezcano. Dos cuadras adelante encuentran otra gran mansión de altos muros negros: Aquí vivía el Petiso Verón. Siguen en silencio. Cuarenta minutos después transitan frente a un inofensivo edificio escolar que anuncia maestrías. Todas las escuelas son horribles. Pase ahora aprenda después. Deberíamos dinamitar esa mierda, che, murmura Isaac, Más de cinco mil ejecutados, tres mil por el general Petriciolli y el resto por Moreno, apoyados por Kissinger, la voz de Vittorio es dura, ¿Ve aquellas ventanitas?, Tepermann señala la parte superior del blanco edificio, Son los calabozos. Su único hijo fue detenido por los milicos y desapareció, ese es el tema, informa Ganduglia, Si mi mujer viviera seguro estaría todos los jueves en la plaza de Mayo, con las madres, agrega Isaac, Pelotudos, para darles en las bolas, sus ojos chispean. ¿A cuántos mataría Calero? Al parecer fue un militar más, era muy joven, acota Elvis, Si Massera lo hubiera querido a su lado debió haber sido por cruel e inescrupuloso, Esos boludos nos atemorizaron, nos jodieron che, molieron a palos a una generación completa. Hay otro silencio que Elvis rompe, Quiero comer merluza, en realidad le fastidia el asunto, Si esos cabrones eran comunistas bien que se lo merecían, ellos no son tan chicas palomas con sus enemigos. Lo llevan a La Morena, un tren transparente sobre el Río de la Plata, exquisito, Elvis come lenguado en salsa de calamar, los viejos prefieren bifes. Elena está desatada y el gañán que no se cansa. Coleccionan afrodisiacos. El oleaje a través del cristal le recuerda a una ballena fornicando.

Al mismo tiempo Pálida bebe café. Aparta las cortinas para mirar a unos niños jugar. Risas. Gritos. Se halla en una sala desordenada. Cajetillas de Gold Coast vacías dispersas sobre los muebles. Me cago en la hostia, piensa.

El sábado se muda a un dúplex amueblado en el barrio de Núñez. Un lugar tranquilo, agradable, con unos vecinos totalmente silenciosos que trabajan todo el día. Estoy peleado con el espejo, seguro que lo que me devuelve es mi otro yo, un tipo sin bigote, pelo corto, ojos claros, con un par de arrugas en la frente y cara de marica. Recorre la casa, tres plantas, demasiado grande, sin embargo no importa, será por unos días, precisó Vittorio a los dueños que se iban de vacaciones al Caribe; los muebles son modernistas, la vajilla italiana y en la sala lucen un par de piezas de Murano y una máscara del carnaval de Venecia. Vittorio desconectó el teléfono y le dejó un celular Nokia. Hay un buen equipo para tocar CD, pone algo de ópera, ¿no tiene él uno de Los Beatles? Va al segundo piso, al dormitorio, busca en la maleta, Si la leche es poca al niño le toca, Chuck nunca descalificó a Javier Bátiz, sólo recalcaba, Cómo cafean con que enseñó a tocar a Santana, ¿Y Santana qué?, ¿no existe el genio? Pa' qué te jodan, pinche viejo, ojalá la haya librado. *Hey Jude* cantan aquéllos, No se oye mal. Me intriga

Marshall ¿creen que sea un sentimental? Yo no, no hay inglés que no sea más frío que los pelos de Frederick Cook, el descubridor del Polo Norte.

El viernes antes de salir a almorzar Marcela le había informado que el embajador deseaba verlo el lunes a las once treinta; luego le dio su teléfono, Por si se te ocurre algo, vestía falda ajustada y un calzón brasileño que no se le notaba perfecto. El viernes por la noche estuvo tentado a llamarle pero le parecía demasiado alegre y resuelta, a kilómetros de ser una chica deprimida y dependiente. Mientras Elena está en Culiacán haciendo de las suyas, yo podría estar aquí haciendo de las mías. Pinches pensamientos X. Encuentra mensaje en la compu: *Pariente oreja Derecha*, ¿Y esto? Durante trece minutos hace asociaciones, de pronto sonríe, Pinches macuarros: oreja, oído, cerilla, cera, vela, Granvela. ¿Y Derecha? Tiene que ser Yrigoyen, ¿quién más? Llama un remís. Por Cabildo, en La farola de Saavedra come un matambrito al verdeo con puré de zapallo. Los comensales no paran de discutir de la copa Mercosur de futbol y del deficiente papel de los equipos argentinos. Un joven elegante que acaba de llegar los calla, Cómo es posible, che, se habla de la posibilidad de un golpe de Estado y ustedes discutiendo esa mierda, hay llanto en sus ojos, apura su copa y se marcha, los demás quedan circunspectos. Apenas sale a la calle lo acribillan desde un Peugeot negro. Los demás se apresuran a pagar y a abandonar el lugar. Elvis entre ellos.

A las ocho entra al Tortoni, el olor de la vida lo apretuja, entiende que deben estrechar la pinza y así se lo comunicará a los viejos; no confía totalmente en ellos, sin embargo, una red de carcamales es mejor que nada. Como los seis rincones en busca de Pirandello se encuentran ocupados los viejos lo esperan en la mesa de Federico García Lorca. «Verde que te quiero verde». Hay el mismo movimiento de gente feliz, relajada, conversando de lo ineficaz que resultan las medidas del gobierno contra la inflación y el desempleo. Nos quieren acabar, se exalta un hombre que seguramente es pensionado, Pero ni siquiera nos doblarán ¿en qué país viven esos blandengues?, La democracia es un atropello, alega otro, Pero la prefiero a los militares, Ganduglia ante su whiskey, Isaac ante su express, la postura perfecta, Pinches viejos baquetones, Vittorio con su traje, Tepermann con su pulóver, el abrigo y la campera sobre una silla, también sus sombreros. El pelo blanco bien peinado, recortado y engominado, sus rostros duros. Jamás serán oldmancitos. Debemos actuar con cuidado y regular las ansias de venganza, conjetura Elvis, Que eso mismo traiga el momento que Isaac desea para recordar mejor a su hijo. ¿Qué hay de la AMIA? Isaac mira a Vittorio, luego a Elvis, Una mierda che, Una traición más del gobierno, añade Ganduglia, Al parecer los muy canallas están ocultando información, pide un cortado. Troilo, el fuellista mayor, interpreta *La última curda*.

Vamos a tirarnos a fondo, dice, lo miran ansiosos, indudablemente saben de tiempos y movimientos, Los muertos confían en el tiempo, nosotros no, vamos a ir por Granvela, he recibido una flecha que apunta a su corazón. Lo expone despacio, no quiere divagar. Saca la foto rescatada por Pálida en La Moraleja, Petriciolli está desaparecido,

¿desde cuándo? Moreno disfrutando la vida, ¿qué hay de Granvela?, Requerimos un par de días y más dinero, ¿Hay alguien en su casa?, La servidumbre; su mujer y sus dos hijos viven en Nueva York, El Soho es otra cosa, divaga, La nostalgia lo convirtió en mercancía y los hippies se convirtieron en yupis, todos se miaron cuando Bob Dylan cantó *Blowin' in the Wind*, No olviden los planos de sus oficinas, En el Concierto para Bangladesh, Vittorio comenta, Pide Cero que recordés su asunto, que hay por ahí una guita perdida, Primero la caja, si aparece algo para el ultratumbano ese se lo pasamos, ¿Ultra qué?, Eso, ¿Averiguamos lo de Petriciolli? Pregunta Isaac, ¿Para qué? Está desaparecido, Su mujer se encuentra sola, Ganduglia le pasa una foto de la señora, Con un mayordomo y dos guardias exteriores, la reconoce, Verla ¿distraería a los otros?, es la *Long Cool Woman in Black Dress*, siente mariposas en el vientre, No creo, ¿Por qué no? Podría invitarte un pucho, la vampiresa de negro, Tira arriba bigotes embarrados, por supuesto, si su marido ha desaparecido puede tener cosas qué decir. Lo veo peligroso, objeta Ganduglia, Elvis es de otra opinión, Juro que se me antoja un toque, piensa y masculla, La visitaremos mientras ubicamos a Granvela, ¿de acuerdo? En cuanto al ministro, tiene mi foto, sabe que estoy aquí, ver a esta dama protegerá el objetivo ¿no les parece? Quiero las agendas de Yrigoyen y Moreno, también necesitamos una foto de Armengol, Consíganme una cita con la señora Petriciolli para el lunes, un excompañero de prepa quiere saludarla, expresa y piensa: Hace mucho que no me la acarician.

La plaza de los 200 gardeles

El domingo pone a Los Beatles a bajo volumen y barre la entrada. El embajador se va a quedar con las ganas de hablar con yo. Se encuentra llena de hojas secas de los árboles de la calle. Pobrecito, a lo mejor quería regalarme unos chongos zamoranos, Saluda a los vecinos a través de una barda que le llega al pecho. El viento es suave. Un grupo pequeño que incluye a Aurora, la madre de la señora de la casa. Escucha la música y se detiene a conversar, Es de buena suerte ver barrer a un hombre, Mejor es ver a una mujer hermosa, Mexicano, ¿Se me nota?, Supongo que sí, hace dos años estuve en tu país, es muy cálido, todas esas pirámides y esa gente tan amable, ¿Le gustó?, Mucho, mi hija vive allá, estuve dos meses con ella, ¿Cuándo vuelve?, Ya no pienso viajar, tengo 88 años y hay ciertas cosas que no me puedo permitir, Pero sí se ve muy bien, Trato de cuidarme, pero conozco mis límites, ¿te gusta Buenos Aires?, Es maravilloso, usted debe vivir encantada, No me hablés de usted que me predispones, me llamo Aurora, Y yo Leonardo, el nieto, un joven robusto, la llama a comer, Si te placen las antigüedades o ver bailar tango, no te podés perder

San Telmo, Leonardo, ha sido un verdadero placer, se despide, Igualmente. Quién llegara a esa edad con esa prestancia. El sol alumbra y la temperatura es agradable. Pone a Adriana Varela, *Tirao por la vida*, A Elena le gustan estas rolas, *De errante bohemio*, las escuchaba en la ventana, clavada en las antenas chuecas y en el anuncio luminoso, fumando. *La tortilla es rica, hecha con Maseca es más rica.*

Río de la Plata: tres cuerpos flotan en la orilla. Una pelota de futbol cae cerca. Dos niños gritones que llegan a buscarla callan. Los miran boquiabiertos. Se alejan corriendo.

Miguel O'Hara está pensativo, conoce la sensación que lo embarga, es la que se experimenta cuando se entra en la etapa final de algo, no más vueltas, por la ventana ve el jardín, cuando eres parte de la trama todo es más lento, el suelo cubierto de hojas, pero inexorable. Llama a uno de los agentes. Barran eso, señala la intemperie. El hombre lo mira extrañado.

En ese momento los orientales analizan un mapa de Buenos Aires. Marcan con círculos rojos donde creen que puede estar Alezcano.

En su pequeño departamento, Pálida ve televisión, fuma, observa su celular en la mesilla de centro junto a la cajetilla de Gold Coast y *El criticón* abierto más allá de la mitad. No puede llamar, lo sabe. Una mierda, medita. Bajo el libro se halla un periódico que no alcanzamos a identificar.

Elvis Alezcano llega a San Telmo a las dos de la tarde. Hace un frío lacerante. Encuentra un Gardel en estatua, otro canta con una pista, otro sin nada, uno más se pasea fumando junto a un farol de utilería, otro baila y así hasta completar doscientos gardeles. Todos con su sombrerito donde usted puede depositar su óbolo a la creatividad. La plaza Dorrego está atestada de puestos de antigüedades y de porteños buscando. Tranquilo recorre el lugar hasta la esquina donde los bailarines de tango exponen su arte. Qué cosa más complicada. Qué concentración. Qué belleza. Nada qué ver con la quebradita. Ni practicando diez años bailo esa madre yo, masculla embobado.

En ese momento una pareja expone su arte, él delgado y sensual, ella, la Nicole Kidman que todos tenemos vista. Siguen a Aníbal Troilo. De verdad impresiona. La gente se arremolina para verlos. La chica hace movimientos complicadísimos de gran belleza y sensualidad, Esta mujer sabe para qué vino al mundo. Mientras, la cara del joven despierta sensaciones que las señoras creían extirpadas por la edad. Caricias afelpadas cuyo origen nunca está muy claro y de las que cada vez se avergüenzan menos. Equilibrio y fuerza. Cuando pasan el sombrero, La unión hace la fuerza, invita el bailarín sonriente, dona un par de dólares para la causa. Continúa paseando. Un grupo canta folclor; al lado del bar Dorrego una chica se mete en una maleta a ritmo de percusión. De pronto un grupo de militares aparece. La gente les deja el paso libre, quieren irse, pagan apresuradamente y se alejan. Los vendedores se fastidian, maldicen por lo bajo.

Elvis entra al Dorrego. Gardel: no cabe una foto más en las paredes. Pide un tequila.

En un taxi arriba a la Plaza de Mayo.

De allí camina hasta la Casa Rosada, nadie la observa, como si no existiera o no fuera la sede del gobierno; un soldado conversa con una chica; en la plaza la gente da de comer a las palomas que están tan bien alimentadas como las de Venecia. Si tuvieras dinero en Suiza, ¿dónde guardarías la clave? En mi casa, en la oficina. Si se tratara de información secreta, ¿dónde? Documentos, *México calza Canadá*. Ando turisteando o qué. Caja gris, ¿y si la pintaron de rojo?

Es domingo, las tiendas están cerradas, el termómetro marca 11 grados y el sol acaba de desaparecer. Las grandes ciudades, como que no son nada sin su tráfago, como que la tranquilidad les estorba; así se mira Buenos Aires a esa hora en que la tarde es una mancha blanquecina y los edificios el fantasma de la ópera. En ese contexto ni la avenida más ancha del mundo, ni la más larga lo parecen. Un espía jamás se permite la nostalgia pero Elvis tiene ese vicio, además de que está fuera de forma y se deja asaltar por el pasado: sus padres escuchando Deep Purple, Elena leyendo a Eduardo Antonio Parra, él entregando un carro en una aseguradora, ambos comiendo tacos de cabeza, caminando por el malecón. Cuando era niño Chuck me alzaba para que bailara con ellos; la música sonaba en todas partes, se podía besar, me encantaba estar con aquel par de locos que habían nacido para pasarla bien, su idea era no ambicionar y compartir lo poco que tenían incluyendo la comida, los discos, los sueños; todo era tan frugal, tal vez por eso crecí y me mantengo esbelto. No sé por qué no me hice drogo, ellos jamás ocultaron sus adicciones, infinidad de veces los vi al límite conversando con los ojos nublados, ¿Sabes qué Chuck? Ocupados de sí mismos más que del hijo que poco entendía de la vida, Deberíamos comprar un cocodrilo, ¿Un Jim Morrison?, Un Efraín Huerta. Sin duda ese tremendo aprendizaje en casa me ayudó a sobrevivir cuando llegó el momento de las tentaciones. El amor, las drogas, la política. No sé cómo empecé a pensar en comerciales; de pronto, plop, aparecen en mi cabeza y ya. Me acostumbré. *Soy totalmente palacio.*

No sabe cómo llega al hotel Libertador Sheraton, su casa hasta hace poco. No puedes permitir a los pies caminar a donde se les pegue la gana, son demasiado traviesos, concentran lo que queda de la niñez. Justo en ese momento sale por la puerta de cristal un tipo que Elvis recuerda perfectamente, ¿Es la sombra de Perón? Lo ve alto y fuerte, sombrero, abrigo negro y bufanda roja, alcanza a resguardarse en la esquina, No puede ser, el hombre se detiene, mira para ambos lados, Estoy podrido, tengo que pensar en serio en el suicidio y empezar a adiestrar mis dos balas, quiero un suicidio a la mexicana, ¿qué hace este tragaldabas aquí? Se trata de Goldfinger, No creo que ande de vacaciones, un espía gringo que trabaja al mejor postor. En tiempos de la Submarino Amarillo era de la Agencia, estaba tan fascinado con Pinochet que jamás comprendió la importancia de la operación y se quedó en Santiago; fue el principio de su debacle. Western Airlines... quiero ver un comercial de aeronaves. Atrás de Goldfinger emerge otro gringo conocido que se ubica a su lado, es el de la computadora del Exedra, Mira nomás, Dios los hace y ellos se juntan. El Peugeot matrícula ZNP 16209 se detiene, los hombres de olivo se ven rojo sandía, No me la ando acabando, conozco a medio Buenos Aires, los gringos suben. Alezcano toma un taxi y los sigue. Reflexiona: Goldfinger conoce las claves de los ochenta, si trabaja para los chicos West Point ya nos cargó la chingada. En Palermo paran en casa de Yrigoyen, algo que Alezcano tiene más que anunciado, Inteligencia Militar, chicos entrenados en la escuela de las Américas de Panamá, por tanto saben lo que hacen. Tienen mi foto los putos, han de estar prendiéndole veladoras. Diez minutos después salen muy contentos, abordan el Peugeot y se largan. Alezcano toma otro taxi. Dejan en el hotel a los gringos. Niños buenos durmiendo temprano. ¿Goldfinger entró a mi habitación? Debe haberse extasiado con el olor de los calzones de Elena, maldito degenerado, ¿qué tiene que andar olisqueando? Tampoco le gusta que se lo hagan por atrás, ¿creen que con este tipo lo consienta? Estoy jodido, ¿qué he hecho de mi vida feliz? Necesito un beso.

Reconoce que el Tortoni se ha convertido en su base y en efecto, allí están sus carcamales alerta, uno ante un express, el otro ante su Johnnie Walker que sigue tan campante. Se instala sin hablar. Tepermann que lo mira con sus ojos tristes pregunta, ¿Mataron un cornetero? Ganduglia ejerce sus ojos diegorivera. Pide un sándwich de miga de jamón con una coca con hielo. Ángel lo mira extrañado, No lo podrías entender, pertenezco a un pueblo que cuando bebe frío tiene que ser en el punto

162

de congelación y cuando es caliente en el de ebullición. Traé como lo pide che, ordena Vittorio, No te compliqués, ¿Por qué tan triste?, Perdió Boca, gruñe Isaac, mira a Ganduglia alegre, Ganó, che, River siempre gana, Una mierda, dice Isaac, ¿Mierda? Sos un boludo...

Cuando puede les pregunta por su cita. Vittorio Ganduglia le informa que al día siguiente a las cinco, en su casa, que no la pudieron sacar. Tepermann farfulla que no está muy seguro de que deban dar ese paso, Alezcano refuta que se hará para distraer al enemigo, Goyeneche no lo hubiera aprobado, externa el viejo, Goyeneche está muerto, enfatiza Elvis, mientras piensa, *La tortilla es rica, hecha con Maseca es más rica.*

Ya tenía computadora con casa adjunta. De México: «señor no puedo dar mis amores soy virgencita y riego las flores». Viejo macuarro, cada día está peor, en vez de darme noticias de Elena me manda sus malditos requiebros, ¿se está haciendo maricón o qué? Nomás eso le faltaba; oh Dios, si existes, haz que se aleje de ese bastardo, no la merece, es una prenda delicada, una flor que sólo en mis manos resplandece. Ya. Pinches pensamientos X. Donde la cultura también se ve. Menos la caja. Ni los documentos.

Medianoche. José López Campuzano, embajador de México ante la república Argentina, entra a la confitería Selquet de Belgrano. Nervioso. Busca. En un rincón localiza a Miguel O'Hara que bebe café y lee un periodico. Se quita el sombrero, saluda con una caravana y con la diestra. En una mesa contigua los de verde beben grapa. Estoy a sus órdenes señor O'Hara, cualquier cosa que pueda hacer por el general Yrigoyen será un honor, El general está muy interesado en invertir en México y quiere tratarlo con uno de sus empleados, ¿es confiable Leonardo Langagne?, Será un placer servirle, a primera hora se lo mando al Ministerio, El general desea verlo ahora, ¿Ahora?, Deme su dirección, yo mismo enviaré por él, Enseguida, mi chofer está afuera, O'Hara hace una seña a los agentes, uno de ellos se acerca. Con Riquelme presente se dan cuenta de que no saben donde vive. Llaman. Olivia y Marcela tampoco. Francisco, usted me responde de esto; señor O'Hara, empezamos a trabajar a las nueve de la mañana, usted sabe: tiempo, eficiencia, resultados, señala el embajador, Haré que lo lleven de inmediato con el general, Riquelme informa que el viernes no se presentó a trabajar después del almuerzo, O'Hara se fastidia, Señor López, Langagne, cuyo nombre real es Elvis Alezcano, es enemigo de la república Argentina, si lo está ocultando o cualquier otra cosa para obstruir nuestro trabajo, le puede ir muy mal, Cómo cree, ni lo piense, le doy mi palabra, los enemigos de Argentina son los enemigos de México, haremos todo lo que esté en nuestras manos para colaborar a echarle el guante, aquí entre nos nunca me simpatizó, con ese pelo largo ni parece mexicano; México es un pueblo bravío, señor O'Hara, viril, Escúcheme señor embajador, le doy dos horas para conseguir la dirección de su subordinado, nada más, se levanta, deja caer una tarjeta en la mesa, Dos horas, se van. A López casi se le salen los ojos.

En los cuarteles hay agitación, oficiales de rostros duros observan mapas de Buenos Aires.

O'Hara ha dispuesto que se visiten todos los hoteles con una foto de Alezcano de pelo corto y otra de pelo largo y bigote. Los hombres de verde están en el Libertador Sheraton ante Ariel que hace un gesto afirmativo.

La agenda de Moreno no contiene gran cosa, salvo un viaje a México el primero de agosto con retorno el cinco, un par de cenas, no indica con quien; al regreso, comisión en San Martín de los Andes. En cambio la del secretario Yrigoyen está repleta: reuniones con otros secretarios, almuerzos con empresarios, gira por Tucumán, actos en el obelisco, la Recoleta, la tumba de San Martín, cena de cumpleaños el nueve de agosto, que es la noche elegida para tomar el poder. ¿A qué va Moreno a México? A comer chiles en nogada. Transcribe la información y la envía a Cero. Para que se entretenga el viejo cara de mis güevos; si no se pone las pilas va a terminar convertido en oldmancito cuidando carros en un cine. Se va a enojar, no es lo que le interesa, lo que quiere son documentos incriminatorios, algo para partirles su madre de una vez por todas a los del RUV, que oigan del asunto y se meen, ¿no ven que es su negocio? Estoy muerto, inventaré esa minucia, sus dedos estarán a salvo. Hace mucho que no me la acarician.

Lunes. Me va extrañar la dobermana, ¿y el embajador? Qué se joda. Durante el día prepara documentos para su cita vespertina.

Cámaras listas. Frente a un templo judío los actores se ubican, el director les grita. El iluminador ajusta sus lámparas. Ocupan media calle. De pronto más vale que se muevan. Un camión militar avanza hacia ellos. Recogen lámparas y artefactos a toda velocidad. Pasa. Es una puñalada trapera.

A las 4:30 PM Mickey O'Hara y los hombres de verde salen de su oficina. O'Hara se pone colérico al ver la basura en el jardín. Entra de nuevo gritando, Quién fue el hijo de puta que desobedeció mis órdenes, un agente que analiza documentos en un escritorio se pone de pie de un salto, Me limpia esa mierda de inmediato, El agente se apresura a ir al patio en busca de los enseres de limpieza, uno de los hombres de verde se acerca, mira su reloj, Será mejor que nos apresuremos, Esta gente cada día está peor, maldice O'Hara. Sólo se van cuando el agente, que además se ha tardado adrede, empieza a barrer la hojarasca.

Frente a la casa de los Petriciolli, calle de por medio, un Peugeot negro vigila. A las 4:55 los guardias cuestionan a Elvis Alezcano. Es un emisario del banco Itaú, donde la dama tiene inversiones, que le trae su estado de cuenta. Déjalo, che, nosotros se lo hacemos llegar, Agradezco su caballerosidad pero es política de la empresa que lo entregue personalmente, además necesito hacerle una consulta, no me tardo. Siete minutos después la señora lo recibe. Axioma: todas las argentinas son guapas: Celeste es argentina, por tanto es la más hermosa. Reconocer es sentir dulce. Dios mío, te prohibo meter tu asquerosa cuchara en esto, luego uno siente lo que no debe por quien no debe en el momento más inoportuno y todo se va al carajo, ella sonríe ausente, su mirada extraviada viaja por una larga playa sin recodos. Es alcohólica, anoréxica y cuando menos adicta a la cocaína, concluye rápidamente Alezcano, Gaby, lo siento mi amor, *match point* para Celeste, ni modo, te desconcentraste. Uno de los milicos del carro le franqueó la puerta de la calle y un mayordomo educado lo introdujo ceremoniosamente. En un recibidor de muebles blancos escucha una vieja grabación de María Callas. Vaso de whiskey con hielo cerca, Channel número cinco, pitillera de oro, mira a Alezcano como si no existiera, ¿Quién dice que lo envía?, Es un placer conocerla, mister simpatía, Veo que es dueña de un gusto exquisito, ella hace un gesto de que le da igual, dos Dalí, un Mondrian y un Tanguy presiden, Elvis advierte que ha empezado mal, que es lo que debe oír siempre, ¿por qué no conducirse normal, como si estuviera platicando con la raza en Culiacán? No tanto, fuma sin placer, ¿Apetece una bebida?, con los ojos indica el whiskey, Lo mismo, subraya y se sienta frente a ella en un *love seat* de los años cincuenta perfectamente conservado, ¿Tendrá hoyo?, el mayordomo sirve con destreza y se retira, ¿Qué relación hay entre Napoleón, Tolstoi y las tortillas de harina? Estoy seguro de que ella lo sabe, ¿Le confieso algo? No vengo del banco Itaú, ella lo mira con la misma actitud: le da igual. Arguye que le urge ver a su esposo, que el general Gutiérrez, principal asesor del presidente Suchimori de Perú, le envía una carta lacrada, que le ordenó insistir en que cumplía una vieja promesa hecha en los años deslumbrantes de West Point, ¿Cree que me pueda recibir? Su tono es confidencial. Ella bebe elegantemente. Extraño que José María no haya llamado antes, musita, se encuentra terriblemente deprimida, detalle que no escapa al visitante, Temía molestarlos, ¿José María?, pero si no tiene escrúpulos, es igual que Fabrizio, entrenados para ser los dueños del mundo, incluyéndose a ellos mismos. ¿Le puedo confiar algo? Elvis baja aún más la voz, ella se encoge de hombros, El presidente está en serias dificultades, eso trae al general ocupado las 24 horas, lo mira poco convencida, ¿Está filmando a sus enemigos?, Está tomando la colina. Hay un silencio nervioso, Voy a inventar ese dispositivo para desforrar cidís, pase lo que pase, el chino es una tomada de pelo y también conseguiré la matagente, ¿A dónde iremos a parar? Inquiere, ¿Estos qué son, comunistas, socialistas, que no los acabaron? Da un trago largo, Dicen que es temprano para el whiskey pero el whiskey no tiene horario, sonríe apañada, Trae una carta… Ah, le entrega un sobre lacrado, Me permite, cuando él no está puedo leer la correspondencia personal, lo abre, lee, lo guarda, pone de nuevo atención a su acompañante, Dígale a José María que hable con Yrigoyen, ellos saben más de Fabrizio que yo, lo saben todo, No le entiendo, da una larga calada, Hace dos meses mi esposo no llegó, no me preocupé, desde el setenta y seis ocurría a menudo, empleaba su tiempo en cuestiones que yo no debía saber y que no supe hasta que las supo todo el mundo, cuando la prensa se ocupó del asunto y mi marido fue denunciado como un siniestro torturador y asesino; usted debe saberlo, ¿cómo dijo que se llama?, Quirarte, Vicente Quirarte, Posteriormente, acogido a la ley de Punto Final, estaba legalmente salvado de ir a prisión, sin embargo, nada podía hacer para poner punto final al asunto de la ESMA, cuando se

olvidaba, las madres de la plaza de Mayo se lo restrega-
ban en la cara. Lo cuenta despacio. Se sirve. Y luego ese
maldito juez español que surgió como el quinto jinete
del Apocalipsis. Bebe, fuma. ¿Pretende la inmortalidad
a costa de nuestra desgracia? Estamos tan distantes que
sus pretensiones me parecen una canallada, ¿crímenes
de lesa humanidad?, ¿qué es eso?, ¿y los comunistas?,
¿los han juzgado lo suficiente? Se acalora, fuma, bebe,
mira a su interlocutor, Alezcano la escucha boquiabierto.
Al día siguiente de la desaparición telefoneó al ministerio
de Defensa, sin embargo, es hasta que transcurren diez
días cuando recibe la visita del secretario de Yrigoyen que
en cinco minutos la pone al tanto. ¿Desaparecido?, ¿cómo?, ¿puede desaparecer un general argentino así como
así? Afirmó que se hallaban investigando, que no deses-
perara. Dos meses después no tiene noticias de su marido ni de Yrigoyen y mucho menos de Moreno o Granvela, que son sus grandes amigos. No responde mis
llamadas, no me visita, no me informa, ese es el tema,
no entiendo por qué se me aísla, usted no parece militar, No lo soy, trabajo con el general que por cierto se
acuerda de usted con gran dulzura, Ese José María es un
coqueto, sonríe lejana. En España conocí a César Ricardo Calero, buen amigo de su esposo, Cada vez sé menos de mi esposo, salvo unos cuantos desconozco sus
amistades. También conocí a Sandro Verón, se expresó en
los mejores términos del general Petriciolli y de usted, la
vampiresa de negro bebe, su cuello no trasluce memoria,
viste de oscuro, la calefacción hace la estancia agradable.
Creo que me vigilan, perdón, su nombre, ah sí, Quirarte,

estoy tan desilusionada, me acosa la gente de Yrigoyen, son como fieras hambrientas, no me dejan ni a sol ni a sombra, ¿hizo algo Fabrizio? Pues a encontrarlo y a juzgarlo, a mí de qué me acusan, ¿vio esos tipos allí? No sólo he perdido a mi marido, he perdido el prestigio, la fe, la templanza, mis amigas no me visitan, no soportan sus interrogatorios, no me atrevo siquiera a ir a la ópera que es lo que más me apasiona. Hace meses que no veo el Colón. Su mirada seca la hace verse de lo más seductora, la mujer más hermosa que Elvis ha visto en muchos años. He perdido mi lugar en la sociedad, se acabaron las ferias, los viajes, las vacaciones, Extraña al general, Y este clima que nos convierte en esperpentos, ¿Sabrá de la caja? Comenta: Leí que inauguraron Grandes maestros de Europa, que exhiben *Apuntes de caballo II*, Picasso me produce urticaria, Creo que Dalí es mucho mejor, contempla por un instante los cuadros, No olvido que era comunista, ¿cuándo estuvimos en Perú? Usted no parece peruano, Soy de Piura, he vivido muchos años en México y España, estudiando, Igual el mundo se va a acabar, saca un cigarrillo, Alezcano se apresura a encenderlo, el cenicero tiene varias colillas, Necesitamos un buen palco para ver el espectáculo, Quiero besar ese pie, piensa, Subir a su rodilla, lamer su muslo, oler esos calzones de encaje. ¿Qué le pareció la exposición?, Mala, la mitad de lo expuesto es una porquería, El periodico decía que el ministro venía inspirado, Es un fatuo, excúseme. Celeste Berutti de Petriciolli se levanta para ir al lavabo y no vuelve, el mayordomo ofrece disculpas, La señora se ha indispuesto. Lo acompaña a la salida. Abre la puerta, en cuanto Elvis la traspone un haz de luz lo ilumina, Qué onda, la puerta se cierra. Las manos como Cristo, Elvis Alezcano, escucha la voz dura de O'Hara y varios clicks, Si das un paso sos fiambre. Los guardias, los hombres de verde y el Transformer lo rodean. Éramos muchos y parió la abuela.

Toluca buen gente, no mata nomás taranta, quita cobija y echa barranca

Esposen a ese súbdito de mierda, ordena O'Hara a los guardias, Alezcano que ha ubicado la voz parpadea tratando de ver. Maldita traidora. Los milicos lo inmovilizan, los hombres de verde ansiosos por disparar. Elvis Esto me pasa por desobedecer a mis padres atornillado. Había penetrado como intendente y todo iba bien. En tres minutos saqueó la oficina del ministro. En un cajón del escritorio encontró un plan especificado en tres páginas que guardó bajo el chaleco de malla y cuatro biografías de Napoleón que echó en un bote de metal. Como eran tiempos de guerra trabajaban 24 horas y varias personas andaban por ahí; desde luego que no le pusieron atención: Alguien debía limpiar y ese era yo. Silbaba el *Cielito lindo* cuando llegó O'Hara. No lo dejé hablar, le lancé el bote, disparó sin tino, se derrumbó, salí destapado. Gritó que me detuvieran. Un joven lo intentó pero lo derribé de un empellón. Los demás dispararon, bloquearon los ascensores, me obligaron a tomar la escalera. Once segundos en cien metros, ¿qué pasó con Ana Guevara? Iría en el sexto piso cuando subieron al elevador. ¿Por qué no intentas huir? Aconseja uno de los hombres de verde a quien le encanta aplicar la ley Fuga. Llegué a la PB con una ligera ventaja. Dispararon de nuevo. Las balas rajaban el aire. Pero soy culiche y no me rajo más que pura madre y ya saben el miedo que los mexicanos le tenemos a la muerte. Encontré la alcantarilla en un patio interior y me deslicé, no llevaba diez metros recorridos cuando cayó el O'Hara echando bala, pinche puto, lo bueno es que tenía pésima puntería. Un camión militar que estaba estacionado a 30 metros se acerca, sin luces, los guardias golpean a Alezcano, lo reducen, lo esposan, se enconcha, el camión divide a los captores, los guardias quedan con Alezcano, O'Hara y los de verde dejan el paso libre. Ganduglia desde la ventanilla acribilla a los guardias, Tepermann, al volante, con un AK-47, se trenza a balazos con los otros que rápidamente se parapetan tras su carro. El cristal del camión se astilla. Uno de los hombres de verde cae. Chapoteábamos en la mierda. Al tomar el colector principal me esperaba Marshall que empezó a correr conmigo. Olía horrible. De pronto se detuvo, hizo varios disparos y alguien se quejó. Nos largamos porque nos estaban rociando. Después supe que era O'Hara. Tepermann sin detenerse lanza una granada. Ganduglia abre la puerta, Elvis sube apresuradamente. Su respiración es un claxon en el desierto. Tepermann acelera. Y yo sin armas, piensa Elvis sintiéndose miserable, el carro dc los guardias vuela por el aire, Con ese rollo de que soy civil siempre me agarran escupiendo para arriba. O'Hara y un hombre de verde se lanzan al piso en la parte posterior de su Peugeot que igual se incendia. El camión da vuelta en la esquina.

Va en el segundo whiskey, los viejos lo han dejado sopesar, recordar y mirar por la ventana. *Si la leche es poca al niño le toca.* Elvis, será mejor que no nos arriesguemos, medita en otros comerciales, Te dije que Goyeneche no lo hubiera aprobado, por un momento lo embarga la desazón, Estoy haciendo el ridículo, puedo llevar una vida normal, ¿por qué no lo hago? Pero pronto se engalla, Por algo te buscaron puto, así que haz tu trabajo y deja de estar mariconeando. A Molly nunca le salía bien el arroz, significa que comeremos pez globo, ¿cómo se llama? Con cubiertos. Por otro lado, estos viejos son el diablo, los mira, Háblenme del Transformer, ¿qué ha hecho para sobrevivir?, Es gente de confianza de Yrigoyen, al parecer ha reunido un interesante archivo a través del cual el ministro ejerce un férreo control sobre militares, empresarios y políticos en activo. Órale, Casado, dos hijos, sabe lo que debe saber, El argentino que inventó el bolígrafo, ¿cómo se llama?, Estuvo tres años en México, no sabemos cuándo lo repatriaron, ¿Por qué no puedo tener la misma suerte con el abrecidís?, ¿Creen que la señora esté involucrada?, Pudiera ser, aunque lo más probable es que el aviso lo dieran los guardias, en cuanto a Granvela che, llega mañana por la noche, le brillan los ojos. Alguien le ha puesto el cascabel al gato.

Los orientales entran al Tortoni. No encuentran mesa. Ángel lleva una charola repleta. Le echan unos billetes en el bolsillo, le muestran la foto de Alezcano, Jamás lo he visto, dice, y se va apresurado.

Lo dejan en casa. De ahora en adelante tendrá que cuidarse más, A qué hora se le ocurre aparecer a este güey. Lee: «Aunque nadie podía ver el cadáver, la gente lo imaginaba yaciendo allí, en el sigilo de la capilla», Primera vez que me encandilan de esa manera, escucha música, envía correos electrónicos, Chuck al borde de la muerte, Molly a su lado, la enfermera hippie no puede hacer más. Los tres fuman, oyen a Jefferson Airplane.

Amanece por las ventanas, por eso la mayoría son verdes. Los troncos fríos, deshojados, retorcidos, dan una lástima cancionera. Alezcano fuma, escucha a Cecilia Bartoli, bebe café. No le gusta cómo han evolucionado las cosas: demasiada formalidad, excesivo misterio, factores inesperados como la muerte de Goyeneche, los orientales, ¿dónde está Pálida?, Olivia Quiroz o Goldfinger. Demasiada mierda en el agua. Celeste no tiene lunares, no es morena, no lleva el pelo largo, ni se pinta los ojos, sus nalgas son como las de Meryl Streep y su rostro como caballo de húsar, es pálida y sus brazos delgados. Me gusta, lástima de suceso, aunque pudiera ocurrir algo, que se extraviara y yo la encontrara o que fuera al Tortoni y se convirtiera en espía nuestra, ¿por qué no? Le han desaparecido al marido, la tratan mal, ¿saben qué es lo que tengo qué hacer? Invitarla al Museo Nacional, qué güeva, mejor a pasear, podemos ir al Tigre o al botánico, no es verdad, ¿a dónde lleva uno a las reinas en Buenos Aires? Al Colón y luego al Kilkenny. Dios mío, ya te lo pedí, apacíguate, ¿quién te llama? Ocúpate de tus milagros. Verla romper la tarde como si fuera de vidrio, virgen de Guadalupe, una mano por favor, ¿por qué le gusta esta música? Cuando Molly la conozca seguro la va a reconvenir: mi reina, no uses esa droga, es

176

poco femenina y nada espiritual, todo tiene una razón en la vida, ¿quieres morir? Es muy dura, al rato vas a estar con las de diseño, usa algo que estimule lo mejor de ti, no que te destruya, arréglate un poco para que tu alma flote con mayor libertad, amor y paz, ¿por qué en Buenos Aires consideran de mal gusto vestir de rojo?

Pálida bebe. Sobre la mesa de centro está una botella vacía y otra a la mitad, una tabla de quesos y un plato de aceitunas. Los cigarros. Escucha a Joaquín Sabina. Se halla ligeramente ebria. Tiene la sonrisa seca y la mirada mojada.

Mientras transcurre la mañana recorre la casa: litografías, limpieza, sobriedad. Era rápido en los cien, pensé que podría ir a la olimpiada de Moscú; jamás imaginé que esa carrera sólo la ganan los países desarrollados. Ana debe estar en Sydney. Los vecinos salieron temprano. Abre una cerveza, bebe, Si Chuck muriera, ¿qué sería de Molly?, Podría apostar a que tienen un pacto de sangre, pobre vieja, ¿Con quién vive Sophia? Y yo valiendo madre, será difícil llevarla a un asilo, necesito un beso. Una vez pensé casarme, fue en mis primeros años en el SS, una muchacha dulce de senos pequeños, labios perfectos y nalgas ahí nomás. Con Elena hubiera estado bien, ¿por qué? No sé, la mayoría de la gente elige a lo pendejo, ¿por qué habría de ser la excepción? Ahora debe estar con el imbécil besándose, comiéndose, ensalivándose, mientras yo aquí dándome de topes con las paredes; parece que la oigo, mi amor, eso del sexo oral es cardiaco, de lo que me había perdido por vivir con un idiota, dame más mi rey, más, más, jamás volveré a pensar en rituales medievales, casi me infecto. ¿Por qué acepté venir?, ¿a quién le importa mi vida?, ¿a Cero-39?, él consiguió mujer con un libro que le recomendé y como gratitud me quita, alejándome, la única oportunidad que he tenido en años de regularizarme. ¿A Goyeneche? Murió, ¿y si mando todo a la mierda? Pamela quería a Jim, ¿por qué trabaja un hombre o se arriesga un espía? Hace mucho que no me la acarician.

En el templo judío el rodaje continúa, un grupo de personas observa, entre ellos los cara de vecino.

Pálida toma su celular pero no funciona. Lo estrella contra el piso. Se levanta, mira por la ventana. Una calle poco transitada.

Miguel O'Hara medita. Está molesto, también el ministro que termina de asestarle una filípica. En Madrid se afanó una minicomputadora propiedad del Magnate sin nombre, se la hizo a una agente conocida como La reina Isabel. La mina era agente doble: laburaba para El Magnate y para Al Medak, un grupo que se la tiene jurada a los Estados Unidos, Una mierda, O'Hara, tenemos cinco bajas, los que conducían el camión eran oficiales, no quiero que perdamos los cojones, Escapó de milagro, Qué te ha dicho la señora Petriciolli, Fue imposible hablar con ella, estaba indispuesta, Esa mujer es una inútil, ¿y qué hay de ingleses, han entrado al país?, Ninguno, sin embargo señor, hay algo en relación a su presencia que no encaja, lo he pensado, ¿por qué no vino directo desde México? Calero tiene una historia en España pero no es para tanto, los mexicanos saben que el juez federal Entrambasaguas no guarda información importante, sólo datos sin comprobar, por eso no ha podido avanzar, No encaja que esté vivo, che, y vos seguís tan fresco con lo de los ingleses, aunque reconozcas que no ha ingresado ninguno, Para mí esa mierda huele a *fishn'fries*, general, excúseme por insistir, y puede tener que ver con el nueve de agosto, Entonces matálo al tipo de una buena vez, ya te dije, nadie va a malograr mi fiesta, y menos un imbécil de una república frijolera, decíme fecha. Ya mismo, por otra parte entraron dos iraníes de visita, pertenecen a Al Kayán, una organización que se dedica a joder israelitas, ¿trabaja Alezcano para ellos?, ¿tuvo alguna responsabilidad en la explosión de la AMIA?, o acaso está con el Mossad; tal vez lo siguen, los hemos topado en nuestras labores de vigilancia, O'Hara, está bien que pensés en los ingleses, che, pero no te dispersés, tenemos iraníes, al rato tendremos paquistaníes; lo de Calero es prioridad, tenés que reventarlo al tipo, si no tendré que relevarte, No lo haga general, el Guitarra de Hendrix es mío, sólo me lleva un paso adelante, Atrapálo pues, no me explico cómo se te ha escapado con ese apodo tan ridículo, lo mira taladrante, desquiciado, burlesco, Me preocupa lo que le pueda ocurrir a usted, el tema de la muerte del expresidente está en los corrillos, ¿Te preocupa eso? Olvídalo che, todo está bajo control y yo muy bien protegido, ve sobre el Guitarra y acabálo. En eso entran los hombres de verde. O'Hara se sorprende. El nuevo es idéntico al anterior.

La langosta sabe a engaño.

Come sándwich, bebe Quilmes. Cuando no se le pegaba se le quemaba, ¿y saben que decía Chuck?: Este arroz está café, y cocinaba una sencilla y armoniosa sopa de tortilla con aguacate, crema y chipotle. Necesito un beso, oler el calzón, tocar el collar; está bien, iremos por la caja, oiga don Granvela, ¿qué se siente ser el elegido? Mire, fui policía secreto durante el resto de mi vida, estuve en Río de Janeiro antes de venir acá, conversé con el comisario de la 16, ya sabe, el más pesado, me sugirió un par de cosas y aquí estamos, venimos por la caja gris o roja o verde; si tiene algo de Calero para el viejo mandilón se lo acepto; dos cosas nomás, es lo único que me interesa, prometo no meter la nariz a un hombre pegado en lo que no debo, en realidad quiero proponerle la comercialización de un invento que revolucionará el manicure. Pinche Transformer, qué gachó me friqueó. ¿Quién me pagará el resto? Si Gilillo está libre no podré volver a Culiacán, ni hablar, me quedaré en el DF o en Guadalajara, llamaron los guardias o ella.

Prende la tele. La apaga. Mi abrecidís será tan importante como la Gillette, la lavadora o el foco. Deja una hilera de latas vacías de Quilmes, canta *Let it be*, con buena voz, ¿dónde está el cidí de Los Beatles? Nomás eso me faltaba: que el Marshall fuera un sentimental.

Hola, soy la caja, ¿me buscaba señor Alezcano?, La imaginaba gris, Pues ya ve: ¿no le gusta mi azul?, ¿se siente bien?, Más o menitos.

La noche es tigre zorra gatopardo.

Llegan los viejos. ¿Cuál es la esencia de los argentinos, che?, Ser argentinos, ¿pasa algo?, Creo que me asustó el Transformer. No jodás, apenas fue una probadita. Sonrisas. Bárbaro, sin embargo será mejor que no volvás al

Tortoni, Ángel comentó que llegaron a buscarte dos ira-
kíes y los militares no paran de rondar, Quedáte en casa
che, hoy juega Racing contra Rosario Central, podés pasar un buen rato antes de ir donde Granvela, prefiere MTV
pero no lo comenta, Cuéntenme. La mansión la viste, es
enorme, está a la orilla del río, tiene muelle, cámaras
de circuito cerrado, alarmas, la servidumbre es muy discreta, hay perros y jamás ha sido asaltada, ¿A qué hora
llega?

El frío es un látigo negro.

La calle de Granvela está llena de militares. Tepermann
prefiere no circular frente a la casa. Qué es esta mierda,
¿vinieron a esperarlo? No me digan, pues claro, son grandes amigos. ¿Y ahora? Pregunta, *Raleigh es el cigarro*, Para
acercarse a un pez gordo hay que meterse al agua, Con
este frío y si saben contar no cuenten conmigo, Pues no
hay otra manera che, ¿Quieren que me congele?, Tenemos un traje de buzo, dice Isaac, Debe estar en el baúl.
Minutos después avistan a 200 metros del muelle un
yate de gran eslora, siete militares cuidan la playa, Elvis
nada suavemente, Todos los años, cuando estudiaba
secundaria, nos íbamos a nadar al río hasta que se ahoga-
ba alguien. Alcanza el casco. Era horrible. Al otro lado
dos marinos fuman en una lancha. Sube con cuidado.
Contrariamente a la orilla no se ve una alma. Se mueve con sigilo. Por una ventana vislumbra a tres hombres
que conversan. Vaya vaya. Yrigoyen, Emilio Granvela y
un desconocido. Los oye discutir, toma dos fotos, poco
entiende pero sus gestos son sumamente agrios. De pronto el desconocido que está completamente calvo y luce

un parche oscuro en el ojo izquierdo, los llama al orden. Rápido toma otras dos fotos. Durante un par de minutos los observa, son hombres recios, contralonsos. Granvela paga por ver, lo dice tan fuerte que Alezcano escucha sin problemas. Yrigoyen da un puñetazo y se levanta, No podemos discutir toda la vida, che, deberías comprender que no es tu tiempo, sale seguido por el calvo, Lo comprendo bacanamente y me parece que sí es mi tiempo y que lo que proponés no era el acuerdo, Entregá los documentos che y dejémonos de complicaciones, te prometo que seguirás haciendo plata, es lo tuyo, deja la política en nuestras manos, Frank, no eres nadie para dictar las reglas y mientras yo tenga las pruebas vos no podés hacer nada, sólo te pido respetar los acuerdos, Granvela desde la puerta, Ya te diré lo que respetaré, pelotudo, Tu archivo me lo paso por los cojones che, lo sabés, estatura regular, Lo que tengo es insuperable, fuerte y también lo sabés, Yrigoyen con ira, el calvo se ha mantenido en silencio, ¿Me amenazás?, Te llamo al orden y te exijo respeto a mis intereses. Suben a la lancha que los espera y se retiran. Granvela va a la cabina de mando de la nave para acercarla al muelle. Está encrespado. Elvis penetra, El señor tiene la caja, tres winstons a la mitad sobre el cenicero, Pretendían una charla larga pero algo ocurrió, huele rico, Marshall, tu príncipe puede venir a Las Malvinas, baja por una escalcrilla, Cuando se le antoje. Husmea. Llega a una pequeña sala, mira por la ventana, el barco se mueve lentamente, sigue, en otro compartimiento encuentra un ataúd, ve que la tapa ha sido desatornillada, la levanta, da un respingo: el Petiso

Verón aceptablemente conservado. Lo que digo, a esta gente le gusta pasear cadáveres. La que quiera azul celeste que se acueste.

Antes de que el barco atraque, se zambulle y regresa a donde lo esperan los viejos.

Se retiran. No queda un soldado en la calle. En una esquina cercana casi chocan con un vehículo oscuro que no hizo alto. Tepermann maldice.

En un bar tenebroso miran las fotos. Armengol, afirma Ganduglia, ¿De dónde salió? Silencio. Habrá concilio, es normal, esperan hacer algo grande, Claro, invitaron al maestro y por lo que dices Granvela tiene su propio plan, Terminemos esto, si no acabará rebasándonos, sólo somos espías, miserables humanos, dormimos, comemos, hacemos el amor, los viejos sonríen, Y luego Verón, trajo su cadáver desde España, qué locura, ¿por qué?, Es un pibe de sociedad, seguro tendrá un sepelio suntuoso, Podrían haberlo echado en un avión, Y yo con ganas de ver a Celeste, piensa, ¿Qué pasó con Moreno? Su agenda decía que viajaría a México, ¿ya regresó?, Tendremos que considerarlo, No dejemos cabos sueltos, Pediré información sobre él, ¿de dónde llegó Armengol? Silencio, Se los dejo de tarea.

Tres horas después Lo que se vaya a cocer que se vaya remojando emprenden el asalto a la residencia de Granvela. Pinche caja, más vale que estés aquí, si no, tendremos que buscar en el barco. Descubrieron que no tiene oficinas fuera de la casa. Ganduglia desconecta la alarma, la cámara de circuito cerrado y abre la puerta con pasmosa facilidad. Dos perros los sorprenden con sus gruñidos. Se quedan de una pieza. Tepermann se adelanta a pesar del peligro. Son dóberman. No dejan de gruñir, babean abundantemente, temen que ladren, pero Isaac se acerca con decisión, los acaricia suavemente mientras emite sonidos dulces. De inmediato los perros cambian de actitud, lo que aprovechan para llegar a la puerta principal. En medio del jardín quedan los animales, ¿lo pueden creer? Vittorio lo explica guardándose sus manulines después de abrir la puerta: Es un domador experto, los perros no se moverán de allí hasta que él lo ordene. Cuando Isaac los alcanza están adentro. Es una casa modernizada, de dos plantas, tibia, de dormitorios en el segundo piso. En alguna habitación está una tele encendida. Se mueven con cautela. Según el plano el despacho de Granvela está en el primer piso, al fondo, con vista al jardín y al muelle. Dos escalones. La servidumbre duerme. Segunda puerta. Me suena, piensa Alezcano, Como si ya lo hubiera vivido. Ganduglia saca sus manulines pero la puerta está abierta. Es un museo impresionante. Los tres se detienen fascinados. Hay piezas de todas las edades colocadas correctamente en urnas de cristal o bastidores. Debe valer una fortuna. Un escritorio destaca al fondo. Alezcano se acerca sigilosamente. Tras él, en su gran sillón verde, Granvela espera inmóvil con un tiro en la frente. A su espalda, un ventanal por el que llegan las luces suaves del muelle y el jardín, levanta el vuelo. Empotrada en la pared, la caja fuerte luce vacía.

Es la noche de las narices frías.

¿Te dejaron fuera, verdad? Le hace una foto. Los viejos siguen el plan, Isaac inspecciona, Vittorio contempla la caja abierta. Vinieron por los documentos y te pusiste picudo, siempre pasa. Sobre el escritorio un libro de Cortázar: *Cuentos completos*, que Granvela leía, Elvis Yo he leído a este güey revisa documentos que están al lado: notas, facturas, presupuestos, un recado para Yrigoyen, La historia de un compita que basqueaba conejos, ¿y la cena con mi tío de leche? Ganduglia encuentra una caja de armas antiguas. Junto a unos sobres de corresponden-cia diversa está un ejemplar de *Nunca más*, el libro es-crito por la comisión que dirige Ernesto Sábato sobre los desaparecidos argentinos, lo abre para fotografiar la dedicatoria pero está en blanco, *Estás en edad de Bing*, para eso me gustabas, echa una mirada al rostro rígido del muerto, reflexiona un instante, checa la firma del reca-do y se lo guarda. Abre cajones, A ver si tienes algo para el viejo macuarro. Encuentra papeles de diversa impor-tancia. Fotografía uno que tiene relación con San Martín de los Andes, lo checa a contraluz, es papel inglés, hace un gesto, vaya que conoce ese papel, duro, semirrugoso, la firma es ilegible, sin fecha, ya lo checarán los exper-tos, si hay tiempo, De seguro la cena tronó. Se detiene en el cajón inferior. Hay una paca de dólares y un dossier en una carpeta negra, la primera hoja dice México, la segunda: RUV, después algunas notas a mano donde hay cálculos aproximados de inversión, ganancias y una fuerte cantidad para el general Pichardo, Viejo, estás de suerte. Tepermann entra, descubre a Vittorio fascinado por un Winchester del siglo XIX pero no ve a Alezcano. Elvis Debí haberme asegurado está agachado, en los pies de Granvela ha descubierto un disquete. Lo toma con cuidado. Lo alumbra. Tiene un dos en un círculo. Desde que entraron trae un presentimiento. ¿Imbricación? Mis güevos, alebrije. Decide llevarse la carpeta, Zurich, una clave para una bóveda en el Gran Luxemburgo. Los documentos, las pruebas, como las llamaba Granvela, están en disquetes y éste es el número dos, no hay dos sin uno, ¿cuántos son? A un lado del ventanal, en un caballete pegado a la pared, está un cuadro cubierto con tela negra, Elvis husmea, quita la tela con cuidado: *La noche estrellada* de Van Gogh, Órale, los viejos observan, Creo que estaba en el museo, murmura, ¿qué onda? Coloca la cubierta en su sitio. Tepermann indica que lo sigan. Echa un último vistazo al cadáver, ¿Dónde leí esto de un muerto en un sillón verde? A la caja fuerte vacía, Era una escena similar, toma el libro de Cortázar, Tal vez esté mejor que *Santa Evita*, se lo embolsa, Estoy igual que Pálida, ¿dónde estará? Cuando la vea le confiaré lo de mi invento. Siguen a Tepermann. En la habitación de la tele yacen tres guardaespaldas y una ama de llaves. Igual: tiros en la cabeza, sin violencia. Veían Infinito, el canal de las cosas inexplicables.

Los perros miran a Isaac con ojos afectuosos, se despiden con leves quejidos, restregando la cabeza contra sus piernas. Suben al auto. Apenas enciende Isaac el motor aparece en la esquina un carro como bólido. Estaba aburrido che, comenta con una ligera sonrisa, Todo se hallaba tan tranquilo que resultaba sospechoso. No han salido de la cuadra cuando les lanzan la primera ráfaga de Ak-47, Órale, ¿querías marido? Ahí lo tienes papacito. Huyen por calles angostas, les pisan los talones, empedradas, se ve que Tepermann lo disfruta, los disparos pegan en el chasis, en los cristales, sin hacer mella: es un auto blindado, tipo James Bond, Este Isaac debe ser coleccionista, ¿cuántos tendrá? Oyen el tren, Tepermann acelera, si le ganan la habrán librado, Ganduglia atento, en el asiento posterior Elvis mira a sus perseguidores inquieto, Tengo que comprar una pistola, no me gustan pero es necesario, Si la caja se la llevó Yrigoyen, ¿dónde la guardó?, ¿la quemó? *Todo mundo tiene un Jetta.* Si los documentos están en disquete va a estar en chino encontrarlos. Se hallan a veinte metros de la vía cuando se atraviesa el convoy. Pero tenemos uno, tal vez con ese sea suficiente. Sus perseguidores no han cejado y los tienen prácticamente encima, Isaac frena aparatosamente, echa una mirada significativa a Vittorio, como si estuvieran llegando a la mesa de Pirandello. El hijo de Molly a punto de alcanzar a Goyeneche: lo siento viejo, no pude. Emboscados: el tren al frente traqueteando, los sicarios atrás disparando, ¿Saben qué? Celeste no sólo tiene las nalgas de Meryl Streep: también la cara, un poco más afilada pero es la misma. Lo bueno de los parecidos es que si alguien muere, un día cualquier gente que lo conoció encuentra al que se le parece y lo recuerda, a poco no, como el gansito. Vittorio saca de bajo el asiento del copiloto donde está sentado una bazuca. Los guardias avisaron a los hombres de verde que notificaron al Transformer. Pobre Celeste, con razón dice que le han destruido la vida. De la cajuela surge una gruesa lámina de metal donde rebotan los disparos de los enemigos. Celeste les llamó, por eso no regresó. Ganduglia se acomoda, enfoca y dispara, toma al carro de frente y lo acaba en un santiamén. Ora putos. Un par de quejidos. Cuando el tren pasa todo es silencio. Revisan los muertos, IM, dice Ganduglia, Me gusta, che, observa Isaac, Significa que estamos al límite. Los muertos llevan abrigos verdes. Elvis enciende un cigarro y da una profunda calada, lo tira, Voy a reventar, ¿y ahora qué sigue?, ¿quién tiene mi dinero? Necesito un beso.

Adán Buenosayres

Entran a la casa de Núñez. Tepermann va a la cocina a calentar agua para café, Ganduglia se sirve whiskey, Alezcano enciende la computadora. ¿Quién tiene el otro disquete? Yrigoyen, para qué nos hacemos tarugos, como dice Cero, ¿y si son tres? Chale, que forma de complicarme la vida. Observa el disquete: *Verbatim* y el número dos escrito con pluma fuente. No lo escribió cualquiera, en las dedicatorias, ¿qué pluma usaron? Vittorio le lleva un trago, mete el disquete, lo abre: sólo letras, No manches, un espectro de O mayúsculas, Seguimos en cero, Ganduglia, cómo la ves, extrae el libro del abrigo, Ve si trae algo dentro, Granvela lo estaba leyendo, uno nunca sabe. ¿Qué hay a mi espalda cuando me cruzo de brazos? Se acuerda de Cero, Viejo macuarro, ¿cuánto te dio Goyeneche? Nada en el libro.

Los viejos se despiden. Toma el collar de la suerte y el calzón morado, Qué vacío saber que nadie te espera, deja el collar y huele el calzón profundamente. El hombre es sus amores, a poco no. Se acuesta, Chale, me estoy poniendo fresa, y qué, cuál es el problema. La verdad ya me está dando güeva tanto muerto: Granvela, Goyeneche, los guardaespaldas, el disquete vacío, Petriciolli desaparecido, ¿qué hay tras los gruesos muros? Necesito un toque, Son tan pocos los nombres para nombrar las encrucijadas que uno termina llamándolas pinches encrucijadas, expulsa aire por la boca y el calzón palpita, se levanta, Leonardo Lupercio de Argensola debe haber sido su machín, envía un mensaje a Cero-39, Pues sí, ni modo que qué, «1968: año del Tibio Muñoz». Celeste no sonrió, ¿tenía qué hacerlo? Voy a buscarla, le diré que soy inventor, se acuesta de nuevo, que el dispositivo para quitar el celofán a los cidís va muy adelantado, le pediré uno de sus calzones de encaje. Le preguntaré si conocía a Goyeneche.

Sueña: está conversando con la caja, un globalifóbico reparte propaganda, de pronto ella se larga pero deja los documentos.

Uno de los orientales habla por un celular. Comen. Sostiene un bife con la mano. Los cubiertos al lado. El otro se lleva una gran porción de ensalada a la boca, igualmente con la mano.

A la misma hora, Miguel O'Hara y el ministro beben café, Te concedo que tuviste razón en una cosa, O'Hara, el tipo está aquí por mí, ¿quiere matarme? No va a poder, no obstante no negarás que yo la tengo también en una: ya deberías haberlo eliminado, ese boludo está resultando más listo que vos, hay un plato con bocadillos sobre el escritorio y una foto de Alezcano vestido de banquero en la puerta de la señora Petriciolli, Sólo me lleva un paso adelante el hijo de puta y lo quiero muerto tanto como usted, Tenés que enfriarte che, no es un asunto personal, es una razón de estado, Mientras lo suyo y usted estén seguros, Lo estamos, ¿volviste a hablar con Celeste Petriciolli?, No quiso, Dejála y acelerá, ayer envié un emisario a México para sondear al presidente y alertar a Bebé, tiene la prensa encima y no quiero errores, ¿A quién mandó?, Alguien de confianza, un viejo general retirado que no figura, entra el secretario, Señor, es tiempo de ir a Tucumán, se pone de pie, Atrapá esa mierda O'Hara, te doy dos días.

Se prepara un café cuando tocan la puerta. El Transformer de nuevo, viene a joderme la vida, como si no tuviera suficiente con el fracaso, ¿y el control de la tele? Esta casa es una ratonera, no hay por dónde escapar, ni un maldito anuncio para sosegarse, *hasta que usé una Manchester me sentí a gusto*, o una vieja antena para evaluar el paso de los años, se agazapa, ¿Ustedes creen que le quede gente a Goyeneche? Yo no. Tocan de nuevo y como que cambia de actitud, se muestra decidido, se acerca al ojo y reconoce a Aurora, la madre de su vecina. Voy a comprar un cidí de José Alfredo: *Ojalá que te vaya bonito*. Buenos días, Aurora ¿cómo estás?, Los políticos me tienen inquieta, pero la voy pasando, che, ¿y vos, te divertís en Buenos Aires?, Ah, es una ciudad maravillosa, más de lo que puedo soportar, pasa, aunque no respondo de lo que pueda ocurrir eh, sonríen, ¿Gustas un café? Sin cuestionamientos acepta que debe convivir con ancianos y tratarlos con respeto, Gracias, hace años que no lo pruebo; no te quiero molestar, mi hija no quería que te saludara pero me tomé la libertad, Hiciste bien, ¿cómo está tu hija de México?, Bien, alimenta a unos setenta gatos callejeros con un presupuesto de 4500 pesos mensuales,

tiene una que se llama Pebeta que es su adoración, todos los domingos hablamos largo rato y siempre me
cuenta de ella, ¿qué lees vos?, El periodico, Me refiero
a libros, Ah, ahora leo *Santa Evita*, ese cadáver me está
volviendo loco, trae un libro consigo, ¿Eso fue verdad?,
Evita fue tan veleidosa, con ella nunca sabías, al parecer
después de muerta siguió haciendo de las suyas, ¿te gusta
leer?, Sí, he leído a Borges, tengo los cuentos completos de Cortázar, a Sábato, Quiero hacerte un regalo, le
extiende *Adán Buenosayres* de Leopoldo Marechal, Aurora, gracias, Es bueno leer el periodico, hoy he leído tantas
barbaridades que casi me avergüenzo de ser argentina,
los políticos no tienen cabeza, van a aniquilar este país,
¿Y los militares?, Son los peores, y vos, ¿qué hacés?, Soy
espía, lo mira con sorna, ¿Y por qué lo confesás, qué no
debés ir por ahí de incógnito?, Porque se puede confiar
en alguien que regala un libro ¿no?, sonríe incrédula,
Conozco a una mujer que se ha pasado la vida regalando *Anhelo de vivir* de Irving Stone, sus ojos azules le
recuerdan a Celeste Berruti, Querida, tengo que oler tus
entresijos, no es que sea un pervertido, pasa que, Aurora, supongo que te gusta la ópera, No puedo ir al teatro,
pero no me pierdo un programa por televisión, Quiero
invitar a una amiga, ¿crees que le guste lo que hay en
el Colón?, Le va a encantar, son los ultimos días de *La
carrera del libertino* de Stravinsky, no conozco a los cantantes pero deben ser buenos, Si te animas podemos pasar
por ti, No podría resistir, gracias Leonardo, pero si sos
espía entonces no te llamás Leonardo ¿cierto?, Me llamo
Elvis, Es un buen nombre, Me hubiera gustado llamarme

Emiliano Zapata, pero ya ves, uno nunca tiene la decisión, ¿Fuiste a San Telmo?, Claro y la pasé muy bien, esos bailarines son sorprendentes, Bueno, me voy che, que haya suerte, es delgada, irradia esa luz que electrocuta. Pinche viejita, está como quiere.

Los viejos le llevan una pizza Margarita y Chianti. ¿Conocen la historia de que la reina Margarita estaba harta de manjares y que para comer sencillo ideó su pizza?, Todos los italianos la hemos repetido hasta la saciedad, asevera Ganduglia clavando sus ojos diegorivera. Mientras come le informan. Isaac se ha servido café, Ganduglia toma la palabra, Hemos hablado con el bibliotecario de Yrigoyen, trabaja en su casa de Palermo, quiere cantar pero exige plata y ciertas garantías; le ofrecimos ambas cosas pero él insiste, quiere ver al jefe. ¿Y sabe?, Bueno, comentó que últimamente ha habido mucho movimiento en su área de trabajo, y con aquello de que el disquete no sirvió y que buscamos documentos, ¿Es ambicioso?, Hace cuanto puede por ser artista, los domingos descansa pero no se queda en familia, se va a San Telmo a bailar tango, según la madre pasa el sombrero y no le va nada mal, ¿Es confiable? Ganduglia hace una pausa, bebe, mira la máscara veneciana, Asesinaron a su hermano mayor, Por lo visto media Argentina ha sido agraviada. Como en una película en blanco y negro ve su tiempo de represor, Lo bien que me la pasaba rompiendo hocicos, dando picana, pozole, Tehuacán; aquí nadie está conforme, pero ahí se ven, a mí que me esculquen, no es asunto mío, *la tortilla es rica, hecha con Maseca es más rica,* ¿Dónde lo puedo ver? A los viejos les brillan los ojos,

Pinches rucos, parecen presidentes de la república, son totalmente palacio.

En el jardín de la oficina de O'Hara se ha acumulado basura. La reunión es breve, ¿Me están diciendo que se lo tragó la tierra?, Hemos visitado todos los hoteles de la capital federal y el área conurbada, tenemos intervenidos los teléfonos de la embajada y de los mexicanos residentes en la ciudad, ¿qué falta? Interviene uno de los hombres de verde, O'Hara con mirada gélida, Atraparlo, che, nada más ni nada menos; el tipo debe comer, así que muestren las fotos a los mozos; debe gastar, vean a las chicas de los bancos, tal vez alguien lo vio; no podemos esperar a que cometa un error, sigamos sus aciertos que también se notan; visitó a la señora Petriciolli, ¿a qué más se atreverá? Ring. Necesitamos ponernos delante. Responde el teléfono, cuando cuelga: La policía tiene un video de la casa de Granvela y creen que nos puede interesar, ¿a quién le toca limpiar el patio?

Café Exedra, Riquelme hace la descripción de Alezcano observando la foto con pelo largo y bigote. La costumbre de cortarse el pelo y afeitarse fue impuesta por los romanos al resto de Europa, expone, No obstante, no fue algo que les agradara, por el contrario, se sentían castrados. Los cara de vecino se miran, le dejan unos billetes en el servilletero y se largan.

Mensaje: *todos los caminos conducen a la colonia Roma*. Qué novedad. Chuck sigue estable. Pregunta si Francisco Pichardo estudió en West Point.

All You Need is Love. Apaga el aparato y sale, Pinches Beatles, me tienen hasta la madre, aquí no hay más, pura música clásica, cantantes que en mi perra vida he oído, ya veré qué tiene entre los piratas. Mi querida Roma, vamos por ti, o nos entregas la matagente o te capamos. Agarra bien la piedra pinche Sísifo, no quiero que se te suelte más que pura madre. Sería bueno que los viejos investigaran quién sacó *La noche estrellada* del museo. ¿Creen que Marshall sea un sentimental? Yo no.

Declina la tarde, espera a Julio Morales en el Botánico. Tú que eres bibliotecario, ¿qué significa ignímova?, La mujer rusa de los ignaros. Aguarda sentado en una banca en una vereda larga. Qué peligrosos son los ministros, levante la mano el que quiera ser presidente. Todos. Aunque el descampado es sumamente frío varias personas se ejercitan, Pinches locos. Julio se acerca dubitativo. Es un manojo de nervios. Observa algunas plantas, lee los nombres: Mandioca: *Manihot utilissima*, Patata: *Solanum tuberosum*, mira la casa de la administración, la calle. Así que eres tú cara de mis güevos, lo identifica como el bailarín sensual.

Después de unos minutos se sienta. Sea breve, farfulla, un joven pasa corriendo, es de las personas a las que les ves la cara y parece que están enojadas, El domingo te vi, se ve que eres un bailarín nato, Julio no cambia de gesto, Para bailar tango he nacido, expresa, Lástima de paisito donde cuesta tanto ser artista, Pero tienes un trabajo, ¿no? Julio lo mira con atención, No soy de la cana, necesitamos tu ayuda y la plata nunca cae mal, Ganduglia me dijo que tenías tus dudas, eres el mejor bailarín que he visto, puedo hacer que te contraten para una gira por centroamérica, ¿Por quién me toma? No soy ningún pibe, hablan bajo, Por un argentino honrado al que le mataron un hermano en el 76 y que ahora trabaja en la casa del ministro de Defensa, Julio se queda serio, no le gusta lo que oye, Don Vittorio, murmura, Claro, viejo ladino, su gesto indica temor, No voy a mover un dedo, no voy a hacer nada, puede quedarse con su plata, en mala hora acepté esta cita, ¿Quién dijo que ibas a hacer algo? Lo que sea lo haré yo, a vos te matarían, Yo no sé nada, sigue mirando el piso, una mujer que viene corriendo se detiene, Leonardo, ¿qué pasó contigo, por qué no has ido a trabajar? Es Marcela, ¿Has enloquecido?, ¿Por qué?, ¿Cómo puedes correr con este clima?, Ya me acostumbré, aunque no lo creas Olivia está preocupada, el embajador te buscó como desesperado, después se fue a México, descubrimos que cambiaste domicilio, pillín, no avisaste, Sí, no tenía buena vista en el Sheraton, con razón estás tan bien, señala el cuerpo, Marcela sonríe, ¿Dónde vives?, En el Marriot, habitación 506, por si quieres completar tu ejercicio, Marcela hace un gesto de para qué lo dices si no sabes cumplir, Te invito a mi casa mañana, daré una fiesta para uno de nuestros inversionistas más importantes, le da una tarjeta, Puedes llevar a tu amigo, ironiza, Ahí estaremos, ¿Irás mañana a la embajada?, A las nueve en punto, Nos vemos, Chau, *Si quiere tener Smowing, tome ginebra Bols*. Pa' que te jodan. Julio se levanta y se aleja. Qué lata con este cabrón, nomás con que no se le suelte la lengua.

Toma un taxi Al Centro cultural Borges en Florida.

Camina despacio por la avenida Mayo rumbo al Tortoni. Me pidieron que no me acercara por acá pero necesitamos dimensionar bien a Yrigoyen. Se me antojan las cuentas claras y el chocolate espeso, no, mejor acompañaré a Ganduglia, el whiskey es bueno para el corazón. Un Peugeot negro aparca en la esquina. Sus ocupantes observan cada transeúnte con agresiva curiosidad. No será fácil. Si las cosas que valen la pena se hicieran fácilmente, ¿Qué sentirá Celeste cuando lee *whiskey*? Que el mundo es ámbar y ajeno y el amarillo amargo mar de Mazatlán, una imagen, ¿quién escribió eso? Se detiene en la tienda de discos, Pinches Beatles, compra *BBC Sessions*, el doble de Led Zeppelin, Quiero escuchar *Inmigrant Song*. Mira a sus padres tranquilos, sonrientes, bailando *Black Dog*. ¿Qué edad le calculan a la enfermera hippie?

Puerta de El Tortoni. En música Elena es una nulidad, hasta los Bee Gees le gustan. Ahora anda clavada con Shakira, una colombiana que tiene un trasero que hay mamá. Deveras que puedo vivir sin ella, aunque no sea lo mismo. Qué bien lo han hecho los gringos para que nos gusten su música, sus refrescos, sus hamburguesas. Y lo que pagamos por ello. Aparte todo ese montón de mujeres comprando desbocadas en los *malls*, chale, nos tiene en sus manos. Un hombre sale del café, Si estuviera Celeste aquí ¿qué le diría? Nos vas a acompañar hijo de perra, lo empuja, *Pega de locura*, Qué te pasa güey, me estás atropellando, dos hombres por atrás lo paralizan, el peugeot está allí, lo esposan, lo meten en el asiento posterior, Guarda silencio Elvis Alezcano o serás jamón de pavo, ¿Goldfinger? Oh maigad, paren el mundo que me quiero bajar.

Una postal de San Telmo

¿Qué es esto Goldfinger? Te quieres ganar el premio Nobel o qué, digo, porque a mí hace mucho que no me la acarician, Guarda silencio Guitarra de Hendrix, Si Jagger se negó seguro le sacaron las tripas, divaga, Marshall es un *bull-terrier*, Goldfinger no seas extravagante, amigo, ¿ya te pusiste la prótesis?, Intenta lo que sea y verás la falta que me hace falta, lo amenaza desde el asiento del copiloto, A decir verdad tengo severos problemas existenciales, pero no es para tanto, ¿qué clase de hospitalidad es ésta, Gold; ustedes, el país más poderoso de la tierra, los ciudadanos del mundo, los dueños de la energía y el agua, ocupándose de un miserable observador? No seas ridículo, piensa: Pinche lacra embarazada; antes decíamos está bien que los gringos compren comunistas, que los enganchen, los exploten y se los cojan cuando ya no les sirvan, órale, por nosotros pueden matarlos a todos, nos ahorran trabajo. Igual nos echarán la culpa pero no importa. Una raya más al tigre. Lo molesto es que se crean acá, los imprescindibles. Vaya, vaya, se burla el gringo, El Guitarra de Hendrix con el pelo corto y sin bigote, no lo puedo creer, Son los tiempos Gold, verás, cada día soy más feliz, ¿Feliz tú? Claro, la felicidad de los cerdos, se pone serio, es un gringo cara redonda, roja, huesudo, que ha participado en la cacería de latinos en Texas. En la Submarino nos divertimos sin que nos frieran los güevos. Cuando se obstina, la raza es capaz de echar a andar una nave espacial con un pedazo de alambre, a poco no. Yo soy quien soy y no me parezco a nadie, bramaba Peter Infante, de quien ahora murmuran que le hacía agua la canoa. Mi sustituto con Elena debe estar embrujado. Maldito delincuente común, lo quiero muerto y enterrado. Hay cosas que no se olvidan, hamponcete, al fin escucha a Gold, Pero Gold, ¿quién que es se ocupa del pasado siendo el futuro tan promisorio? No seas rencoroso, ¿sabes qué quisiera? Invitarte una hamburguesa como viejos amigos, tu *Bigmac* doble, tus papas fritas y tu coca de dieta, qué opinas, cómo postre *american pay*, No más estupideces Guitarradehendrix, se exalta, Tu sentido del humor es patético, dispara al respaldo entre Elvis y uno de sus hombres, Y serás jamón de pavo imbécil, Elvis Qué güeva permanece inmóvil, menos mal que usa silenciador, las esposas le duelen, *En la casa o la oficina tenga usted Vitacilina, ah, qué buena medicina*, Goldfinger llama a su jefe a quien informa que después de una cruenta persecución logró atrapar al Guitarra de Hendrix, que se lo lleva. Qué bárbaro Gold, qué manera de joderle la vida a un colega, y yo que me muero por invitarte tu *Bigmac*, o ¿prefieres una de búfalo?, Me he ganado unos dólares contigo, latino apestoso, se vuelve a mirar el parabrisas, Gold, desde tu grandeza, dime, ¿qué te he hecho?, A mí nada, ya el jefe te dirá qué le duele,

¿has estado jugando con fuego, verdad? Se te busca en tres continentes, Pero Gold, ¿qué hace un súper estrella de la guerra fría resolviendo problemas menores?, No molestes imbécil, me han pagado una cantidad respetable por llevarte a un sitio y es lo que haré, las razones no me incumben. Alezcano Creo que veré a Yrigoyen antes de lo previsto encuentra interesante la situación.

Goldfinger, lo apodamos así porque le falta el dedo anular de su mano derecha; el peor de todos: tranza, drogo, traidor, malandro de espolones. Su actitud casi afecta la dulce y eterna armonía entre Estados Unidos e Inglaterra. Era nuestro contacto en Santiago y vivía hechizado por Pinochet. A Pinochet le importaba un carajo el asunto de Las Malvinas pero no quería que se supiera, Goldfinger se prestó y nos dejó solos. Si encontrara a Celeste no podría hacer nada, ¿matarían al marido? O tal vez sí, como en aquella película de Woody Allen donde hacen el amor en todas partes menos en la cama, ¿se acuerdan? Si Chuck no está forjando es Molly, la enfermera hippie se llama Florence.

¿Qué tal la vida en Miami?, Me mudé a Nueva York, por la 54 tienes tu casa, no me ha faltado trabajo, ¿tú andas muy movido, verdad? Tu foto está en varias partes, Ya sabes, cuando te dedicas a salvar al mundo todo puede ocurrir, el gringo sonríe, mueve su cabeza, Casi no te reconozco con el pelo corto y sin bigote, Quiero comprar un chambergo para parecerme a Carlos Gardel, ¿Quién es Carlos Gardel?

Y la maldita Olivia Quiroz que no me dejaba hacer lo mío, ¿qué sabe ella de la vida? Si supiera en las que me encuentro. Goldfinger bosteza. Pobre cabrón, debe estar tan cansado de ser el mismo, La otra noche entraste en mi habitación ¿qué buscabas?, No preguntes tonterías Guitarradehendrix.

Los hombres que lo rodean tienen caras de *sparrings*, ¿Fue Carlos Monzón quien lanzó a su mujer por una ventana? Pregunta poniendo cara de circunstancia, los tipos no se dan por aludidos. Reconoce al conductor como al chico de la foto, ¿qué hace de chofer? Se supone que es experto en computación, que ha venido a hacer reparaciones en el Libertador o en casa de Yrigoyen. Cuando regrese a Estados Unidos voy a visitar al pato Donald, Fuku, se llama el maldito pez que vuelve locos a los japoneses. Tal vez ya terminó de instalar alarmas más efectivas.

¿Estás en la CIA de nuevo, Gold? Con razón no aceptas la *Bigmac*, No digas estupideces, trabajo para quien pague, Te perdonaron, quiero llorar de emoción, Mis intereses no siempre son los del gobierno de mi país, lo sabes, Mi espía favorito, Deberías acercarte a Marshall, ahora es jefe, ¿Volver a trabajar con ésos? Ni de broma, por poco me cuesta la vida cuando nos dejaste plantados ¿te acuerdas? Silencio, Lo más lógico es que te busque a ti, ¿no te parece?, No creo, demasiado engorro con los ingleses, son excesivamente metódicos, Y pagan mal, Eso tú lo sabes mejor que yo, supe que te habías retirado, Te engañaron ¿y éstos qué tal a la hora del dinero?, No me puedo quejar, ¿Dónde estudiaste fotografía? Se dirige al chofer, En Langle, señor, Déjalo Guitarra de Hendrix, es un técnico, no sabe gran cosa, que te pillara fue un golpe de suerte. Necesito un beso. Para identificadas estoy yo.

El carro es negro, al servicio del ministerio de Defensa. Atrás, Vittorio Ganduglia, originario de Buenos Aires e Isaac Tepermann, de Vicente López, los siguen a prudente distancia. Después de salir volados del Tortoni y marchar alertas en pos de Alezcano, sus ojos desbordan emoción. Presidentes de la república, ni más ni menos.

En su casa, Palidasombra Santibáñez duerme con el televisor encendido, es de mañana, ha avanzado en la lectura de *El criticón*, se nota en el libro que está sobre la mesa y en varias páginas escritas.

Entran en la cochera de una casa muy iluminada. La mente de Elvis: En Culiacán todas las navidades, Oly Reyes convierte su casa en un espejo nocturno cuyo resplandor confunde a los pilotos que llegan con retraso. Lo bajan, lo entregan a dos norteamericanos miembros del equipo olímpico de levantamiento de pesas, un tercer hombre confronta una serie de fotos, entre ellas la del Exedra, con el detenido, afirma satisfecho, entrega a Goldfinger dos pacas de billetes. Buena suerte amigo, se despide el gringo, sube al carro y salen de reversa.

Varios hombres acompañan a O'Hara frente al televisor. Ven el video del ingreso a la casa de Granvela que tiene cámaras por todas partes. Hijo de puta, exclama uno de los hombres de verde, Vean su actitud, se está burlando del cadáver, Sin embargo de nada le va a servir, maúlla el otro, Lo vamos a reventar che, O'Hara muy serio señala, Maldito boludo, sabe en lo que anda, se toca la prótesis. Conmina a los agentes que tiene a su derecha,

¿Vieron a sus compañeros? Quiero todo sobre ellos, Parecen ancianos, observa uno de los hombres de verde, los tipos hacen un gesto afirmativo, ¿Cree que intente matar al general?, Tengo la impresión de que busca algo, ¿qué tenía Granvela que fue a su casa?

Los pesistas golpean a Elvis hasta hacerlo sangrar por nariz y boca, ¿No saben que hay una convención en Ginebra que prohíbe maltratar a los prisioneros? Luego es conducido a un cálido estudio igualmente iluminado. El piso es suave, paredes insonorizadas. Un gran reloj en un muro y en el fondo, tres computadoras mostrando datos continuamente. Ante una mesa manchada de catsup con restos de hamburguesa, papas fritas y Cocacola, vestido de playera y short, está un hombre rubio pensando frente a una laptop. Elvis no lo puede creer, ¿Yrigoyen? Qué va, se limpia la sangre, ¡el Magnate sin nombre! Dios mío, ¿de qué se trata?, ¿qué hice? El hombre que pagó a Goldfinger le susurra al oído que Elvis está allí. El tipo hace señas de que espere, el pagador indica a Elvis que se siente, que en un momento lo atenderá, luego sale caminando cuidadosamente, Está pensando, concluye Elvis, Primera vez que estoy ante un genio, es idéntico a su foto de Forbes, ve sus ojos llenos de reflejos de las computadoras, ya no tienen un color definido, ahora son según la gama cromática de la pantalla. *Te vamos a apantallar*. Elvis se siente pequeñito, como el hombre de Alfonsina.

No sabe cuánto tiempo pasa fascinado por el cambio de color en los ojos del Magnate sin nombre cuando aquel al fin se digna mirarlo, sus pupilas siguen reflejando, Me hubiera gustado ser espía, sonríe, Es un oficio de gran emoción, simpático, Es un asunto de alebrijes, responde Alezcano, Es y no es al mismo tiempo, Qué es un alebrije, pregunta a la laptop, ¿Una pieza de artesanía? Mira a su interlocutor, No entiendo, Es la sombra del color, un sueño por hambre, un funambulista en el filo de la navaja, lo terrible que puede ser la oscuridad, ve su laptop, luego a Elvis, No lo puedo saber todo; muy emocionante lo del Submarino Amarillo ¿verdad?, sus ojos siguen lanzando destellos, Tuve que salir por el desagüe, una alcantarilla a 300 metros del ministerio, se ve relajado, como si hablara con un viejo amigo, Allí te esperó Jim Marshall, el agente naranja, que en cuanto tuvo la información la envió corriendo todos los riesgos porque te venían pisando los talones, *Es caro, pero creo que lo valgo*, piensa y corrige: En realidad me esperó en el drenaje, después tapamos la alcantarilla con un contenedor de basura, Luego permaneciste oculto hasta que se firmó el armisticio, su ojo izquierdo tiene un pequeño chisporroteo, Enseguida te fuiste de vacaciones con Valeria Manguel, Ella quería suicidarse, Lo hizo, cuando regresó de Cancún se lanzó al río con todo y automóvil, había tomado tanta ginebra que no volvió a salir, ¿Cuando era chico su mamá no lo dejaba pensar?, Era una entrometida que me quería demasiado, siempre la perdonaba porque cocinaba un pavo tan delicioso que jamás olvidaré el Día de Acción de Gracias, La mía lo único que sabe hacer son sándwiches de jamón y quesadillas, el arroz por ejemplo, nunca le sale, ¿Qué bien estamos conversando, verdad? Nadie pensaría que voy a ordenar tu muerte, Vimos a la gente quemar discos de Los Beatles y yo no entendía por qué, divaga Elvis, Mis padres tampoco, por eso regresamos a Culiacán, algo ocurrió en el equilibrio de sus creencias; John Lennon, con aquello de que sólo creía en él terminó con la era hippie. Lo admiro tanto que no me importa, será un placer morir en manos de un genio, ¿sabe usted por qué quemaban los discos de Los Beatles?, Ahora vas a morir, lo demás es irrelevante, Exactamente, por eso no me preocupo, ¿cómo sabe tanto de mí?, Estamos en la era de las computadoras mi estimado, por cierto, perdí mucho dinero contigo, saca una minicomputadora de bajo el plato de la hamburguesa, ¿La reconoces? Ahora dime dónde escondiste la original; ante unos reflejos que crecen, Elvis recuerda a Pálida, Un pinche amante a quien embroncar, el policía que puso a bailar en la Audiencia era buen prospecto; sin embargo, ahí es donde se transforma, de algún lugar le brota una fuerza que lo convierte en un ser hermético e irónico que entre más lo muelen más se burla. ¿Ha leído *Don Quijote*?, Lo que no entiendo es cómo se lo robaste a la estúpida reina Isabel; ahora la protegen los ingleses, tu amigo Marshall, Usted lo sabe todo, ¿Cómo llegó a tus manos la VH7, ella te la dio?, La soñé, que estaba en Parangaricutirimícuaro haciendo el amor con Meryl Streep y entraba por la ventana, El Magnate sin nombre busca apresuradamente la palabra en su laptop, de pronto el brillo de sus ojos aumenta, chisporroteo, su rostro se desencaja, aprieta los labios, grita, Esta maldita máquina me va a volver loco, la coge, la estrella en la esquina más cercana donde hay varias computadoras destruidas. De inmediato aparece su publirrelacionista con una nueva que coloca sobre la mesa sin emitir palabra, el Magnate la abre, A ver, busque Soy un bato loco dando hostias en un quilombo, El Magnate se irrita de nuevo, se arrebata y lanza la máquina al montón, ¿Será robot? Entra el hombre con otra, lo detiene mostrándole la palma de la mano, le indica que se retire. Yrigoyen te quiere vivo, ¿quieres morir como en la guerra sucia chupado o a la americana?, Me encantaría sufrir, que me destriparan poco a poco y le dieran mis restos a los perros, ¿Por qué te robaste la VH? No le podías sacar provecho, es imposible vender un dispositivo de este tipo, Mataron un cornetero, piensa y dice, No tenía para comer y necesitaba comprar unas medicinas para mi abuelita, el Magnate ve el montón de máquinas despedazadas, Todo es perfectible, ya tendré una computadora que sepa todos los modismos y los matices, sus ojos chispean terriblemente, le propina una fuerte cachetada. Los gringos son así, por un lado un impresionante despliegue tecnológico, científico, de preservación de la naturaleza y derechos humanos, por el otro una brutalidad vergonzante. Vuelve a sangrar, Luther King cada vez me cae mejor, ¿qué fue de Angela Davis? En ese momento irrumpen los viejos armados hasta los dientes, Retírense, aún no los he llamado, El que la va a palmar sos vos, boludo, responde Ganduglia, cuyos antepasados en Sicilia descansan en tumbas discretas. Un paso y te dejo sin cojones, la voz firme de Tepermann, los ojos del Magnate se revolucionan de nuevo, lanzan chispitas, ¿Quiénes son ustedes? Entran dos tipos vestidos de negro portando

207

Sig Sauer, Son las abuelitas de Batman, dice Elvis, ¿Todo bien? Pregunta uno de ellos a Alezcano que no sabe qué responder, luego al gringo, Señor Magnate sin nombre, nos va a acompañar, Llévenme con Yrigoyen, necesito confirmarle el donativo de 100 millones de dólares en computadoras para los niños argentinos, Ya veremos cuánto tiene que donar a la nación, por lo pronto este equipo acaba de ser decomisado, Mí no entender, Ya le explicaremos, En cuanto le quitan las esposas, Alezcano se guarda la microcomputadora, Tanto escándalo por este chisme. Mejor no criticar, tal vez haría lo mismo si me robaran el abrecidís. Los viejos lo sacan.

Afuera los guardaespaldas se encuentran atados y amordazados con cinta gris. ¿Y éstos de negro?, Nos la debían, Tepermann no da mayor explicación, suben al carro y se largan, No quiero extraños en nuestros asuntos, Nada, nada, sólo eso, unos pibes que nos debían una y que por cierto, saben bastante del gringo, y hablando de eso, che, ¿qué tiene que ver con vos?, Alezcano saca la miniatura, ¿Se acuerdan de los orientales? Se las muestra, ¿Y todo este tiempo vos has andado con esta porquería encima? Sos un boludo, Andá con cuidado, che, ¿no querés resolver el bombón?, No la traía conmigo, se la robé al Magnate y ahora es para regalar a una mujer, necesito algo para el frío, un whiskey, un beso, lo que sea. Paran en un barcito en Cabildo, Tenés que hablar de nuevo con Julito, es una vía confiable a territorio enemigo. Amigos míos, por favor no me pidan nada, estoy en el límite del hartazgo, *de Tijuana a Yucatán usan sombreros Tardán.*

Cuando llega a casa está completamente desalentado.

Se baña en una nube de vapor, Pinche Gold, debí llevarlo a las hamburguesas de Carlitos, hubiéramos invitado al fotógrafo, ¿qué *mac* quieres? Qué forma de ganarse la vida. Lee un poco de *Santa Evita* pero no se puede concentrar, La culpa es de Pálida, qué digo Pálida, de Cero por ponérmela de compañera, mi invento debe ser algo que incinere, el celofán es difícil de cortar, pero que se pueda desprender con los dedos sin quemarse, No soporto esta situación, ya estuvo suave, demasiados riesgos y, ¿quién me va a pagar el resto? Lo que me dio Goyeneche ya lo desquité, ¿o no?

Envía un colérico *e-mail* a Cero-39, le dice claramente que está harto y le pide aclarar lo del pago, Son muchos patos y muy pocas escopetas. Ya me lo hicieron una vez, no nos volverán a saquear viejo macuarro, *soy totalmente palacio*. Sabe que no lo debe hacer pero su irritación es contundente. ¿Qué putas tenía que hacer en la embajada aparte de soportar a la dobermana? A Elena le gusta dormir desnuda, ¿dónde dejé el calzón?, ¿él qué sabe de mi vida? Con un libro de Neruda consiguió mujer, tengo que seguir leyendo *Santa Evita* aunque el autor no sepa bailar tango, ¿alguien sabe realmente por qué lee?, ¿y si le regalo a Elena *Me gustas cuando callas*? Y el cabrón de Goyeneche muerto.

En el interior de un carro en movimiento, en el asiento posterior, O'Hara interroga a Olivia Quiroz, Como trabajador es pésimo, desde el segundo día pedí su cambio, se ve angustiada, ¿Por qué lo ayudaste a cumplir su misión?, ¿Yo? De dónde saca eso, Ya penetró el minis-

terio de Defensa, estuvo con la esposa del general Petriciolli, asesinó a Emilio Granvela en su propio despacho,
¿qué más planea hacer? Los argentinos estamos hartos
de intromisiones, No tengo la menor idea, me ocupo de
nuestras relaciones comerciales, intentamos relacionar
empresarios mexicanos con argentinos, Lleváme a su
hotel, No sé dónde se hospeda, rueda una lágrima, ¿Por
qué me hostiga?, Anoche secuestraron al Magnate sin
nombre, algo que no había ocurrido en ningún país, Alezcano, Campbell, Quirarte, Langagne o como se llame
estuvo en el operativo, ¿por qué se empeña en dañar la
imagen de Argentina? Olivia llora, No sé nada, déjeme
en paz, le recuerdo que tengo inmunidad diplomática,
No me digas, ya ajustaré cuentas con el estúpido de tu
jefe, ¿por qué salió huyendo?, Lo mandaron llamar de
México, Entonces, ¿vamos al hotel de Alezcano? Sonríe
burlón. Adelante van los hombres de verde muy atentos. Transitan por la Costanera.

Dormita, ¿Qué querría el embajador? A lo mejor quiere que le consiga chilorio, se halla en ropa interior atravesado en la cama, con el calzón de Elena en la cara. Le
duele el cuerpo.

Sueña con Ella, Un maldito sueño X donde estoy
llorando porque la veo bailar hasta quedar desnuda ante
el gañán que se quita todo menos los calcetines. ¿Qué
no dijo García Márquez que no se debía hacer el amor
con calcetines? Pa' que te jodan.

La noche es un apellido famoso.

Al salir, ve el carro de Tepermann estacionado, Su
taxi, señor. Alezcano sube aún impactado por el sueño,

210

Nada afecta más al hombre que el abandono. Debería enviar una postal de San Telmo, una foto de los puestos y los bailarines, o de la estatua de Gardel que está en Abasto, agregaría que la vida está llena de coincidencias y que un atado de ellas constituyen la cultura, la felicidad y la depresión que embellece. Ya. Creo que me voy a enfermar. Isaac, ¿cuántos años tenías cuando te casaste? El viejo lo mira, hace un gesto de: ¿qué te pasa, che?, No me acuerdo. A las dos cuadras sube Ganduglia, ¿Le comentaste che?, Viene suspenso, pensando en otra cosa, Julito ya aceptó, quiere que lo busqués el domingo en San Telmo, No sé si debamos, estaba aterrado, No tenemos demasiadas opciones, No quiero, piensa, Estoy desanimado, El presidente tuvo una amante, externa Ganduglia, ¿Hay alguno sin ella?, De eso queremos hablarte. Sandra Pollizini era la mina del presidente hasta hace poco, se acercó a él contratada por Yrigoyen, es cantante de tango y es muy probable que esté en su fiesta de cumpleaños, Si no confías en Julio tenés que conseguir que te invite, añade Tepermann, Cuando entramos al ministerio la caja la tenía Granvela, ¿qué tal si ahora la guardan allí?, ¿qué dicen nuestros informantes?, Que está en la mansión del ministro, Julio nos contó que desde hace un par de días el general está eufórico, coincide con lo de Granvela, ¿sabés lo nuevo? Los soldados que efectuaron el operativo para conseguir la caja están muertos, todos muertos, silencio, ¿Qué hay de Pollizini?, Esta noche hay una fiesta en el departamento de tu amiga Marcela Delgado, allí la encontrarás, ¿Traen una foto?, Buscá a la más linda che, no falla, ¿Cómo serán las fiestas de Marcela? Seguro invitó a la dobermana, pinche perra, ¿qué no descansa?, ¿qué no se va por ahí de vez en cuando a coger con un taxista? Señor Langagne, estoy inconforme con su trabajo, los proyectos que usted ha seleccionado son verdaderas vomitadas, ¿qué le hace pensar que una fábrica de piezas arqueológicas puede funcionar mejor que una de balones de futbol de salón? Como para cogerla del cuello y retorcérselo hasta que diga quién era el mejor amigo de Pelé cuando tenía 15 años, ¿Por qué es tan dura?, Señor Langagne, ando mestruando, ¿usted nunca menstrúa?, Una vez se me rompió un vaso del ano, hubiera visto, Dios mío, ahora sólo se lo deseo a Frank Alejandro Yrigoyen.

A las once de la noche lo dejan en la puerta. Recuerda que el edificio es inteligente y lo saluda. Elevador. Quinceavo piso.

Marcela de rojo carne no lo puede creer, Langagne, definitivamente eres un bebé, Ya te dije, soy el Menneken pis, ¿Y tu amigo?, Está celoso, le señala el vientre, No juegues, Si no quieres defender tu territorio, allá tú, Eres un diablillo, pero ya sé quien te va a bajar los humos, del elevador salen otros invitados, Sigue, estás en tu casa, tres meseros reparten tragos, Elvis toma un caballito y limón, observa a cada invitado, Olivia no está, Le diré que me enfermé, que en cuanto me alivie ni con el pétalo de una rosa, no tengo por qué darle explicaciones, es más, ni siquiera tengo por qué saludarla, pinche vieja que se vaya a la mierda, se siente incómodo, ¿quién fue la amante del presidente? Señoras, ¿quién de ustedes estuvo curtiendo con el primer mandatario? Observa: gente de la política, la empresa, un futbolista que quiere jugar en México, dos periodistas. 15 entre hombres y mujeres. Música de Agustín Lara. Camina por la sala. Todo mundo charla. Pasan del futbol a la economía, de la economía a la política, de la política al mundo del espectáculo; como que todos leen el mismo periódico. La sala cómoda, con vista a la ciudad. Una trigueña espigada observa por la ventana, se ve triste, sin pensarlo se acerca, ¿Te gustan los finales de fotografía?, ¿Cómo sabés vos que pienso en fotos?, Soy brujo, Sos mexicano, laburás con Marcela ¿cierto?, Compartimos oficina, Qué afortunado, usa unos perfumes maravillosos, Soy Leonardo Langagne, Sandra Pollizzini, Elvis se detiene un minuto más de la cuenta, labios a punto, senos pequeños, hermosa; en su intento de envolver al presidente Yrigoyen la empleó; el presidente quedó encantado, le dijo que cantaba mejor que Adriana Varela y la llevó consigo a una gira amorosa por la Patagonia, después la olvidó. Elvis íntimo se estimula, Pinche Elena, me tiró como un cacharro, el gañán no la considera, en cuanto se viene la bota, qué bueno que la hace ver su suerte, ¿Estoy muy fea?, Estás encantadora, ¿Qué hacés con Marcela?, Le hacemos al loco, ¿y tú?, Estudias o trabajas, divaga, Soy cantante, ¿Cantante? Qué maravilla, ¿viniste a cantar?, Quiero cantar en México, esta noche vendrá un amigo de Marcela que me puede contratar, ¿no serás vos?, Estamos por iniciar una gira por Centroamérica, tengo un circo, podrías actuar de mujer barbuda, piensa y dice, México está ávido de buenos artistas, te va a ir muy bien, saca un cigarrillo, Elvis se lo enciende, su corazón es un zapato, Aquí no tengo oportunidad, es un país de mierda, Cómo puedes pensar eso, Algunos nacen con suerte, otros en Argentina, Vaya vaya, se acerca Marcela, mis dos queridos amigos no necesitan presentación, por cierto el invitado especial está por llegar, toda esta gente desea hacer negocios con él, sin embargo, lo más importante es que contrate a Sandra, ¿te dijo que es cantante?, Me acaba de cantar *Las mañanitas*, Mejor que Adriana Varela, ya la oirás, Marcela continúa con el resto de los invitados mientras Elvis intenta llevar a Sandra a terreno, ¿Tienes algún concierto en puerta?, Concierto no, prometí cantar un par de canciones a una persona que quiero mucho, ¿Ya tienes fuellista?, ¿Vos tocás?, Tomé clases con Aníbal Troilo, Sandra ríe divertida, viste de piel, de negro. Elvis la recorre discretamente, ¿Por qué las cantantes de tango son tan bellas?, Es el clima, ¿Podríamos discutirlo mañana? Lo mira profundo, Oká, le pasa una tarjeta con la dirección de su casa, A las siete. Los invitados se ven nerviosos, hablan y hablan pero no logran relajarse, Sandra y Elvis no se han movido de la ventana, miran las azoteas oscuras, la ciudad iluminada. La única que sigue igual de dinámica es Marcela que intercambia con todos. A las doce y diez, como Encinienta, la mortal clon de Cenicienta, entran dos hombres enfundados en gruesas chamarras de cuero, jeans y botas vaqueras, son mexicanos, y no sólo eso: son norteños, Elvis sonríe, Pinche raza, está en todas partes, Marcela los recibe como viejos conocidos, les dice que están todos, observan a los presentes cuidadosamente, uno de ellos sale, el otro permanece en la puerta, rechaza las atenciones de un mesero. Cinco minutos después, presidido por su hombre, entra nada más ni nada menos que Gilillo Vega Real, treinta y cuatro años, soltero, casado, exhibiendo una encantadora sonrisa. Si las cosas que valen la pena se hicieran fácilmente, Marcela se apresura a besarlo en la mejilla, Cualquiera las haría, Sandra se arregla el pelo, observa su trasero de soslayo y se acerca al resto de los invitados que se han puesto de pie, Elvis atornillado, un pájaro negro se estrella en la ventana, se le cae el cigarro de la boca, por un momento olvida su misión, Llamó a una aseguradora y consiguió mi nueva dirección, se esconde detrás de un señor gordo, Para indentificadas estoy yo, ¿lo pueden creer? Lo tiene a cuatro metros, Gilillo está deslumbrado por el recibimiento, lo disfruta, los presentes lo saludan con excesivo respeto, los guardaespaldas siguen trabajando, desde luego que aquello no encierra ningún misterio, empresario emprendedor lava dinero en Argentina y esas personas son sus prestanombres. Marcelita, eres un estuche de monerías mi reina. Indudablemente tu dilecto amigo apoyará a Sandra. Qué cante mejor que Adriana Varela es irrelevante, igual terminará de vocalista de «Los alegres de mis güevos» y se tendrá que pintar el pelo de rubio y bailar como Alicia Villarreal. Se escurre. Molly, con este hijo para qué quieres nietos. Ha tomado una decisión.

Betty la fea

Núñez: el frapé del iceberg que dobló al Titanic. Lo siento Vittorio, lo siento Isaac. No aguanto más amigos, es demasiado; al principio pensé que sería como Bolívar evitando golpes a diestra y siniestra, pero nada, estoy podrido; les fallé, discúlpenme, lleguen para decirles que los admiro, que me siento orgulloso de haber trabajado con ustedes. Qué diferencia con mi padre, él escuchando su música y fumando su mota es feliz. Se sirve vodka y pone a Plácido Domingo, Debo saber apreciar estas voces, tiene correo de Cero-39, Por si me encuentro con Celeste. «No distraigas al oso, la tormenta se aproxima», No distraigas al oso... soy virgencita y riego las flores, ¿qué es eso? Pinche viejo macuarro, ni que me tuviera tan contento; ¿se ocupó de mí como es debido? Ni siquiera me aclaró lo del dinero, y ahora Gilillo, nomás falta que me la cobre, le responde tortuoso: billetes es lo que quiero y que sea mi resto, ¿qué hará Pálida? Se sorprendería de saber que tengo la micro, ¿Será cierto lo que dijo el Magnate? Los caras de vecino deben seguir buscando, si me encuentran se las regalo, ¿para qué quiero esa porquería? Tal vez Elena no estaba tan equivocada cuando afirmó que no quería vivir con un idiota y se fue a buscar al papá de los pollitos, Pálida recalcó, Macho, esos tíos son tenaces, y tiene razón, son una sanguijuela en las verijas; quizá ya me están buscando en la ciudad de México donde hay 22 millones de personas comunes y corrientes y todas se parecen, acaban de encontrar la horma de sus zapatos los putos. Estoy seguro. Yo me quedaría a vivir en la Condesa, diría que soy profesor de literatura comparada y santo remedio. Podría pasar feliz los últimos años de mi vida. Eso si Culiacán no me jala, es una ciudad horrible pero venden unos mariscos y ves unas mujeres... ¿Qué rollo con los ingleses? Cuando aprendan a llorar sabrán lo que es la vida. Recuerda a Marshall: un tipo realmente atrevido, zorro, paciente: el agente naranja; está bien que lo hayan ascendido, debería investigar lo suyo. El príncipe Carlos pretende visitar Las Malvinas, para no verse ostentoso desea hacerlo antes del veinte aniversario de la victoria; ¿saben o sospechan algo los argentinos? Preguntaré en el metro, en la plaza de Mayo, en los cafés; con mucha discreción los viejos podrían ayudar, porque si se enteran ya sé de dónde me van a colgar el yunque. La pérfida Albión, ¿quién lo dijo? Todo por una cena con el Mick, ¿imaginan la alegría de mis padres?, ¿la coquetería de Molly? Qué onda mi Molly, ¿mojó su calzoncito? Lástima que no voy a tener tiempo. Pone un cidí pirata que resulta ser de los Stones, el de Led Zeppelin quedó en la refriega, *Street fight man*, Para acordarme más a gusto. Todo es más difícil de lo que parece, Marshall fue muy claro: Necesito alguien que conozca el terreno, que se atreva y confiable.

¿Qué hará Celeste? No creo que le guste el rock, la ropa sigue en su lugar, ¿creen que lo que me ha pasado valga lo que me dieron? Qué güeva, como y me voy, no quiero ser el siguiente acribillado. Me largo, me haré cirugía plástica o me meteré de pordiosero; más vale que no me pase lo que a Peter Green, el celebrado autor de *Black Magic Woman*, ¿se acuerdan? Que después de perderse varios años tras una máscara de porquería, una chava A mí usted no me engaña mister Green lo rescató de Central Park un día del cual tengo ya el recuerdo.

Una hora después llega el aviso. Transacción Islas Caimán-México, a su cuenta. Cien mil dólares. Espero una de las once mil vírgenes. Gesto de indignación, No me chingues viejo macuarro, escribe: el niño quiere leche suficiente pero de vaca, no le gusta virtual. Alezcano sabe que no todas las transacciones son reales y prefiere no arriesgar. Unos minutos después llega la respuesta. Mañana será otro día. Papelito habla, responde: Va en camino uno de los once mil falos, péguense a la pared, putos. Espero que haya visto a Liza Minelli en *Cabaret*.

Pinche viejo qué se está creyendo. Se encrespa. Como respuesta recibe: *chat* con Beatriz en tiempo de cintura.

Sesenta minutos después entra al portal de Betty la fea a conversar con agdemarzo12.

Agdemarzo12: en tu país, en qué va la novela?

Shak: primero crea el gusto, una vez creado todos estarán atentos a tu trabajo.

Lmelan: quiero visitar Perú, cómo es?

Lady: cómo están todos, ya llegué.

Pafq: se acaba en estos días.

Vecman: significa que en gustos se imponen géneros.

Piura3: es una montaña poblada de gente, México es bello, no?

Agdemarzo12: bienvenida Lady, no me la cuentes, espero que acabe bien.

Shak: el gusto se impone, por supuesto, eso hicimos con el Isabelino, puedes hacer eso, llamarlo en relación a una mujer.

Msolares: hola a todos holatodos.

Lmelan: viste *El violín rojo*?

Pafq: si está bien respaldado será el final perfecto.

Lady: a mí la Betty me subyuga, ha entrado Verbo mata poeta?

Vecman: qué te parece: teatro izelino?

Agdemarzo12: el respaldo es muy importante.

Msolares: ¿cómo está el clima por allá? Yo por estar con Betty no sé cómo está por acá.

Piura3: no la he visto, vas mucho al cine, verdad? Hay muchos cines en Culiacán?

Faloerectus: chicas, ya llegó por quien lloraban, me falta dinero.

Shak: nada mal, es una reina o algo?

Pafq: estoy decepcionada, las cosas no siempre siempre son como prometen.

Lady: verbo andas por ahí? Dónde estás Solares, porque acá en Mazatlán, México, está cálido como cuerpo joven.

Lmelan: hay 31 cines, qué estás leyendo?

Agdemarzo12: a lo mejor te estás apresurando, digo, suele ocurrir.

Vecman: es la reina del equipo, cómo resuelves el sueño?

Msolares: París, querida Lady, estuve en Mazatlán hace poco, es precioso, qué mujeres.

Faloerectus: estándar, en horarios la cliente manda.

Pafq: busco dinero, igual que Betty, aunque ella finja; es más, no hago nada si no hay suficiente.

Piura3: *La fiesta del chivo*, ¿y tú?

Shak: escribí *Sueño de una noche de verano*, no es fácil desdoblar, pero sé que ustedes tienen muchos recursos. Te aconsejo fundar una empresa, es lo mejor, y no tengas miramientos.

Lady: y eso que no me conociste…

Agdemarzo12: hay cosas que no se deberían dejar a medias, aunque no se vea claro el dinero.

Lmelan: *Cástulo Bojórquez* de César López Cuadras, cuándo vienes a México?

Vecman: lo intentaré, cómo le fue a *Hamlet* en tu tiempo, de dónde sacaste la frase: ser o no ser, esa es la cuestión?

Msolares: me hubiera encantado, cómo eres?

Muneca: hola a todos, ya llegué.

Pafq: en nuestra sociedad con dinero baila el perro.

Faloerectus: pafi, cariño, podríamos ser socios. Muñeca, qué onda, te animas?

Piura3: es más fácil que vengas tú, me muero por conocerte.

Shak: me tengo que ir; lo trataron bien, llenamos El Globo e hicimos llorar a todo mundo; la frase la oí en una taberna, a unos borrachos perdidos.

Muneca: Buenas, estoy en Madrid, creo que puedo hacer algo mejor, todos son unos cantamañanas, empezando por Falo.

Lady: Andrea Miranda, una amiga, me hizo unas fotos qué, eres voyerista?

Agdemarzo12: en esta vida todo tiene solución. Mantente.

Mejor mejora Mejoral.

Ya volví, ¿Dónde andabas?, Te extrañé, Te he dicho que no salgas sin mí, Fui ahí nomás, a Buenos Aires, te traje una falda de cuero, Me encanta el cuero, me la pondré ahora mismo para ver el anuncio espectacular y las antenas retorcidas ¿a qué fuiste?, A Gabriela Sabatini le robaron un carro, ¿Hay ladrones allí?, ¿Y el güey con el que andabas?, Cuál, ya sabes que a mí no me gustan los idiotas, la verdad es que eres único, nunca me chantajeas y en la cama eres lo máximo, eres un pan con leche, espero que no te hayas enredado con alguna gaucha por allá, Cómo crees, Eres lo mejor que me ha pasado, el hombre con quien quiero pasar el resto de mi vida, Órale, ¿qué hacemos con cien mil cueros de rana?

El sábado a media mañana llega Ganduglia con una maleta deportiva que pone sobre la mesa de centro, Aquí te mandan, pibe. Elvis la abre, ¿Cuánto es?, 50 000, eran 60 pero tomé diez para una urgencia, espero que no te molestes, no se emociona. Enseguida le muestra un periódico donde anuncian el deceso de Granvela y su sepelio para el martes ocho de agosto en la Recoleta. Elvis lo contempla como si no le incumbiera. Ganduglia, mirándolo a fondo, comenta con mucha suavidad, Siento que estamos

222

a punto che, no abandonés, si retrocedemos morimos, una vez más los milicos controlan todo y sólo esperan el nueve para descararse. Lo escucha durante 15 minutos y elige seguir; después de todo no es más que un pinche mexicano un poco engreído, agradable y hablador, un tanto desquiciado, que vino a ganarse unos pesos y no se irá sin ellos. ¿Acaso no somos ese pueblo de braceros del que tanto se habla? *Se llama Pronto porque cuaja pronto.*

Coloca el calzón en su cara y trata de dormir. Esta noche verás a Sandra, qué onda, ¿te la quieres dejar caimán? Qué trasero mamá, Dios mío ya te he dicho que me dejes en paz, tiene ese aire de diosa sin adeptos, pero me gusta más Celeste con sus nalgas planas y su palidez de campo de albahaca. Florence Jones, ocupación: enfermera, edad: 57, domicilio: ando con estos señores.

Se fastidia y enciende el estéreo. La música de los caseros no le agrada, ¿Dónde quedaría el de los Stones? Se confundió entre los demás, diga no a la piratería. Así que pone, no le queda otra, a Los Beatles.

O'Hara estudia sobre su escritorio. Tiene las fotos de Tepermann, Ganduglia y el carro. Entran los de verde. Simón Klosowsky y Stefano Veronese, miembros del Mossad en 1960. Participaron en la captura de Adolf Eichmann a las órdenes de Isser Harel. Del segundo no hay datos, el primero, padre de Simón Klosowsky Acevedo, chupado en el 76, fue reportado muerto en 1970. Los mira de frente, Los quiero aquí, Encontramos la información en un archivo muerto, no hemos localizado sus nuevos domicilios. Aunque estén en Chacarita, los quiero aquí, carajo.

A media tarde no resiste el encierro; baja de un taxi frente a *catedral@inerar.com.ar,* nada más ni nada menos que la neoclásica catedral metropolitana; el olor lo intimida, visita sus rincones, por supuesto la tumba del libertador San Martín, el tesoro y se detiene a hablar con la virgen de Guadalupe; ella lo escucha tranquila, luego le aconseja: ver al médico porque ese comportamiento irregular puede provenir de la andropausia, que haga su trabajo, que no sea soberbio ni lujurioso, que se fije en lo que hace, que no ofenda a los viejos, Debes respetar a tus mayores y no quiero saber que andes de perezoso, avaricioso o iracundo. Va a replicar pero prefiere salir, Gracias, madre, dice y piensa, Me urge un toque, si no lo consigo pronto necesitaré una linea, Y deja de ofender a las mujeres, tarugo, lo apostrofa, Estoy harta de los mexicanos, son unos patanes, unos hipócritas, se la pasan prendiéndome veladoras pero cuando se trata de nosotras son brutales, y no olvides que naciste de una que es una maravilla de comprensiva y consentidora, se encrespa, Sí, farfulla, Te ensañas conmigo pero bien que permites un montón de curas pederastas y lujuriosos, ¿qué esperas para meterlos en cintura? Obséquiales muñecas y muñecos inflables, Te callas, exige la Guadalupana, No pierdas la cabeza que todavía te esperan noches aciagas en que desearás no haber nacido, Prometo portarme bien si me regresas a Elena, Ella no quiere vivir con idiotas, ¿ya se te olvidó? Sin embargo, para que no me estés fastidiando, la pondré una vez más en tu camino, sonríe como la Gioconda. ¿Ven por qué no me gusta andar de turista? Pa' que te jodan.

Quinto piso. La suspicacia es la madre de todos los pingüinos. Lástima que sea tan animosa. Qué tal si Gililllo se la llevó, le dijo mi alma, véngase conmigo que no la ha de pasar tan mal, si no se muere de hambre poquito le ha de faltar. Unos vecinos toman el elevador cuando él lo deja. 506. Timbra. Adentro se oye Astor Piazzolla: *Balada para mi muerte*. Observa. Corazón apretado. Advierte que la puerta está abierta. La empuja con cuidado. La música inunda el pasillo. Desde allí, sentada en un sillón rojo, se ve Sandra Pollizini. Elegante. Hermosa. Con un balazo en la frente.

Esa noche, disfrazado de *punk*, entra al Tortoni. Apaciguado. En un bar bien puesto le ofrecieron de todo: sólo tomó lo que precisaba. Los carcamales, a un lado del busto de Gardel, se sorprenden. ¿Qué hacés acá che, no deberías estar con Sandra? Les cuenta. Lo de Vega lo solucionarán los chicos de negro, ¿Esos?, Ya sabés, che, nos deben favores, además lo tienen encanado, No me parece mal que nos ayuden, me preocupan las filtraciones.

Dos militares que cenan en una mesa cercana no le quitan la vista de encima. Ganduglia sugiere que se vaya.

Lee *Santa Evita*, escucha a Claudio Arrau, No me importa, voy a ver a Celeste, Querida, ¿llegó Fabrizio?, ¿por qué tanto embrollo con este cadáver, cuéntame, son así los argentinos? Porque Granvela traía al Petiso Verón. Sé que te gusta el Colón y he comprado dos entradas. Te vas a mojar, hace mucho que no me la acarician, ¿tú no llamaste al Transformer, verdad?

El domingo busca a Aurora, Quiero pedirte un favor.

Una hora más tarde conecta con sus hombres para ir a San Telmo. Julio baila a las dos y a esa hora llegan. El acuerdo es que ya no se moverá solo. Los viejos están que arden, Lo buscan a Tepermann, informa Ganduglia, Me van a hallar los cojones, sentencia Isaac, serio como siempre, Tienen nuestras fotos, ahora todos somos artistas, che, Alezcano sonríe, Estos viejos son cabrones y se levantan tarde. En el radio del carro escuchan que Yrigoyen ha colocado la primera piedra del museo nacional de la Armada, Con lo mal que me caen los museos, pasan sus declaraciones donde confiesa compartir con los expertos el gusto por el estudio de los documentos antiguos. Le agrada la historia, expresa Vittorio, Julio trabaja en su archivo, me contó que tiene una bóveda colmada de documentos, quizá por ahí esté lo que buscamos, Ojalá no los hayan destruido, En este país los militares son soberbios, confían en que no los alcanzará el brazo de la ley, en que después de la ley de Obediencia Debida ya la hicieron, Esperemos que le quemen incienso a la Matagente.

Baja del viejo Toyota disfrazado de Gardel. Cigarrillo encendido, chambergo. Encuentra de nuevo a los gardelitos y a todos los porteños comprando chácharas. Tal vez haya algo para acelerar mi invento. Llega puntual a la esquina del tango. Julio invita a los presentes a disfrutar el baile. Su rubia compañera espera aterida, sumergida en su abrigo. A unos metros, Vittorio pasa desapercibido. Tepermann de comisión.

Pálida hace el amor con un tipo en un motel. Consigue su orgasmo, ahh, se para, va al baño, regresa, se viste, de su enorme bolso saca unos billetes que deja caer sobre el buró. Sale. El tipo queda mascando chicle. Se oye un claxon.

Alezcano disfruta, cuando termina la danza se acerca con cincuenta dólares pero Julio quita el sombrero, lo mira con dureza, mueve la cabeza negando, está ojeroso. Señala el Dorrego.

Tarda en llegar, ¿sucede algo? Ganduglia vigila. Por fin. Pálido, labios secos. No quiero jugarme el físico che, la cana está allí 24 horas, Tranquilízate, pide algo de beber ¿le vas a Boca o a River?, Morales mira por la ventana que da a la plaza, la chica contorsionista trata de meterse en la maleta, El jefe de personal pasó una foto tuya, preguntó si alguien te conocía o había sido abordado, me puse nervioso, Pienso pagar bien tu ayuda, Vos no tenés idea de cómo son los milicos, asesinaron a mi hermano, a muchos argentinos, han arruinado este país, han terminado con una nación pujante, el que no vive en la mierda vive en el terror, no quiero perder mi empleo, nadie quiere perder su empleo, hace una pausa, Si no fuera por el tango ya me hubiera vuelto loco, prueba su grapa, tiembla, Sólo alguien que sabe que la vida hay que vivirla con güevos puede bailar como tú lo haces, se siente tu experiencia vital; porque nosotros también tenemos lo nuestro, este asunto lo vamos a hacer contigo o sin ti, sin embargo, Vittorio no quiere dejarte fuera, piensa que eres esa nueva clase de argentino que sacará este país a flote, Morales sigue viendo a la chica, un par de agentes también la observan, Alezcano está fuera de su vista, Eso dijo mi abuelo, estuve con él, me reclamó che, que me había recomendado con el ministro para que vengara a mi hermano, mi viejo era militar, no le gustó el papel del ejército en la guerra sucia y renunció, le mandó una foto al general Yrigoyen, muestra la foto de los cinco lobitos, Unos pibes, éste es mi abuelo, señala al que se parece a Tomás Eloy, Y esa es su estancia, Alezcano sonríe, ¿Cuándo se retiró tu abuelo?, En el setenta, no estuvo de acuerdo con Massera y renunció, No le tocó la guerra sucia, es un hombre sensible pero vive amargado, junto a ellos una foto de Gardel sonriente, ¿Por qué no te ha ayudado a triunfar como bailarín?, No lo aprueba, si se entera me mata, tengo miedo, che, no tengo vocación para la violencia, No te preocupes, jamás te expondremos ¿cuándo vas a entregar la foto?, En su cumpleaños, los agentes miran hacia donde está Julio que intenta pararse pero Alezcano lo toma de la muñeca, Siéntate, lo mira como queriéndolo matar, Esos cabrones me buscan a mí, no a ti, Tengo miedo, Lo sé, pone 500 dólares bajo la servilleta y se la pasa, Tú lo dijiste el domingo pasado: la unión hace la fuerza, necesito un mapa de la casa y un informe de los movimientos del personal, me lo mandas con Vittorio, Imposible, Quiero la llave del archivo donde guarda los documentos históricos, hace una mueca, Entrar a la casa es imposible, todo está vigilado, inspeccionado, revisado cuidadosamente, hay controles electrónicos; el archivo no tiene llave, se abre con un mecanismo especial, quizá con una clave, no sé, Investiga, La puerta de emergencia es un vitral de Van Gogh, mi escritorio está al lado, pero por fuera, ¿Qué otra cosa guarda allí?, Todo es importante, documentación histórica, política, económica: es su despacho, trabajo con el material que pone en mis manos, jamás he entrado sin estar él presente, *El chaca chaca de Ariel*, Has visto si guarda documentos modernos, digamos de la época de la represión, No sé, a veces pienso que podría encontrar algo sobre mi hermano, no obstante, no seré yo quien lo averigüe, Por supuesto, sólo consigue el mapa y los movimientos; le conté a Ganduglia que últimamente has visto mucha actividad, Sí, hasta gringos han llegado, Si ubicas cualquier otra cosa te lo agradeceremos, luego te envío más dinero, sonríe, Todo se arregla con guita, No todo, afuera los agentes se retiran, De pronto la rubia aparece al lado, echa una mirada fría a Alezcano. Julio se pone de pie y se marchan. Entra Ganduglia sonriente, Mierda, maldice, Rajemos, Alezcano sigue sus ojos, los dos esbirros están interrogando a Julio y a la rubia. Salen. Se confunden entre los compradores. Uno de los agentes le acaricia la cara a la chica, a Julio no le agrada, se separan, los hombres siguen buscando con una abierta sonrisa, la pareja se va.

En taxi pasan por el estadio de River, Aquí juega la selección nacional, comenta Vittorio orgulloso, es el estadio más grande de Argentina, estacionamiento enorme, ¿Qué pasó con Maradona?, El pibe es un desperdicio, ahora está en Cuba, en rehabilitación, una lástima. Hay una gran manta anunciando un concierto de Los Fabulosos Cadillacs, la tocada del milenio, Ese afán contra las drogas me asusta ¿no podrían dejar que cada quien le diera por donde le gustara?, El pibe es un ejemplo, debe comportarse, Tan formales ni me gustan, reflexiona, ¿Cómo va River?, Es un equipazo, una cantera de jugadores, De allí salió Batistuta que ahora triunfa en Italia, ¿Equipazo River? Interviene el taxista, Usted haga su trabajo y deje conversar, lo pone quieto Ganduglia. Durante un rato se explaya. El taxista se pone rojo y no deja de observar por el retrovisor.

O'Hara conversa con Marcela. Viajan en el Peugeot negro con los hombres de verde. Se encuentra asustada, Desapareció, apenas había llegado y desapareció, ¿Con quién conversó?, Con Sandra Pollizzini, ¿la conoce?, tengo la impresión de que la quiere utilizar, le dijo que tocaba el bandoneón, Creo adivinar, ¿decís que no viste cuándo se fue?, Se esfumó, ni Sandra lo advirtió, O'Hara mira al exterior, ¿Pero cómo no te diste cuenta? Alza la voz, El señor ministro está que echa chispas, Marcela traga, Lo siento, ¿y el señor Vega Real?, Veremos qué podemos hacer, ya te avisaremos. Me gustaría que saliera con bien, es muy poderoso y quiere invertir acá, Lo consideraremos. El Peugeot se detiene. Marcela baja. ¿Quiere que veamos lo de Vega Real? Pregunta uno de los hombres de verde, Qué se joda.

No duerme, lee un poco: «No sé cómo hizo Evita, pero de pronto comenzó a estar en todas partes…» Piensa, bebe café, silba el *Cielito lindo*. Recuerda a sus padres, Si Elena está con el otro, no me importa; espera, claro que me importa, pinche vieja, la Virgen dijo que la pondría de nuevo en mi camino y entre menos manoseada mejor. Pone el calzón en su cara, enciende el estéreo, escucha arias, ¿Por qué no una entrevista con

Celeste? Cariño, si me han de matar mañana, mañana no vengo, ¿te conté que quisieron atraparme cuando salí de tu casa? Qué va, se la pellizcaron, saqué mi pistola y acabé con todos, ¿por qué les hablaste? Si me vuelves a traicionar te rompo el hocico; tons qué, ¿nos vemos al rato? Digo, podemos ponerle Jorge al niño, ¿te parece el Tortoni? Órale, ah y llévate el calzón de encaje, cómo que para qué, para que me lo regales.

Sabe que es una locura pero sale a pasear. Desde el asiento de atrás de un taxi, Quiero ese calzón en mi cara, se observa un ambiente muy cargado, sin embargo, él parece no advertirlo, ¿y si llegó Fabrizio? A Verón lo enterrarán en la Recoleta, Borges bien puede irse al carajo con todo y su biblioteca. Por eso digo que el suicidio no es absurdo, un par de balazos a la nuca y santo remedio. Imagina a Chuck y a Molly sufriendo solitarios en su entierro, Pobres, hace tanto calor que apresuran a los enterradores; se quieren largar, necesitan un toque con urgencia. Lo tuvieron a los dieciséis. Creció entre el buen rock, el nudismo y la mariguana cosechada en casa. La enfermera hipie los acompaña.

Señor, déle vuelta a la manzana por favor, Habían pasado por la casa de Calero y algo había llamado su atención. Cuando vuelven lo constata: Órale, el jardín luce impecable, ¿Está Calero aquí?, ¿vino al entierro de Verón, al concilio? Tal vez esté rindiendo cuentas, ¿ustedes jamás sienten que necesitan un beso?

Varios jóvenes gritan mueras a los milicos. Tres de ellos bajan de un camión, atrapan a dos, los golpean, los arrastran y los avientan dentro del vehículo. Elvis, que de pronto ha vuelto en sí, pide volver a casa, el taxista le da las gracias.

Pone de nuevo al cuarteto. Ya me hartaron estos cabrones, el hijo de Molly quiere largarse, llegó la hora, ¿imbricación? Hace mucho que no me la acarician.

Divaga: Marcela le pasa el teléfono: Es tu papá, Qué onda padre, ¿cómo sigues?, Muy bien, me quitaron todo el cochinero, ¿Dónde están?, En Nueva York, ¿Fueron a ver *Los monólogos de la vagina*?, Of course ¿sabes que es lo que me mantiene vivo?, ¿En qué estás pensando?, El rock, ¿alcanzas a oír?, Claro, George Thorogood, *Bad to the Bone*, la pura crema ¿Cómo estás, mijo?, Bien mamá, gracias, ¿Es bonito Estambul?, Las calles son amplias, siembran caña de azúcar, ¿Te lavas las manos antes de comer, manejas bien los cubiertos?, Hola, soy la enfermera hippie, lo siento, no pudimos hacer nada.

De pronto se interrumpe *Penny Lane*, se oye un sonido como si estuvieran pisando azúcar, ¿quién anda regando azúcar en el piso? Qué güeva, se acerca al aparato, Ya valió madre, lo manipula, Lo que es no querer servir para nada, Hola Guitarradehendrix, escucha muy claro, ¿Lo pasas bien?, Pinche Marshall, creí que me mandarías un *e-mail*, piensa, En Madrid supiste lo esencial, Sí, que un miembro de la realeza pretendía visitar las Falklands y que debía rascarme los güevos para ver si los argentinos lo sabían, ni manera de averiguar, estoy hecho pelotas con lo otro, Imagino que no hiciste nada, demasiado ocupado con el RUV, Sabes muy bien que no me gusta hacer dos cosas a la vez, cara de mis güevos, No importa, el personaje cualquier día declina, lo que necesitamos es que sustraigas cierta información que involucra a otro miembro de la familia real en actividades indecorosas, Órale, ¿qué es indecoroso para los ingleses?, Tal vez tengan fotos, cartas, recados; para nuestro gobierno es un asunto delicado porque sospechamos que pretenden darlo a conocer en cuanto nuestro príncipe acceda al trono, Claro, y no quieren escándalo, puta vida, en todas partes se cuecen habas, Copias son inútiles, necesitamos originales, pueden estar en la Casa Rosada, en Olivos o en un banco, por lo delicado del asunto la clave debe estar en manos del presidente o de alguien de sus confianzas. O en las patas de los caballos que es lo mismo, Urge, por otra parte, no esperes contar con mis hombres, uno murió tratando de conseguir la ubicación exacta del material y el otro está mal herido. Recuerda *La carta robada* de Edgar Allan Poe, A tu hermana es a quien no puedo olvidar, pinche puto; a esto le llamo yo no sales de Guatemala cuando ya estás en Guatepeor. ¿Qué hay de la cena con Mick? Se pone de mal humor, la arruga del carácter se manifiesta, carece de información básica que le permita conseguir rápido su objetivo, una cosa es sustraer, otra hacer el trabajo de los equipos especiales que ubican lugares, horarios, relaciones, Y mis padres quemándole las patas al Judas como si sólo existieran Dios y la enfermera hippie, a lo mejor están en la tumba de Richie Valens, Elena cogiendo con ese imbécil, la ha de tener hasta el tronquito, ahora a la muy zorra no le importa que le rechinen los dientes; viejo macuarro y el patán de Goyeneche, qué poca madre, morirse al comienzo de la misión, qué irresponsabilidad, ojalá se me apareciera para decirle cuantas son cinco; ¿qué es lo comprometedor que tengo que encontrar? Si está en la Casa Rosada debe ser algo gordo, si está en Olivos, peor. Un príncipe cleptómano en una joyería a plena luz, desnudo con una prostituta con peluca a la Celia Cruz, un amoroso recado con el número de su habitación en un hotel de Londres o París. *Hasta que usé una Manchester me sentí a gusto.* ¿Y Celeste? Investigando dónde paro, ya no aguanta las ganas de estar conmigo.

Acepté lo de Marshall porque se veía fácil. Pero ahora, además nada está saliendo bien, por poco me atrapan, pinches putos, estoy en su terreno y tienen la ventaja, pero se la van a pellizcar, a poco no.

Su noche ha sido tan mala que no sabe cómo iniciar el día. Deja sonar el celular tres veces. Se interrumpe, suena de nuevo. Descuelga. Tal es la clave con Ganduglia. *Unicenter shopping tour*, Desayunaremos en Palermo, che, con los de la constructora, le da una dirección por Malabia, En una hora, protégéte contra el resfriado. Mis huevos pinche ultratumbano, medita, Espero que esos documentos estén en la caja; pues sí, nimodo que qué.

El movimiento en la ciudad es intenso. Camiones verde olivo, militares en automóviles. Gestos salagrios por todas partes. Los transeúntes los miran y se apresuran. Cuando la gente envejece presume tener ideas. Estos viejos consienten todo menos lo inglés, me encantaría pedirles colaboración en lo de Marshall, pero me matarían, ya parece que los oigo: ¿Cómo te atrevés, che? La pérfida Albión. Treinta minutos después está en la calle, frente al templo judío donde continúa la filmación. Mientras checa el terreno, escucha la algarabía de los técnicos que con una enorme plancha de acero bloquean la entrada de la pequeña sinagoga. Desde un cafetín cercano los caras de vecino lo ven pasar y no lo pueden creer, checan sus fotos, sus pistolas y se ponen de pie.

La tumba de Evita

¿Por qué siempre al final todo resulta súper enredado?, como cuando uno es niño y se te cae el último bocado antes de llegar a la boca. ¿Por qué discutían Yrigoyen y Granvela? No creo que se trate de diferencias futbolísticas, qué les puede importar a ellos River o Boca; Granvela exigió respeto a su tiempo y fue muy claro cuando expresó que las pruebas que poseía eran determinantes; además pidió respetar sus intereses, ¿cuáles?, ¿incluiría a Calero o sólo a la Matagente?, ¿está el Bebé aquí?, ¿es suficiente indicio que su casa esté limpia? Celeste me puede sacar de dudas, Cómo la ves, estos infelices pelearon por los documentos, jugaron a la ruleta rusa y te dejaron viuda; ahora no saben qué hacer con el cadáver, un día amanece en Riobamba, otro en Entre Ríos. Armengol no pinta pero Yrigoyen sí, ¿qué tal si vamos al museo? No es que me guste pero en plaza Urquiza se puede cenar rico, un asado con choclos de pa' qué te cuento, posiblemente Calero esté aquí, su jardín está impecable ¿dónde están los viejos? Sirve que me dices por qué llamaste al Transformer. Los orientales lo flanquean, Quihubo, prometo leer el *Quijote* en cuanto tenga tiempo, no se preocupen, el dentista no puede evitar tocar nervio, ese desintegrador es una amenaza para la humanidad, estos desgraciados me escribieron el primer capítulo, siente escalofrío, ¿Para qué más?, necesito un beso, ¿Se les ofrece algo, señores?, Nos acompañará. ¿No me debían encontrar entre los 22 millones de habitantes de la ciudad de México?, Daremos un paseo. *Nacidos Ford, nacidos fuertes*. Los tipos muestran sus armas. Tengo la computadora que buscan, no me interesa, no tiene suficientes gigas, permítanme hacer una llamada y se las entregaré tal cual, no es que la haya tenido siempre, la otra noche se la robé al Magnate sin nombre, Calle, calle, susurra uno, Ya sabrá lo que esperamos de usted, el ordenador no es prioridad. Estudiaba ingeniería mecánica cuando me reclutó Cero-39, quería encontrar el punto de apoyo para mover el mundo. Ahora me va cargar la chingada. *La tortilla es rica, hecha con Maseca es más rica*. Lástima que dejé a Elena con ese infeliz, pero se lo hace bien, la tiene fascinada, ya no quiere ver caer al mundo, el muro de Berlín le importa un carajo, ahora quiere sexo.

Un cara de vecino contesta su celular, se pone pálido, asustado, no para de afirmar. El otro lo mira con la boca abierta.

Tras su carro, Isaac Tepermann y Vittorio Ganduglia, observan la escena desconfiados, ¿Qué ocurre che?, dos agentes del Mossad los acompañan, Los hijos de puta van a atacar, vamos, movidos che.

En efecto, los caras de vecino se desentienden de Elvis y caminan hacia el templo, Apartáte, grita Ganduglia a la vez que dispara sobre los orientales. De varios sitios brotan agentes accionando sus armas, los técnicos que no son agentes encubiertos corren. Gritos. Elvis se resguarda tras un carro, los orientales explotan. Todos al piso. Los cristales de las construcciones aledañas se hacen añicos. Los autos cercanos se incendian. Tres cámaras registran el suceso.

Luego un silencio de viga que se pudre.

El recuento de daños sería una vulgaridad.

Elvis negro de hollín, se arrastra, se pone de pie y va hasta donde Ganduglia se haya tirado. Vittorio, No hagás drama che y ayudáme a pararme. Tepermann se acerca. Un israelita habla por un Nokia, Necesito un trago, dice Ganduglia, Estaré encantado de invitarlos, se alejan, Tepermann, grita el del Nokia, El señor Harel quiere hablarle, Isaac regresa, Vittorio ¿qué es esta mierda, es lo que llaman imbricación?, Tú lo dijiste che, una mierda, y yo ya no estoy para estos trotes, camina adolorido.

Huevos con jamón, café. Vittorio su whiskey y Tepermann lo de siempre. Los tipos no venían por ti realmente, querían que pensáramos eso; aunque no supieran quién se había quedado con la minicomputadora, sabían que tú no la tenías. Entonces ¿qué buscaban?, Ya lo viste, un segundo atentado después de la AMIA. Eras su señuelo, queríamos que también fueras el nuestro pero todo se complicó. Recordó a Cero-39, Pinches viejos miserables, te manejan como si fueras pieza de ajedrez. Mueven blancas. Sabe que no tiene caso reclamar, No creo que Sophia esté dedicada a envejecer. Me agrada haber contribuido a su causa, ahora, ¿saben qué quiero en compensación?

Silencio. Una cita con la señora Petriciolli, se paralizan, Olvídalo boludo, no vamos a exponer el bombón por un capricho tan estúpido, la voz de Ganduglia suena dura, ¿Y que casi me den en la madre es genial?, creí que nuestra prioridad era evitar el golpe, Por favor, che, no podemos hacerlo, echaríamos todo a perder, comprendélo carajo, callan, un milico que come a dos mesas está muy atento. Se levanta irritado y se larga.

Pálida echa objetos en su bolso, mete *El criticón*, lo saca, quita el separador donde consta que lo terminó de leer, lo avienta a una maleta a medio llenar, enciende el último Gold Coast, fuma, lanza una columna de humo. Su pelo rojo está apelmazado.

O'Hara conversa con los hombres de verde, Sandro Verón está muerto, padecía sida pero según el parte murió asfixiado por su terapeuta. Era de los allegados del señor ministro. César Ricardo Calero vino al cumpleaños que es pasado mañana, Debemos atrapar a esa rata antes de que sea demasiado tarde, no permitiremos que interfiera con el festejo del general, además me la debe, por poco acaba con mi carrera, ¿por qué no barren esas hojas?, ¿debo pedirlo siempre? Uno de los hombres se pone de pie, Ahora mismo las quitamos, señor.

En esto de Marshall me hubiera gustado contar con Sandra, Por favor mi presidente, dále a Elvis lo que necesita sobre los ingleses, no creo que te afecte, hazlo por mí, por nuestras horas sin sueño, y tú Celeste, hazle caso, en el cunnilingus no tiene rival, divaga frente a la computadora, en silencio, El cidí de Los Beatles valió madre, Chuck quería que fuera guitarrista, terco en que me aprendiera *Samba pa' ti, El espantapájaros azul.* Chale. Espera respuesta de Marshall y la que entra es la de Cero-39. En México Moreno cenó con Calero y se entrevistó con el general Francisco Pichardo, jefe de la tercera región con sede en Guadalajara, ¿El que recomendó a su mejor amigo con el embajador? «La tormenta Pat se mueve, se recomienda cuidado a los vacacionistas». Soy virgencita y no riego las flores. Viejo macuarro, está más loco que una cabra. Qué onda mi Marshall, se hace la cena o qué. Suena el teléfono.

Celeste vestida de gris, traje sastre, recorre la sala principal del Museo Nacional de Bellas Artes. Alezcano la observa. Su rostro es el de alguien que no espera nada de nadie. Siente un temor ignoto junto a esa extraña fuerza que lo hace temerario en las situaciones más inesperadas. Observa los cuadros lentamente, con sumo interés, la boca seca, luego se sienta en una banca frente a *La noche estrellada.* Tras unas mámparas negras los viejos vigilan inquietos. No les gusta este riesgo, sin embargo no quieren que Elvis se desconecte. El mayordomo aseguró que se había obstinado en ir al museo y que nadie la detendría. Conseguir el horario fue sencillo, lo difícil fue negociar con cuatro milicos que no la perdían de vista para que Elvis se acercara. A Alezcano no le había parecido la idea, pretendía una situación diferente, una mesa discreta, con vela encendida, donde pudieran hablar de Plácido Domingo o Cecilia Bartoli, ¿no los había estado escuchando, pues? Reclamó su derecho a ser romántico, No tengo ningún interés en hacerme el aparecido. Sin embargo, aceptó porque deseaba verla, olerla, sentirla, ya saben, ¿ustedes no reaccionarían igual? Ya, tan hipócritas ni me gustan.

Se sienta a su lado, ¿Cuántas *Noches estrelladas* habrá?, decide ir al grano, ella no le ha puesto atención, toma su mano fría deseando estar en otro sitio, algo de veraneo. El perfil de la amada es el perfecto. Ella se vuelve ligeramente extrañada, Desde que la vi no me explico la vida fácilmente, Pinches pensamientos X, divaga, Me falta apetito, sufro taquicardia y francamente quisiera invitarla al Colón, luego a cenar y a conversar, bueno, ¿es lo que se hace, no? Ella retira su mano, ¿Por qué se empeñan con Van Gogh? Cuestiona, No digo que no tenga lo suyo, su vanguardismo, su riesgo, su agresivo cromatismo; no obstante, Dalí me parece mejor, su intensidad, Gala, los relojes, su espejismo gelatinoso, Elvis finge interés, desea decirle: al salir de su casa casi me atrapan, ¿por qué me denunció?, pero ella sigue, ¿Será toda esa historia romántica de su locura, el hermano proveedor o sus virulentas enemistades con sus colegas? No hemos logrado separar al artista de su obra, ese enquistamiento insano nos impide evaluar con objetividad, se detiene, Estoy fatigada, tal vez no soy la mujer que creo, «Me gustas cuando callas porque estás como ausente», se pone de pie, Este orden me agobia, Elvis también, Un museo no es el mejor lugar para conversar ¿verdad?, camina unos metros en silencio, ¿Me invita una copa? Siente que se le caen los calzones, Las que guste, Alcánceme enfrente, en el Ferrari. Se marcha.

Ganduglia intenta disuadirlo pero nada, Voy a llegar hasta el final y no me jodan.

Recoge su abrigo y lo mismo, en el guante derecho, escrita con la misma letra, una fría expresión: «Aléjese lo más pronto posible». ¿Quién hace esta vigilancia tan estrecha?, ¿quién sabe todo? Busca a los viejos pero han desaparecido.

¿Creen que obedece? Claro que no. No siente frío ni calor ni el tráfico; al cruzar avenida Libertador ve dos milicos dentro de un carro, seguramente de los comisionados para cuidar a la señora, pero ni en cuenta. Lo más que hace es pensar, ¿Qué mierda es esto, de qué cara me oculto? Llega a un bar de estudiantes muy motivado. Celeste está ante su whiskey con hielo. Sonríen. ¿Cree que Ana Guevara tenga algún chance en Sidney? No le pregunta, He aceptado esta copa porque es usted el único hombre que se ha enamorado de mí en mucho tiempo, ¿cuál es su nombre?, Vicente Quirarte, Ah sí, Quirarte, el mensajero de José María, ¿conoce usted a Gonzalo Celorio?, Es mi tío, Conversamos una vez en La Coupole, me aseguró que era el bar favorito de Hemingway y de Paul Auster, ¿usted es americano, verdad?, De Memphis Tenesí, Me cae bien, tiene ese aire de los hombres de mundo a los que poco les importa serlo, una especie en extinción que siempre nos hace hablar de más, ¿quiere hacer el amor conmigo?, Mataría por ello, Perfecto, sonríe con una coquetería acartonada, Luego buscamos el mejor sitio para ver como se resquebraja el mundo, el Armagedón ha llegado, ¿dónde ha escuchado eso antes?, Este whiskey está adulterado, Claudio, grita, Elvis se siente conmovido, Tranquilícese, un mesero se acerca, le ordena que se retire, Pobre mujer, está bien pirata, Llévame a mi habitación, no me pongas la bolsa de hielo en la cabeza, me espanta los sueños, ¿llegó Fabrizio?, ¿Y ahora cómo la regreso?

Del siguiente bar surge Ganduglia, Maldito ultratumbano, verdaderamente es cabrón, Claudio lo acompaña, de inmediato se hace cargo de la señora. Alezcano se desalienta, Definitivamente jamás voy a encontrar a quién querer, estoy podrido, ¿por qué no me he suicidado?, ¿qué espero? Hay gentes que no merecen vivir y de esas soy yo. Hasta de mi invento me olvidé, ¿cómo quitarán las damas de manos delicadas los forros a los cidís? Con los ovarios. Elena le pone a la mota, de vez en cuando a la coca, pero al alcohol, a ese grado, nunca, pobre Celeste, se me cae la cara de vergüenza. Antes de salir a avenida Libertador encuentran a los milicos que corren rumbo al Ferrari. Tepermann los espera en un Peugeot negro.

Miguel O'Hara observa las fotos de Alezcano, Tepermann y Ganduglia. Los hombres de verde beben café. El hijo de puta trabaja para el Mossad. ¿Sólo eso?, ¿lo de Calero es un señuelo?, ¿y el olor a pescado frito? No es posible que sólo haya venido a lo del templo, ¿por qué entró al ministerio? Estuvo con Granvela, ¿qué busca? No puede escapar, refuercen la vigilancia en los aeropuertos, en los catamaranes, que nadie se fíe hasta que lo tengamos muerto. Ningún hijo de puta entorpecerá el cumpleaños de nuestro jefe.

Pálidasombra Santibáñez está en una sala de espera de un aeropuerto. Fuma. Se oye el típico voceo. Lee a Henning Mankell. Suena su celular. Lo saca de su enorme bolso. Escucha cuatro segundos. Vale, dice. Vuelve al libro que la tiene atrapada.

A las cuatro y media vomita, sale del baño con el rostro húmedo, ¿Hay algo para el dolor de estómago y el vómito? Molly al principio hacía té de mariguana, después no quería desperdiciarla. Está desencajado, ¿nervioso? O algo le cayó mal.

Claudio me abrió sañudo. Ella esperaba en el mismo recibidor con su vestido de vampiresa y un collar de perlas negras. Su rostro pálido era el muestrario de la desolación. Los buitres sobrevolaban sus mejillas. Me saludó con una sonrisa rota. Está encantadora, En Arjona todos somos mudos, expresó en lunfardo, no estaba ebria, temblaba, He venido a comprar recuerdos, ¿conoce a Frank Alejandro Yrigoyen?, Lo del Colón es una buena idea, señor Quirarte, pero ya estoy comprometida con Olivia Quiroz, ¿sabe quién es, verdad?, Fuimos amantes en San José California, usted dirá, Es insuficiente, una mujer es un abanico que no se abre con el sexo, Usted ha sido tan amable, tan humana, ¿Humana yo? Por favor, no me adule, No pretendo ofenderla, Escuchan mis llamadas, saben que está usted aquí, Debemos salir de este pueblo, demasiado polvo y voracidad, Buscan una caja gris, Quiero casarme contigo, si no lo apruebas cuando menos regálame unos calzones, Soy una mujer sin vanidad y me gusta Arjona ¿Dónde dejé mi dosis?, Pero si sólo entramos a comprar souvenirs. Me encantan los lugares siniestros, vivir en el hechizo del cigarro, en el resplandor de la raya, ¿Carlos Monzón lanzó a su mujer por la ventana? Desde mi departamento se ven antenas en ruinas. Despertó. Julio Cortázar. Papá, tienes qué leer este cuento, es la historia de Charlie Parker, El alma del sax, probó la mota a los catorce. Molly, la cena es un regalo único para una madre especial, pinche Marshall. Señores, el hijo de Chuck está a punto de vivir en la Condesa.

Afuera de la oficina dos guardias fuman. O'Hara en su silla no duerme. Estira su prótesis. Los hombres de verde dormitan cerca. Sus ojos brillan en la semioscuridad donde se ven idénticos. Sobre el escritorio los papeles en orden. Sobre ellos un periódico del día destaca el encuentro entre River y Rosario Central y el próximo concierto de Los Fabulosos Cadillacs; en una esquina: los Piqueteros amenazan con paro en apoyo al presidente para el nueve de agosto, en otra sección el lamentable suicidio de la cantante Sandra Pollizini.

Martes ocho, seis de la mañana. Bebe café. Mira la pantalla de la computadora que se enciende. Ahora que a Elena le gusta tanto el sexo oral no me interesa. Qué pasa con mi padre, ¿lo operaron, salió bien? Si hay billetes los gringos lo hacen. Voy a leer a Cortázar. La firma de las dedicatorias es de Granvela. ¿Qué pretendía repartiendo ese libro? Antes voy a terminar *Santa Evita*, ¿y el que me regaló Aurora? Chale, ni siquiera lo he abierto. Mensaje: «Pichardo está en el ajo». Lo imaginaba. Marshall da señales de vida: «Cena con Mick arreglada, agosto 8 a las 8, Tazz bar». Sonríe, El cara de mis güevos está aquí, dispuesto a arriesgar el físico, ¿quién dijo que los demonios no andan sueltos? *Sólo Sanborns*.

Marshall es inglés, si fuera cena hubiera escrito a las 20. Aunque está visible un letrero de «Cerrado» Alezcano acciona el picaporte con decisión. Lo recibe el negro con seriedad. Al fondo Marshall lanza dardos; arroja uno más, se acerca al recién llegado, Bienvenido Guitarra de Hendrix, Qué onda mi rockero amarillo, ¿cómo está la reina madre? Ordena whiskey para los dos, coloca los dardos sobre la mesa, ¿Acabaste con el RUV? Saca dos puros, Apenas empiezo, le da uno, Pero si tienes aquí toda una vida, se sientan, Tomé unas vacaciones, anduve esquiando y trepando riscos para fumadores, encienden y fuman, Oíste mi cidí, No he tenido ganas de vomitar, El caso es que nos urge, Elvis, no dejemos pasar más tiempo, te habrás dado cuenta, el ambiente está caldeado, he oído que puede caer el presidente, hay corrientes de choque, No me he dado cuenta, te digo que no estoy en forma, Mira, sólo tenemos dos lugares, tipo carta de Poe, ¿te acuerdas? Donde deben encontrarse los documentos, hablo de la Casa Rosada y de Olivos. Por ciertos indicios me inclino por la Casa Rosada, truena los dedos, el blanco, que se ha mantenido en la barra bebiendo agua a tragos cortos, acerca una laptop que muestra el plano de la casa de gobierno de la República Argentina. Explica el acceso en la primera planta, pasa a la segunda, al despacho del presidente, Alezcano piensa: A Evita le gustaba el balcón izquierdo, le hubiera encantado mi invento, Presumo que está en esta caja fuerte, señala un punto en el mapa. Debes llegar allí y sacar el material, entrarás mañana en la tarde, te quedarás en los baños hasta las veinte horas, momento en que el presidente saldrá al balcón para hablar a un grupo de manifestantes que lo apoyan, tendrás cuando menos diez minutos antes de que la avanzada regrese al lugar. Está facilísimo, Alezcano sonríe, Imbricación amigo, ya te dije, qué *alebrijos* ni qué nada, Alebrijes, Marshall, el filo del sueño, la caricia procaz, del puro queda menos de la mitad, Mis hombres no conocen Buenos aires, Ni se notan, se burla, De manera que sólo te apoyaremos de lejos y estaremos cerca para aligerar tu carga, Perfecto ¿qué pasó con Mick Jagger?, No lo pudimos conseguir, está muy protegido, Por ahí hubieras empezado, apaga el puro y se pone de pie, ni siquiera se había quitado el abrigo, Elvis, por favor, seamos serios, Nunca he sido más serio en mi vida, Jim Marshall, fui muy claro en mi pretensión, Hombre, no fue posible, el tipo está lleno de compromisos y rechazó la idea sin terminar de exponerla, Pues que a tu príncipe inglés se lo cargue la chingada, toma un dardo, lo lanza con violencia, queda temblando en el centro del blanco, Hace mucho que no me la acarician pinches putos, masculla y desafía, Ahí nos vidrios cocodrilo si te he visto no me acuerdo, el negro le cierra el paso, Quítate o te rompo la madre pinche saco de mierda, Está bien, concilia Marshall atrás, sólo que será en el Morpheth Arms, después de las 23, No seas indecente, es un pub horrible, Es el único que mister Jagger no podrá resistir, sobre todo porque lo cuidaremos entre todos, el Morpheth está cerca del MI6 y es el lugar favorito de los empleados del Servicio Secreto inglés, Para ese caso mejor que cenen en Culiacán, sonríe, regresan a la laptop, observa atentamente, Dónde entrego, Marshall señala un punto con el puro, Tendremos un enlace especial, ya te diré más tarde, ¿Confiable?, Absolutamente, vuelven al punto en la laptop, Vamos a verlo, propone, se quita su abrigo y queda en traje de chofer, el blanco le acerca una gorra, se adelanta, estacionado enfrente está un LTD, abre la portezuela, entran los tres, cierra y va al volante.

La Recoleta. Hombres importantes cargan el féretro de Emilio Granvela. Marchan despacio, con alta dignidad, por un pasillo estrecho. La mujer y dos hijos arribaron a tiempo para la ceremonia. Sus rostros son como el papel volando. Algunos parientes flirtean con el aire. La oscuridad tiene prisa. El ambiente está cargado. Llegan. Los comandantes de la marina, la aviación y el ejército están presentes. Hay mucho que agradecer al gran pituco. En la cripta familiar los discursos oficiales corren a cargo del presidente de la Cámara de Comercio y del general Frank Alejandro Yrigoyen, ministro de Defensa, en representación del ciudadano presidente de la República: «La nación ha perdido un hijo, un visionario que impulsó el progreso sin importar el tono de los tiempos». Continúa por cuatro minutos. Elvis Alezcano, con un mono de barrendero, una escoba y un recogedor, observa la escena a prudente distancia. Cubre su cabeza con un gorro. Celeste Petriciolli permanece atenta a las palabras del ministro. Su rostro lácteo es lo más parecido a un mediocre en un bar. José Luis Armengol también hace acto de presencia. Están todos los que son, piensa Alezcano, La muerte tiene convocatoria; si muero, después del churro mis padres estarán más tranquilos, Molly rezará un poco, Chuck tratará de seguirla. Florence los tomará de los hombros y los inducirá a ir a casa. Amigos, es una gran pérdida, ahora deben descansar, como hijo fue el mejor, pocos como él. El ministro es felicitado por su discurso. Los comandantes se le cuadran, sonríe con suavidad. Te la pasas bien ¿eh cabrón? Quién te viera. En este cementerio todas las tumbas son hermosas. Celeste va tras la de Domingo Faustino Sarmiento, saca una ánfora de metal y bebe largo. Luego se acerca al ministro. El secretario pretende detenerla pero Yrigoyen le hace una seña de que no la moleste. Alezcano imposible acercarse. Afortunadamente Celeste habla fuerte. Señor ministro, exijo se me informe sobre el paradero de mi esposo, hace dos meses usted se comprometió a mantenerme informada y no ha cumplido, mi zozobra es indescriptible. ¿Dónde está mi esposo? Es un general de la República argentina, señor ministro, ¿cómo puede desaparecer sin dejar rastro? Yrigoyen responde con prudencia, Alezcano no alcanza a escuchar. Quiero a mi esposo en casa, señor ministro. Es marginada por el secretario y los guardaespaldas, ella se zafa con autoridad, mira profundamente a Yrigoyen y camina hacia el fondo del panteón. Mientras protesta nadie la mira, oye o habla. Todos siguen conversando como si nada. Ella, sin importarle que la observen, saca su ánfora y bebe. Alezcano la sigue. Se detiene en la tumba de Evita. Un ramo de alverjillas está recargado sobre el mármol gris, junto a él varias cartas. Una rosa. Un clavel. Alezcano ve la figura de Celeste recortada en la penumbra. Deja sus bártulos y se acerca. Ella bebe de nuevo. En Mazatlán hay una clínica donde

artistas, periodistas y políticos se internan para controlar sus adicciones, si te casas conmigo prometo pasar la
luna de miel allí, piensa, y la aborda sin astucia, Celeste,
me encanta su actitud, la forma en que ejerce su grandeza, confiesa despacio, ¿Quién es usted?, Quirarte, su
único enamorado, Estuvimos en Arjona, divaga, Com-
pramos souvenirs, Estoy anclada en el musgo, señor
Quirarte, hace años que no visito la Costanera, un día
quise ir al Tigre pero se me hizo noche hablando de
Borges, usted sabe, los tigres, los espejos, los laberintos,
El ajedrez, Ya no soy mujer, señor Quirarte, no sé qué
soy pero mujer no, a lo más una sombra. Para mí usted
es la mujer más bella de Argentina, y perdone el hipér-
baton, sonríe leve, sus labios delgados, resecos, como
los de Nicole Kidman en *Las Horas*, abre el bolso, Alezcano No bebas más mi amor, siente un papel en su mano:
«Cuídese de M O'Hara», la mira inquisitivo, lo rompe,
lo deja caer sobre el ramo de alverjillas, ¿Quiere hacer
el amor con yo? No es fácil hacer el amor con una mujer
deprimida, generalmente es un desvirgamiento agotador,
asensual, debes ir poco a poco, encauzar su mínima disposición y no dejar que se distraiga o que empiece a hablar
de sus asuntos; no tienen curiosidad, su único deseo es
que eyacules y desaparezcas. Vacas atropelladas pues.
Alezcano tiene experiencia y además le fascina. Se imagina en una cama enorme, rodeado de botellas de whiskey que resplandecen, ¿Apreciabas a Granvela?, Era un
cretino, despiadado en los negocios, con una gran fortuna
invertida en armas de colección; pero no hablemos de
muertos, estoy agobiada, murmura.

Claudio está en su noche libre, informa, Con una pequeña contribución los guardias le allanarán el paso. Su pelo es largo, fino. En el Colón está *La carrera del libertino*. Por supuesto que viste de negro. Stravinski, la he oído varias veces, la primera a los catorce en Viena, ¿le agradará el sexo oral? El ambiente es siniestro, ¿Le gustan los *Hollies*? Las vibraciones intensas, ¿Saben quiénes le encantan? Freddy Mercury . La oscuridad evidente. Michael Bolton. ¿Quiénes son? Los asistentes al sepelio se han marchado. Un grupo de rock, canta *La vampiresa de negro;* el cadáver de ella, ¿está aquí?, Eso creo, aunque ni muerta dejó de hacer locuras, este país es de los héroes epónimos, ella lo hizo muy bien, Quietos, dice una voz a sus espaldas, Mierda, *de Tijuana a Yucatán usan sombreros Tardán*, voz gruesa, pendenciera, ella ahoga un grito, lo cachean, se vuelve despacio, Moreno y dos milicos le apuntan, ella se larga sin decir palabra, sin mirar. Usted va a conversar largo con nosotros, Elvis sonríe, Encantado, hace mucho que no me la acarician, espero que me aclare si fue Monzón quien tiró a su mujer por una ventana. Le devuelve la ironía, No se preocupe, con nosotros aprenderá todo lo que haga falta, ya lo verá, llévalo che, ¿Quiere comer chiles en nogada otra vez?, Ya saben dónde, ordena a sus asistentes. Los hombres se ocupan de Alezcano, lo esposan, lo conducen a la salida. Él recuerda un chiste, a Marshall. Las vibras del panteón son fortísimas.

Escuela Superior de Mecánica de la Armada

En su despacho, el ministro Yrigoyen conversa por teléfono con el presidente Suchimori que promete venir dos días después del cumpleaños, Magnífico Roberto, serás el primer jefe de Estado que visite la nueva Argentina, documentos para firmar en su escritorio, a su derecha el libro sobre los desaparecidos argentinos, O'Hara está inquieto, 490 páginas, se despide y cuelga, su rostro era la piedra en la que siempre caía una gota, General, espero que no pase por alto que ese tipo me pertenece, ahora es la roca de Sísifo, los hombres de verde felices, O'Hara, tuviste la opción che, ahora los duros se harán cargo, si queda algo por la mañana será tuyo, sonríe con arrogancia, Se lo suplico general, que le hagan lo que quieran pero que sea yo quien lo mate, lo mira profundo, Sólo hay una forma de curar un agravio y usted lo sabe, Coño, no seré yo quien te impida saciar tu sed de venganza, pero entendé, es un asunto menor, lo único importante ahora es celebrar mi cumpleaños como es debido, quien lo haga es lo de menos, igual estará muerto, O'Hara afirma resignado, Por otra parte, continúa Yrigoyen, Ya no necesitaremos esto, toma el libro, le arranca la dedicatoria y lo tira a la basura, los hombres de verde aprueban con un gesto leve, Tenés razón che, no tengo por qué abrigar temores absurdos, observa la firma con el ganchito, Buen amigo este Granvela, lástima, O'Hara se relaja, Lo felicito, se pone de pie, Esperaré en mi oficina, Magnífico, chicos, ustedes se quedan, ahora el trabajo es acá, los mira con jerarquía, le marca al secretario, Con el primer ministro alemán.

Amar, olvidar: qué güeva.

Estoy encajuelado, atado, encapuchado, traicionado. Pinche Celeste. Nimodo, la naturaleza del amor es volverte endeble. Los milicos trenzaron mis manos mis pies y aquí estoy, en la petaca de un Fiat donde apenas cabe una seña. Pinches putos. ¿Y los carcamales? Ahora sí voy a mandar mi carta a Ginebra, estoy harto de vejaciones, de perdida que se enteren los de *Greenpeace*, digo, mientras me hago globalifóbico. Ellos no tienen por qué cobrarme las que debo. Seguro desean que me asfixie, que se me acalambre el cerebro, pero se la van a pellizcar. Mi invento para cidís no puede quedar inconcluso, queridos japoneses, negocios son negocios, lo siento, ah, y no sean crueles, dejen entrar a los locos, total qué pueden perder. Si las cosas que valen la pena se hicieran fácilmente, cualquiera las haría, ¿No tenía que entrar al despacho del presidente mañana en la noche? Lo siento Jim, ahí para la otra, sabe que tiene todo planeado y que el tiempo en que él no movió un dedo en el MI6 no pararon. Vaya que los conoce. ¿Podrá salir de esta? Si encuentro el clip echo a andar la nave espacial, se los juro, si no, me ponen perro, no, mejor Emiliano Zapata, para acordarme de la puerca. De pronto le llega una desazón cuyo origen no importa pero que le vuelve el alma de trapo. Será mejor quedarme aquí, la verdad es que me está dando güeva tanto desmadre, la perra vive con ese renacuajo, ni se acuerda de mí dedicada a sus porquerías, Celeste me traicionó, no me conoce a mí pero conoce el alma humana, ¿lo pueden creer? Qué jodido estoy, del Ferrari apenas escapé, del panteón resultó imposible. Y luego su aviso: «Cuídese de Miguel O'Hara». Tenía que acabar así. Empezó mal. Lo que mal empieza mal acaba. Digan si no, apenas llegué mataron a Goyeneche. Se detienen. Se queda quieto, se abre la petaca, le sueltan los pies. Caminan rápido por un pasillo de gravilla. Alezcano siente el frío. Inmediaciones solitarias. Cuando lo atraparon no traía abrigo. Entran en un edificio, suben cuatro pisos por una escalera, recorren un pasillo, le quitan la capucha, lo empujan a un calabozo de tres por tres, se largan. Silencio. Los viejos tenían razón, he actuado como un imbécil, ¿qué asunto tenía siguiendo a Celeste? Sólo el ruido de los autos que pasan por las avenidas cercanas penetra por la pequeña ventana por donde se cuela el frío, Soy el único hombre que se ha enamorado de ella en los últimos años. Debí cumplirle a Marshall, cierto quel cabrón se hizo pendejo con la cena con Mick, pero no era para tanto, hice el compromiso y no soy de los que se rajan más que pura madre: lo que prometo lo cumplo, a poco no. Bueno, qué quieren: soy espía. Se encuentra en la Escuela Superior de Mecánica de la Armada. Comodoro Rivadavia y Lugones. En una de sus famosas celdas de castigo donde apenas cabe un testículo infantil. Un cama-rote. Fue el edificio destinado al grupo de Tareas 3.3.2 al que perteneció Calero durante la guerra Sucia. En la *Capucha*. Se siente escueto. El Dorado no era un shampoo: era el espacio donde laburaba el servicio de inteligencia en 1976. Extraño.

No están para saberlo pero trabajando con el viejo pergamino detuvimos a muchos comunistas gritones, tipos que sabían todas las leyes y acuerdos internacionales de derechos humanos. Al principio despotricaban. Pinches hocicones. Nos la mentaban. Después temblaban de miedo. Entonces trataban de llegarnos al corazón, cantaban el *Himno nacional, El chorrito, All You Need Is Love*, preguntaban por nuestras madres, se declaraban creyentes y media hora después soltaban la sopa sin la menor dignidad. Muy pocos se nos murieron y jamás nos propasamos con las mujeres, menos con las embarazadas. Eso hacíamos nosotros. El ejército era otra cosa. Esos cabrones le rompían la jeta a medio mundo y lo demás no importaba. Qué tiempos aquellos. La verdad es que Sophia no envejece, ¿cómo le hará? Me pasé de buen hijo pidiéndole a Marshall una cena para mis padres con el Mick, ¿a poco no harías lo mismo? Tú mamá se acostó con alguien que es tan famoso que resulta imposible que se puedan saludar, se te presenta la oportunidad y los acercas, claro, involucras al viejo para que no te vaya a acusar de nada. Mejor le hubiera pedido un encuentro con Sophia, ¿se imaginan? A ver cómo me queda el invento. Cuando caía una embarazada era un broncón. Debí traer el calzón.

Ahora está del otro lado, Debe haber sido emocionante ser comunista, imagínense, todos esos rollos de justicia social, reparto de la riqueza, educación para todos, órale, ¿y mi taco de lengua? Era más chingón ser represor, romperles el hocico y luego irse a echar unos tragos con la satisfacción del deber cumplido. ¿Alguien podría venir aquí a besarme? Hace mucho que no me la acarician, se sienta, trata de ver por el pequeño ventiluz. Aurora tiene razón, los políticos están atrofiados. ¿No es por broncas entre políticos que estoy acá? Ni más ni menos, unos señores están amenazando los intereses de otros y a mí que me mee un perro. ¡Tepermann!, ¿se acuerdan?: qué manera de controlar a los dóberman, la verdad es que esos viejos son un misterio. Tan bien que estuviera en la ciudad de México preparándome para ir a trabajar al museo del narco de la PGR, ¿por qué allí? Ni idea. Después iría a dar mi clase de literatura comparada en alguna universidad patito, pues sí, nimodo que en la Nacional, me saca Vicente a patadas. Se recarga en la pared Macario esperando a que salgan las ranas, o quién sea para confesarle verdaderamente a qué vino y terminar de una vez por todas, está harto, Hice lo que pude, si ahora se las dejan ir, lo siento, desangelado, Pónganse cremita, bien merecido se lo tienen por agachones, pierde interés en la misión, Que llegue el cabrón del Transformer, que venga con su pata de palo. Pinche Pirata Morgan. Que venga Yrigoyen a hablar de Van Gogh y de *La noche estrellada*, Petriciolli con su mujer, Señores, somos de los mismos, torturé hasta matar a 77 estudiantes que no quisieron aprender a preservar los valores patrios, no creían en la bandera y se burlaban de la selección nacional cuando fallaba los penalty, ustedes son argentinos, gauchos veloces, saben que eso no se perdona. ¿Son comunistas? Pues yo tampoco. Conforme pasa el tiempo el ánimo de Elvis varía, a la media noche está irritado, ¿con quién? Con el primero que aparezca. Piensa romperle la cara, está atado de las manos pero no de los pies y el mono es holgado, órale, Ana está en Sydney, ¿y la traidora? Tan linda con su depresión, tan emocionada que me estaba contando lo de Evita; apenas puedo creer que trabaje para Yrigoyen; en realidad no sé, aunque las probabilidades de que apareciera no eran muchas, tuvo la corazonada. ¿Quién me dejó el recado pidiendo que no la siguiera? Esa persona sabe, ¿quién es? También me conectó con los carcamales. Ahora debería estar leyendo *Santa Evita*, sobre todo después de conocer su tumba y todas esas flores. Cavila. Desde hace rato escucha voces, palabras sueltas. Siempre me pasa, algo que va y que viene, los hijos únicos tenemos ese problema, hablamos solos, escuchamos voces, ruidos. A mí los fantasmas me la acarician. Deben ser micrófonos en ruinas o los güeyes que me vienen a interrogar. ¿Será una cámara escondida? Virgen de Guadalupe, qué onda mi reina, me vas a ayudar o qué, desátame, de lo demás yo me encargo, hay una ganzúa en mi zapato que está desesperada. Me voy a portar bien con Molly, lo prometo, sé que la bruja no va a volver, pero si así no fuera la trataré como reina, no te preocupes, le contaré de mis alumnos de literatura comparada y de las maravillas del museo del narco. De pronto escucha pasos militares. Son inconfundibles.

Las fuerzas armadas son una institución de excepción diferenciada de la sociedad civil a la que está confiada la custodia de los bienes espirituales y materiales de la nación Son el sostén de la patria, ¿De qué hablan? De pronto se hace un silencio de espátula. Elvis experimenta un escalofrío, Ay güey, doctor, si conozco *El Quijote* no será de esa manera. La normalidad corrompe che nuestra misión es reintegrar a los disidentes a los valores occidentales y cristianos así lo quiere el presidente Videla el comandante Massera y todos nosotros ¿no es cierto? Las voces se pierden con una vibración. Chale, hasta las paredes están involucradas. ¿Creen que mi padre intente algo con la enfermera hippie? Yo no, *soy totalmente palacio*.

Media hora después llegan dos milicos, lo encapuchan, lo llevan al sótano, Alezcano camina en silencio, Si esto fuera Universal studios, ¿Han visto la casa donde Hitchcock filmó *Psicosis*? Podría patearles la cara, lanzarme por una ventana, caer en blandito y correr hasta llegar a lugar seguro donde con un alambrito abriría las esposas. En una habitación grande le descubren el rostro. Es un gimnasio, dos hombres lo observan: a uno lo conoció esa tarde en el cementerio, al otro hace tiempo en fotos: Moreno y Calero, vestidos de civil. Órale, para cónclaves estoy yo, *todo mundo tiene un Jetta al menos en la cabeza*. Calero es rubio, estatura regular, de facciones afables. Lo mira con actitud profesional. ¿Tenés frío che?, pregunta realmente interesado, Qué bah, estoy comodísimo, mi problema es que hace mucho que no me la acarician, Sos mexicano, claro, siempre burlándose de la muerte; en su país ganó la oposición y hay demasiada taquicardia, explica a su compañero, No obstante, no podrán impedir el progreso ¿viste? Estimado general, le cedo el honor, Moreno desenfunda una Beretta, Sos un hijo de puta, apunta al prisionero, Calero lo disuade, No hay razón para precipitarse general, ¿por qué no nos divertimos un poco? Dicen que lo que bien se aprende no se olvida ¿no es cierto?, Según informes torturaste a más de 500, ¿cuántos fueron en realidad?, desafía Alezcano, No creo que seas tan fiera, más bien pareces marica, el rubio se vuelve, tiene una sonrisa agradable, ¿Sabés vos dónde parás?, Lo supe cuando te vi, Claro, somos la principal base de la defensa de la patria, ¿Es verdad que a Yrigoyen le falta un testículo y que te dio 50 mil d para que se la chuparas? Moreno lo abofetea, No se altere, general, no olvide que somos parte de la hermandad latinoamericana y estamos en buenas relaciones con México, vamos a hacer mucha plata con ellos, su voz es suave, casi dulce, ¿Por qué mataste a Granvela?, ¿Matarlo a Granvela?, ¿no fue suicidio? Seguramente era prescindible, pero si vos sabés algo del asunto lo vas a declarar ya mismo, Alezcano no sabe qué decir, Oká, toda esa confianza que da la guita me tenía podrido ¿viste? Sin embargo, ¿por qué habría de matarlo? Era un pibe lindo el Granvela, además era mi jefe, Este tipo lleva días acá, ¿no debería estar en México?, Yo maté al Petiso Verón, confiesa Elvis con gesto luminoso, Calero se traba un instante, su rostro se enciende, Antes me lo cogí, le encantó, dijo que a mi lado eras un pobre lamegüevos, nomás le tronaban los huesitos, se repone, Lo de Emilio es una minucia, continúa sonriente, Si vos buscabas mi expediente ya lo recuperé, no obstante, es intrascendente puesto que de aquí no saldrás vivo, No me digas ¿y quién me va a matar: tú?, ¿después de lo que le hice al Petiso?, ¿o usted general, después de que en México lo recibieron como héroe? No sean ingratos, ¿Te acordás vos de cuántos castramos, Calero?, Antes démosle un poco, para que no le duela, aún falta para el amanecer, después quiero salir de aquí, Moreno le pega dos cachetadas, Claro, comenta Calero, primero el romanticismo, ya daremos paso a la tecnología, sonríe seco, «Durante el tiempo que estuve detenido, fui golpeado constantemente, me sometieron a picana eléctrica por espacio de cinco o seis horas seguidas, y en una oportunidad me arrojaron agua hervida», Alezcano está lacio, no quiere gritar, Mejor me hubieran puesto Emiliano Zapata, «Vi cómo se la llevaban varias veces para violarla. Después de violarla más de veinte veces, le colocaron un palo en la vagina». Cuando Calero decide utilizar el desintegrador molecular, es el licenciado Vidriera, «Así, vivos, eran sacados por la puerta lateral del sótano e introducidos en un camión. Bastante adormecidos eran llevados al Aeroparque, introducidos en un avión que volaba hacia el Sur, mar adentro, donde eran tirados vivos». Ah y el RUV no será suspendido, ha nacido muy arriba, donde todo es terciopelo ¿viste? La prensa, los políticos, los empresarios, andan alborotados, que vociferen como becerros sin madre, nada va a pasar, funcionará perfectamente y vamos a ser muy felices, empieza a teclear, sobre todo nosotros, *Nacidos Ford, nacidos fuertes*, Mi expediente no existe, che, yo mismo lo quemé hace unas horas. Tu jardín luce muy limpio, Justo allí hice mi fogata, Alezcano emite extraños alaridos, el escalofrío no reconoce reacciones, Moreno lo patea, Imbécil, Calero sigue tecleando, Dime algo pinche puto, no me mates en silencio, siente una desilusión en el cuerpo: debe ser la muerte, ¿Estás copiando un libro o escribiendo tus memorias?, Tranquilo che, sos curioso eh boludo, bueno, estoy calculando los millones que nos vamos a embolsar y pasando los nombres de los beneficiarios, reanuda, Voy a ser inmensamente rico, grita, el RUV está amarrado en las más altas esferas de la política mexicana y con el general Yrigoyen en el poder todo irá de maravilla, tampoco nos jorobarán con la transición, existe un acuerdo ¿viste?, No te burlarás del Congreso, expresa Alezcano nomás por decir, Un héroe, se alegra el rubio, No encontraba uno desde el 76, si mal no recuerdo, lástima que todos murieran, se aloca tecleando, Alezcano grita de nuevo, se arquea, está al límite, ¿Crees que el RUV es el gran negocio? Su voz es el siseo de los granos de arroz, Calero para, que flotan en el giro solar, Qué estupidez, el gran negocio es la sociedad con la banda del general Pichardo, la que se robará nuestros autos asegurados y que luego venderemos en Sudamérica, Medio Oriente, África, Estados Unidos: la cartera de clientes es inmensa; todos tendrán los sensores que Estrada Mignolo empezó a fabricar la semana pasada con Gildardo Vega Real como principal inversionista, y ya que vos lo mencionás, los 50 fueron una pequeña contribución al comandante Pichardo. Esto de la tecnología moderna es fascinante, acota Moreno, ¿No inhibe el placer che? Saca un par de agujas, Quiero un poco de acupuntura para el señor, pero antes, muestra un *cutter*, lo hiere, se embarra la mano con la sangre que escurre; la huele, la estudia, la lame; la enseña sonriente a Calero, Sabe bien, algo picosita para mi gusto; qué tiempos, exclama jubiloso, Qué hermosas adicciones. Alezcano trata de acumular rabia para sobreponerse. Imposible, es un guiñapo flotante. El umbral de la muerte es de pétalos verdes.

Una cena en el Miró

En la puerta de acceso hay unos guardias que Alezcano nunca vio. Tal vez el equipo de seguridad del general o de Calero. La puerta se abre con suavidad, aparecen
cuatro enmascarados, los guardias abren fuego parape-
tados tras los caballos con arzones. Los enmascarados
responden, ruedan por el piso, se mueven ágilmente,
uno de ellos utiliza la pared para impulsarse y esquivar
las balas. Es evidente que fue entrenado en oriente. Moreno descarga su pistola. Calero huye disparando a diestra
y siniestra. Moreno cae herido, los que se resguardaban
tras los caballos caen heridos. Dos de los enmascarados
salen tras Calero. Alezcano oye el estrépito como en sueños. O como despierto pero alejado varios kilómetros.
No tiene frío pero tirita. Se acuerda de Molly, sufre espas-
mos continuos, de Chuck, aprieta los dientes, de la
enfermera hippie. Qué sorpresa se van a llevar cuando
lleguen los boletos de British Airways y la invitación para
una cena exclusiva con el rolling mayor, pinche puto,
espero que le quede decencia para vivir ese momento
como dios manda; tendrá que prestarle a su madre
el collar de la suerte, el fetiche de la unión. De niño

vivió en comunidades hippies donde lo único que interesaba era el amor, la paz y los psicotrópicos; muchas veces experimentó temblores arrebatados como ahora, pero eso fue en sus tiempos de loquera, Huele un perfume, Si Pálida estuviera aquí, con su pelo rojo, sus labios azules, su enorme bolso, fumando, qué onda pinche vieja, Señor Langagne, ¿por qué autorizó el proyecto de sensores de Estrada Mignolo? Qué güeva, no vuelvo a fumar esa porquería, ¿qué me vendieron esos cabrones?, Hombre, que te has enamorao de ese aparatejo, tío, ¿qué te pasa? Está desmadejado, macilento, sentimental, Por poco te desintegran, Insensata, ¿me vino a incordiar? Aprieta los ojos, Muévanse que el colega se nos va, Puta vida. *Soy totalmente palacio*. Todos los hippies eran mis tíos y podía sentarme con ellos, jalarles los pelos e interrumpirlos en sus meditaciones. Fuimos al concierto de Avándaro pero no nos dejaron llegar. Al igual que muchos quedamos varados en el camino. Uno de los enmascarados se lo echa a la espalda, salen a toda prisa. Pálida ordena por un *woquitoqui*, Prepárense, el paquete está en el límite. En Long Beach una vez nos echaron bala. Vivíamos en Woodland Hill, en la zona de Los Angeles. Suben las escaleras. Una numerosa comunidad cantaba en la playa. Aún es de noche. Cuando de las lomas cercanas nos dispararon. Primer piso. El viento opacaba el sonido, salen, Hasta que uno de los guitarristas se desplomó con un quejido, cruzan el jardín hacia el estacionamiento a toda prisa. El viento frío enturbia el recuerdo, Pinche Elena, los pensamientos X, Quizá ya ni usa calzones morados, ahora se pone blancos, beiges o a lo mejor ni usa.

Infame. Tal vez se pone los del personaje de David que no le gustaron a Elizabeth. Si salgo de esta voy a ir a matarlos, Gilillo invirtiendo en sensores, ¿lo pueden creer? Pinche lacra embarazada, lo lograste cabrón: alteraste mis planes, destruiste mi normalidad, ¿cuánto tendrá invertido en Argentina? Ese invento tiene qué quedarme bien. Goyeneche lo hubiera aprobado. En el estacionamiento lo reciben los viejos, lo suben en el asiento posterior, Le dieron duro, observa Ganduglia, Tepermann tiene una jeringa y lo inyecta, Reaccionará en un par de horas, La próxima vez tenés que pagar una iguala, che, dice un agente que también estuvo en lo del Magnate, con el pasamontañas en la mano, lleva detenido a Moreno y a los guardaespaldas, otro regresa de perseguir a Calero, Contá con ella, Vittorio sonríe, El sujeto se desvaneció justo en General Paz, dice el recién llegado que tiene toda la pinta de hebreo, Tal vez tomó un auto, Déjalo che, ya caerá. Se alejan. Los viejos, Pálida y Elvis se marchan de inmediato. La puerta está abierta, dentro de la caseta de vigilancia dos brasas hablan de maquillaje. La oscuridad sobre la ESMA es un huevo pochado.

Salen por General Paz hacia Cabildo.

Alezcano duerme. Se sueña en el café Altazor de Mazatlán, viven en Arjona y Celeste está embarazada, no resiste sus achaques, Juan José y Héctor le aconsejan que la ahorque, Nada de eso, le compraré un antitranspirante y no tendrá salvación, oía la risa de Tom Hulce en *Amadeus* con fondo de *Misión imposible*. La secuencia del tren.

Ministerio de Defensa. Yrigoyen mira con odio exacerbado a los hombres de verde, ¿Alguien les ordenó que dejaran el prisionero en manos de esos ineptos? Acaba de enterarse del rescate de Alezcano. Entra Miguel O'Hara. Deja caer los hombros. Esto sólo me indica una cosa, che, que esos desgraciados siguen con su idea de detenernos. No lo lograrán, hoy es mi cumpleaños y hoy es mi fiesta. O'Hara, me respondés con tu vida de que ese tipo caiga. Te advertí que no quería volver a hablar de él. Esta noche quiero estar tranquilo. De la marcha de los Piqueteros ni te preocupés, es una patraña de ese imbécil, Señor, tengo control de todo menos de la caja que rescatamos donde el expresidente, ¿La caja gris? Está mejor resguardada que nunca, entra el secretario intempestivamente, Señor, el presidente de Estados Unidos está en la línea. Pide a los otros que salgan.

Despierta. Siete alfileres en el cuerpo. Celeste no tiene madre. Otea. Se prestó para que me atraparan. Palidasombra Santibáñez cómodamente sentada en un rincón lee a Henning Mankell. Cigarro encendido. ¿Qué haces aquí? Pálida se vuelve, sonríe levemente, la claridad entra por la ventana, En la cama y en la cárcel se conocen los amigos, ¿no?, Los orientales llegaron hasta acá, dice y piensa, Amigos para siempre, olimpiada de Barcelona, me localizaron en la embajada, Tú y yo no somos amigos Palidasombra Santibáñez, tres veces he estado a punto de morir por tu culpa, ¿no deberías estar en zona de testigos protegidos?, Ahora estoy aquí para lo que se ofrezca, tío, no dramatices, ¿Que no dramatice? Estás jodida, voy a pararme y a meterte tu horrible bolso en el culo, desgraciada, Tú a mí no me metes ni en tu pensamiento guarro de mierda, Pálida es un ciclista a cien por hora. Entra Ganduglia, ¿Poniéndose al día, chicos?, Vittorio, quiero saber qué hace esta puta en esta habitación en este preciso instante, Pálida guarda suelta el arma en el bolso, Ganduglia sonríe, Es tu ángel guardián che, No es capaz de cuidarse a sí misma, los pinches orientales casi me matan por su culpa, no quiero saber nada de ella, es decir, la quiero fuera de esto; espero haber sido lo suficientemente claro, Eres un maldito gilipollas, machista e hijo de puta, por mí puedes irte a la mierda, mirada aisbérica, Calláte che, Ganduglia fija sus ojos diegorivera en Pálida, luego se dirige a Alezcano, Dejáme explicarte, pibe, Cero pensó que podría ser de utilidad en el asalto a la casa de Yrigoyen y la hizo venir, Pues ya estuvo que nos cargó la chingada, Eres un lamehuevos, no niego que dos veces te metí en broncas pero también te saqué, ¿lo has olvidado hijo de puta?, Quiero mi Fuku, piensa, Estemos tranquilos, hoy es el día clave y no debemos gastar nuestra pólvora en infiernitos, Pálida se pone de pie, Don Vittorio ¿puede mostrarme el lugar de los hechos?, Sí, tú, has de ser la de *Misión imposible*, se burla Alezcano, Fuku es el pescado con bombín. Pálida intenta regresar pero Ganduglia se lo impide, Guarro de mierda, masculla.

Por la persiana los ve salir.

Se mueve con dificultad, Ese maldito artefacto lo tiene medio mundo. Manda un mensaje: Futbol: antes del segundo tiempo.

Se viste, sabe que es el día cero. Quince minutos después entra al *chat* familiar.

Qfrag: avena, dos tazas de agua, dos manzanas verdes y un poco de miel.

Electra: no sé que hacer, no me hace caso.

Lánguida: anoche no dormí, mi niño se puso malo.

Polito: ¿votarán por mí?

Memphis: de qué hablas qfrag?

Edipo: pégale, no falla.

Qfrag: polito para presidente, es un desayuno especial, Memphis.

Electra: llévalo con el doctor, puede estar deshidratado.

Polito: por favor, respóndanme.

Memphis: si no es dietoso me interesa.

Edipo: Electra, qué onda, nos podemos encontrar? Tengo dos boletos a El Cairo.

Qfrag: Polo ya te dije, nada de dietas, sin embargo, con un vaso pierdes el hambre por varias horas, qué milagro Memphis?

Lánguida: gracias Electra, podrías recomendarme alguien, mi pediatra está de vacaciones.

Marijuana girl: sniff.

Electra: no, la vez pasada fue muy castrante, no sé cómo se nos ocurrió.

Memphis: como estoy algo perdido pensé que lo mejor era buscar a los amigos.

Lánguida: conoces alguno?

Polito: marijuana, no estés triste.

Edipo: cariño, para mí fue lo más hermoso que me ha pasado, quiero repetirlo.

Qfrag: haces bien, nada grave?

Marijuana girl: me voy, si necesitan algo ya saben. Gracias Polo.

Lánguida: creo que estoy embarazada.

Electra: estás loco, ni muerta te vuelvo a ver.

Memphis: he hecho un poco de las mías, nada para alarmarse.

Polito: de nada, buenas noches. Vota por mí.

Lánguida: si salgo bien voy a votar por Polo.

Bestiain: soy la bestia inhumana, busco a Blancanieves.

Qfrag: pórtate bien y no te pases.

Edipo: por favor Electra, no le veo caso a sufrir.

Se pone de pie, por la ventana ve llegar a Tepermann. Apaga la máquina directamente.

Se encuentran en la sala. Me duele todo, expresa a manera de saludo. Preparáte che, Isaac lo mira a los ojos, Llegó la hora, acabo de ver la señal.

La ciudad está inquieta, no sólo camiones militares atestados recorren las calles, también algunas tanquetas y jeeps con ametralladoras. En el Botánico un grupo de jóvenes apedrea un camión. Cinco cazas sobrevuelan el centro de la capital federal. El aire es la tristeza de los abandonados.

Suena el celular: Tortoni, farfulla una voz de chicle.

Te espero en Rivadavia, musita Tepermann cuando se baja en avenida Mayo.

Es temprano. Se quita el abrigo, se instala en la mesa de Pirandello. Escruta las paredes, una vitrina con exvotos. Ángel lo saluda y le sirve café, Al menos que quiera Coca con hielo, sonríe, Por ahora está bien, Un hombre de campera verde y aspecto tortuoso, sentado cerca de la entrada de avenida Mayo, llama por un celular. Dos minutos después entra Miguel O'Hara por Rivadavia.

Camina decidido a la mesa donde espera Alezcano. Dos hombres que lo siguen ocupan la primera mesa que topan. Al fin nos vemos las caras, hijo de puta, Hace tiempo que no me la acarician, pinche pirata Morgan, extraña clave para dos espías con 18 años de conocerse pero que jamás habían cruzado palabra. O'Hara pide un express. Cero-39 sugirió que empezara por el final y eso haré: tú dinero ha sido depositado en Nueva York, Alezcano observa a su enemigo jurado, piensa que es demasiado amable para estar vivo, Te equivocas, es lo primero, sin eso no nos hubiéramos conocido y no lo quiero en Nueva York, lo quiero aquí y en efectivo, verás, soy de una tierra de agricultores y no hemos terminado de entender el asunto de las transferencias. Siendo así, lo tendrás esta noche, Alezcano sonríe, mueve la cabeza negando, Si no lo veo antes y sabes contar, no cuentes conmigo, ¿Viste movimiento de tropas?, Afirma, Esto está que arde, los de verde no me dejan ni a sol ni a sombra, hace un par de horas descubrieron una bolsa con tu dinero y tuve que ordenarles que la guardaran, aunque no lo parezca este es el sitio más seguro, estamos consiguiendo tus dólares; tenemos que pararlos Guitarra de Hendrix, no imaginás, tu rescate casi nos descubre, de hecho estamos en alerta roja, así te lo hice saber, esta mañana no barrimos el jardín para que te enteraras de que debías extremar precauciones; de hombre a hombre, hacéme fuerte che, hoy por mí mañana por ti, Olvídalo Transformer, o hay cueros de rana o el reloj marca las horas, Eres un hijo de puta, Qué bueno que lo tienes claro, ni de la OEA ni beneficiencia pública y me cago

272

en la unidad latinoamericana, rostros duros, Son los triunfadores ¿no?, Oká, a las seis tendrás tus 90 mil, 100 mil, ni uno más, ¿Y los 60 que te envié con Ganduglia?, 50, los otros diez se fueron en gastos, O'Hara se exalta, reprime las ganas de romperle la cara, ni que lo tuviera tan contento, se bebe el café y el vaso de agua de golpe. Hoy es cumpleaños del general Yrigoyen y lo celebrará en grande, cuando la fiesta esté en su apogeo anunciará el golpe de Estado, ayer en el entierro de Emilio Granvela, que le latía por la presidencia y muy a mi pesar perdió la caja y la vida antes de que llegaran ustedes, estaban las fuerzas armadas en pleno, lo vienen maquinando desde hace tiempo, tenemos reportes de que 50 mil efectivos están acuartelados, más 25 mil que patrullan las principales ciudades; nuestro presidente no es una maravilla sin embargo, la mayor parte de sus problemas es por la inestabilidad que le provocan las fuerzas armadas y por algunas maniobras perversas del Fondo Monetario Internacional, Alezcano escucha atento, Goyeneche debe habértelo dicho che, nadie quiere un militar en el poder, la adrenalina lo mantiene en tensión, No imaginás lo mal que lo hemos pasado, el Fuku, Y tú quieres ser el héroe, ¿cuántos militares mantiene el Estado mexicano?, No seas boludo, he tenido que hacer demasiadas concesiones para estar aquí, perdonarte, matar a algunos compañeros, vivir en el filo de la navaja, No me digas que te chingaste a Goyeneche, No, a él lo mataron los hombres de verde, ¿Apoyan los gringos a Yrigoyen? O'Hara afirma, ¿Qué crees vos que hacían acá Goldfinger y el Magnate sin nombre? Ahora es Alezcano quien

273

apura el café, Fue un placer conocerte Transformer, antes de echarme tus perros hazme el favor de contar hasta 18, Espera Guitarra de Hendrix, el hombre tiene un lado flaco, La famosa caja gris, que contiene… Ni idea, Mejor acúsalo de ser un asesino en la guerra sucia como Moreno y Petriciolli, No participó, y aunque lo hubiera hecho eso no lo detendría y el presidente está muy desanimado, al grado de que no le importa renunciar para evitar el baño de sangre, Ángel coloca nuevos cafés, galletas, agua y sin abrir la boca se retira, Pende de un hilo, ¿Entonces?, Tiene un despacho en su casa, es muy probable que ahí esté la caja que buscamos, hace unas horas casi me lo confiesa; traté de hacerle creer que tenías que ver con algún asunto inglés, Gulp, Necesito que entrés allí y busqués esa maldita caja, Que no se le ocurra mencionarlo de nuevo, piensa, Si logramos meterte tendrás cuando menos quince minutos para encontrarla, ¿Y si no está?, Más vale que esté, el presidente piensa que debe ser algo muy revelador para hacerlos desistir; tratándose de militares no alcanzo a imaginar de qué se trata; el expresidente asesinado no dijo qué contenía, sólo mencionó que allí estaba la clave para mantener quietas a las fuerzas armadas. Goyeneche debe habértelo contado. Con los gringos atrás veo muy difícil contenerlos, ellos son como la gran sombra protectora ante la que nada se puede lograr, Lo sé, pasa que tenemos una oportunidad y quiero aprovecharla, Granvela hablaba de pruebas, los escuché hablar en el yate, ¿y si las quemaron?, No quiero especular, prefiero pensar que aún podemos hacer el rescate, ¿Sabes si quieren vender algo?, Tal vez en

Tierra del fuego algunas turberas, algunas hectáreas de bosque, incluso pudiera ser Ushuaia, Una ciudad, ¿hay uranio o algo?, Nada que yo sepa, Por eso queremos pararlos che, ahora vos sos nuestro hombre fuerte. Callan. Alezcano medita: Claro, debo entrar a esa mansión electrificada, copada de cancerberos a que me acribillen por los argentinos, qué hermoso gesto, viva la unidad latinoamericana y la puta que la parió, si me la acaricias verás que mi güevo izquierdo es más gordo, qué le vas a hacer, *soy totalmente palacio*, pinche Elena, está en la librería, habla por teléfono con el güey, no puede vivir sin él, Julito y un agente te allanarán la entrada, Necesitamos hacer un ajuste Transformer, eso vale 100 mil más, murmura Alezcano, Con eso monto mi fábrica de abrecidís, anulo a los chinos y a los japoneses y a trabajar como es debido, a O'Hara, ácido pandillero de Mar del Plata, no le hace ninguna gracia, ve el busto de Pirandello y resiste las ganas de hacerlo añicos, No obstante, por tratarse de ti, te lo voy a dejar en 99, Qué 99 ni que la mierda, si te empeñás en tu negativa en media hora sos fiambre, escogé hijo de puta, no creas que he olvidado mi pierna, durante años viví para vengarme y no te he hecho traer para que me esquilmés, no tenés idea lo que ha costado protegerte del general y de sus hombres de verde, a todas horas he tenido que lidiar con esos indeseables, ah, y ya viste lo que resultó de tu absurda obstinación de ver a la señora Petriciolli, por poco nos echa todo abajo, es su amante y por tanto una de sus principales aliadas, un silencio de fruta que no crece, dos oldmancitos toman asiento al lado, ¿Querías ser futbolista? O'Hara se vuelve al hombre de campera verde, Me equivoqué che, olvidálo, vos sos así, me lo habían advertido, una mierda, el tipo se pone de pie, Lo siento por Goyeneche y por los jovatos que siempre te tuvieron fe, Alezcano ve que los otros también, ¿Vamos a tener fiesta? Caminan hacia ellos, Órale, Ángel se esconde, Qué convincente, O'Hara hace una leve señal, los otros vuelven a sus lugares, Recomiéndame a tu amaestrador, O'Hara hace caso omiso, le pasa un disquete por debajo de la mesa, Son los planos de la residencia, el despacho, que se ubica en el sótano, está señalado con rojo, Ya que no me vas a pagar lo que valgo, quiero pedirte algo a cambio, De qué se trata che, no tengo mucho tiempo, debo reportarme al ministerio, Quiero una cena en el Miró para tres personas, ¿Es un restaurante, dónde está?, En Culiacán, Me habían dicho que sos un sentimental che, contá con eso, haremos contacto por internet y nos pondremos de acuerdo con la guita, Es para mis padres, Claro, y para vos, sos un buen chico pibe, El tercero no soy yo, pausa, Es Mick Jagger, O'Hara sonríe, ¿Mick Jagger, el *rolling*? Vaya que tenés relaciones che, con razón sos el Guitarra de Hendrix, Alezcano afirma, Bueno, para nosotros es igual ¿cierto?, Lo tienes que llevar, ¿Qué, pretendés que lleve al tipo a Culiacán a cenar con tus viejos, vos estás chalado, cómo imaginás que lo voy a hacer?, En un avión, mételo como parte del costo de la democracia, Querés terminar en el río eh, ¿por qué?, Te voy a conseguir los documentos que tanto te importan, creo que me merezco un capricho ¿no?, ¿Tenés idea de cómo convenzo a Jagger de viajar a Culiacán?, Con cinco minutos de picana no creo que distinga entre clase premier y turista, ¿No puede ser en Buenos Aires?, Ni en Nueva York, O'Hara queda pensativo, ¿Qué tal Londres?, Ni lo pienses, saca el labio inferior, ¿Cuándo?, En cuanto mis padres vuelvan a Culiacán, Ese no es problema che, sonríe, Alezcano medita un instante, se encrespa, ¿Quieres decir que jamás fueron a Houston?, Minucias che, tu viejo está sano y salvo y va a cenar con Mick Jagger, ¿Tratas de decir que mi padre nunca estuvo enfermo?, Te ofrezco disculpas che, por favor no te perdás, nuestro asunto es muy grave, le mienta la madre, El martes próximo, refunfuña, A las ocho de la noche, Bien, apoyáte en los jovatos y en Urganda, nosotros estaremos cerca, ¿Urganda?, Nuestra experta en cajas fuertes y en control de enemigos: los duerme, vos los dejás caminando raro che, lo vi en el ministerio, sé que tienen sus desacuerdos pero te pido que los olvidés, son unas cuantas horas, ¿Y los orientales?, Bueno, por ahí traemos esa perturbación, pero aquellos murieron y no han entrado otros, Ganduglia y Tepermann te informarán si hay algo nuevo, por cierto, vos tenés un disquete que recogiste en lo de Granvela, mandámelo con los jovatos para analizarlo, Son puras letras, No importa, ¿Olivia Quiroz es del equipo?, No podés negar que tiene *timing*, sugirió lo del pelo y dirigió tus dos rescates, Es una perra, Lo sé, pasa que no tuvimos muchas opciones, para engañar al general debíamos ser un tanto clásicos, Como quién dice, he estado durmiendo con Julia Roberts, Estamos con cancha achicada y no podemos darnos demasiados lujos, Órale, Alezcano pone su mente en blanco,

Caja gris, tal vez la pintaron, O'Hara mira su reloj, Debés irte che, Calero dijo que había quemado su expediente, Lo que haya destruido no es nada, tendrías que ver vos lo que hay en Zurich, Cero quiere ese plus, Hay una clave, prometo tenerla por la noche, ¿Lo de Urganda es necesario?, Necesarísimo, opta por no insistir, ¿Quién mató a Sandra Pollizini?, se ponen de pie, Un exnovio a quien a su vez encontraron muerto en su departamento. La mañana es un sexo de mujer, Tengo que leer *Santa Evita*. Dijo que no tenía sustancia y que los hombres nos hacíamos patos, ¿quién es Lupercio Leonardo de Argensola?

El clima es inclemente, el viejo Isaac Tepermann conduce seguro entre vehículos militares, Elvis siente una bola de estambre en el estómago, Yo competía en cien metros ¿cuándo empieza la olimpiada? Ana Guevara estará allí: Tienes que hacerla carnalita, que se entere Cathy Freeman de que Sonora está en Nogales. Recuerda a Elena, Desgraciada, ¿telefoneando otra vez?, ¿qué no estás trabajando? Tepermann se ve pálido, ¿Qué habrá en la caja gris? Reconoce que está aterrado, Pero no acobardado más que pura madre, pinches putos. Virgen de Guadalupe, apoyaste a Hidalgo, qué onda mi reina, a Morelos, apoyas a una bola de deportistas mediocres que no sirven para nada; si no quieres regresar a Elena, está bien, lo entiendo, hay días que uno pierde y otros en que deja de ganar, nomás no me vayas a dejar péndulo en esta bronca. Chale, necesito un beso, el calzón, lo que sea.

O'Hara sale del elevador en el ministerio de Defensa. El secretario se apresura a abrirle. Adentro lo esperan Yrigoyen y los hombres de verde. Buenos días, Buenísimos, responde el general sonriente, Señor ministro, vengo a felicitarlo, qué cumpla usted muchos años, su regalo: no he podido ir a casa por él, Pero si ya me lo haz dado che, se pone de pie, le muestra una maleta con el emblema de River Plate, Sólo te falta, abre los brazos, O'Hara identifica la maleta de los dólares y sabe que ha sido descubierto, pero como el verdadero juego siempre llega al final va a abrazar a su jefe. Los hombres de verde lo paralizan. Yrigoyen transforma su gesto, Sos un hijo de puta traidor de mierda, lo patea en el estómago, en la prótesis que se le desprende. Vida te va a faltar para pagar tu infamia, pelotudo. Denle tratamiento para que confiese, luego le rompen las bolas y al río.

Alezcano entra al baño. Vomita en el retrete. Le baja. Toma papel. Limpia. Se sienta. Tiene diarrea. *Soy totalmente palacio.* No me conocía estas gracias, ¿tendré miedo? Qué güeva. El general cumple años. Le haremos una visita piadosa. Ahora entiendo la imbricación,

¿romántico Marshall? Pa' que te jodan. El último informe es que Yrigoyen guarda la Matagente en una biblioteca especial construida en el sótano de su mansión cuya puerta de emergencia se distingue por un autorretrato de Van Gogh. Un joven adepto que lo sorprendió revisando la caja alcanzó a ver parte del contenido, soltó el llanto, el general llamó a dos de los de verde, preguntó al chico si había notado algo, él respondió: los ingleses echan todo a perder. Lo sacaron a empellones de la biblioteca y jamás se le volvio a ver. Al otro lado de la puerta, transpirando como un condenado, Julio Morales deseaba no haber nacido.

Sale sudoroso. Tepermann le da una Alkaseltzer, Tranquilo pibe, nada que no vaya a suceder sucederá. ¿Y qué sucederá, viejo? Ahora entiendo por qué dicen que la vida está en otra parte. Observa el plano en la pantalla. Esperan. Cuando la fiesta esté en su apogeo cuatro sombras cruzarán el umbral. Jamás pensé que resultara tan fácil. Se aprende la ruta: Siga el camino amarillo, el más seguro a la zona roja.

En su cama pasa el calzón por su cara, pensamiento X: Su vello es grueso, negro, oloroso. Duerme. Celeste y Elena vestidas de novias se están casando, Xavier Velasco de púrpura les echa la bendición, Puede besar a la novia. Alezcano llora, la enfermera hippie y sus padres se alejan. Huele a *canabis*.

A la una de la tarde lo despierta Ganduglia.

Tengo dos noticias che, cuál querés primero: la buena o la mala, ¿Por qué sueño tanto? Esconde el calzón bajo la almohada, Debe ser la inquietud, decíme cuál, La

buena, El ministro tiene la caja che, no necesitaremos
más nada para conseguir la bala de plata, es gris y está
en una caja fuerte empotrada cerca de la puerta con la
efigie de Van Gogh, *Hasta que usé una Manchester*, piensa,
perro viejo pregunta, ¿No es una trampa? Le cuenta el
informe de Julio, Cuidate de lo fácil, decía el viejo cara
de mis güevos, se miran en silencio, La mala es que detuvieron a O'Hara, ¿Y mi plata?, A salvo, alza una maleta,
la abre, Alezcano checa que sean dólares de la misma
denominación y hace varias pruebas de autenticidad, Vittorio lo observa en silencio, Si lo que muestra el disquete es verdadero y Pálida no está en sus días, el problema
se reduce a dos: entrar y salir, expresa Alezcano sentán-
dose satisfecho, van al estudio donde está la computadora. Se distingue la zona roja en la pantalla. Pálida y
Tepermann beben café. Es una biblioteca decente. Si la
información está allí y el mapa es correcto, nuestro problema se reduce a, iba a repetir cuando le viene la náu-
sea, se apresura a ir al baño, vomita. Puta vida.

Ganduglia mira a Tepermann, ¿Es la inyección che?
Isaac afirma.

Lo llevan al médico.

Pálidasombra lo acompaña. Los viejos esperan en el
auto. Mientras hacen antesala ella le confía, Venga tío,
que estoy contigo en lo de Casa Rosada ¿qué vamos a
hacer?, ¿Qué? le echa una mirada quebradora mientras
piensa, ¿Por qué no te ahorqué en su momento?, Hice
un acuerdo con Marshall, Nada, ¿Nada? Joder, me cago
en la hostia, te vas a enterar colega, estoy harta, de ti, del
caso, de los tíos; estoy en esto por dinero, quiero retirarme,

tengo un hijo a quien no quiero tener más con mi madre, O'Hara me ha pagado mi parte y Marshall también, mi intención es cumplirles a ambos, quiero largarme sin sombra, tú no me vas a dejar colgada guarro de mierda. Saca su espejo, se pinta los labios de azul. Sus ojos son ese metal que corta con nombrarlo. Tan delicadas ni me gustan, masculla, y reflexiona, Se hubiera visto hermosa con el cutis morado, ¿Qué fue del miniordenador?, Lo he vendido por una bicoca, Tuve la fortuna de conocer una copia, ¿Sí?, Al Magnate sin nombre le chispean los ojos ¿lo puedes creer?, Algo he oído y me importa un carajo, en un par de horas es lo de la Casa Rosada ¿qué haremos? La asistente del doctor: Arquitecto Ruiz, pase por favor.

Le recetan un antihemético, un antidiarréico y reposo absoluto.

La ciudad es una bestia que piafa. La gente observa desesperada la enorme cantidad de camiones militares estacionados en las calles. El frío es intenso. Los injurian mientras se apresuran a llegar a casa. En los cafés los parroquianos conversan desaforadamente. Los oldmancitos miran a la nada.

El ojo del huracán Pat.

Fuku. La curiosidad duchó al gato. Elvis ordena pasar por Palermo para ver si algún temblor derribó alguna de las bardas; pero no, lo que sí, hay más soldados que nunca. Aunque O'Hara esté muerto confiamos en llevar nuestra misión hasta el final che, expresa un prudente Ganduglia, Hasta ahora el plan ha resultado, Elvis no responde, su estómago se repone, su cerebro se encauza,

Un día en Haight Asbury alguien acaparó la mota para subir el precio. Suficiente para quel ambiente se caldeara. Fue la única vez que vi a los hippies alebrestados, les importó un bledo el amor y la paz, todos estaban listos para romper hocicos. En Culiacán, la familia poco a poco se acostumbró a nosotros, cuando había desavenencias extremas Molly ejercía la diplomacia. Pinche Transformer, te tengo en mis manos güey, de mi depende que seas un héroe o un pedazo de trapo, ¿qué tal si te dejo colgado? De hombre a hombre me la voy a jugar por ti, pinche puto, ¿quién lo diría, no? Nomás falta que me guste y después me la juegue por Gililo, maldito malandro; y el idiota del exnovio, ¿cómo pudo ser tan bruto? Sandra estaba mejor encima de la tierra que debajo. ¿Viste a la gente? Odia a los milicos pero está aterrorizada, lo que ha pasado en Argentina es incomprensible y tenemos vivo el recuerdo, Elvis, que poco a poco se siente mejor, ¿Y con Olivia? Hasta a mi pobre padre enfermaron, qué cabrones, Vittorio, la raza no me interesa, no tienen lucha, siempre caen en los mismos errores como dice José Alfredo; vamos a ir por esa madre y llevaremos el plan hasta el final y ya, *soy totalmente palacio*, ¿Qué querés decir con eso de palacio?, Eso, el quid es cómo vamos a entrar.

De pronto van rodeados de carros militares, Imaginen que nos detienen, Calla oh César, si no Roma perderá tu voz, responde Ganduglia sin mover un músculo.

Julio Morales se halla en su puesto. ¿San Martín de los Andes? Tal vez lo vendan, Vamos a sacarles las tripas, Tenemos cuatro invitaciones pero no creo que pasemos desapercibidos, ¿Ni cómo mozos?, Ya sabés como se las gastan los de IM, Les matamos seis agentes, señala Tepermann, Más los detenidos de esta mañana, Que Pálida haga estriptís, Me va tío, me ponen en un pastel en pelotas, en cuanto aúllen esos gilipollas les abro, nos apodan los originales, Una cereza en cada pezón, *Yo sin Kleenex no puedo vivir*. Durante unos minutos idean cómo entrar. Llaman a Morales que les confirma que todo está contratado, ¿Llevaron el pan? Todo, Tepermann podría ser galopino, Imposible. Nada es inexpugnable en esta vida. ¿Y la puerta? Mi invento tal vez sirva también para eso.

Las puertas son para abrirse, para cerrarse, Jim Morrison tiene 29 años de muerto y ya sabe ir al baño solo, Pamela estuvo con él en París, ¿Qué tienen los militares que engendran tan buenos músicos? Reconoció Lourdes refiriéndose a Ney Matogrosso, Dejásela a Ganduglia que se la saca con los manulines, Les encantó la tina, Si es computarizada te encargás vos, Lo hará Urganda, después de echar humo Pálida pregunta, ¿Ustedes le van a Boca o a River?, Sólo los tontos le van a River, aclara Tepermann, ¿Vos lo decís, boludo? Los que le van a Boca no tienen un dedo de frente, ¿Quién te dijo a vos que las frentes se miden por dedos? che, no seas pretencioso, Mirá Urganda, ya tú lo verás en el mundial, con ese cretino que tenemos de director técnico nunca llegaremos a la final, Cretinos otros, Alezcano observa por la ventanilla, confía en que la medicina haga su efecto, innumerables personas con pancartas van a la concentración a la Plaza de Mayo, ¿Alguien podría darme mi beso? Bueno fuera que este pinche par de ultratumbanos se agarraran a madrazos, me encantaría verlos con el hocico sangrando para que se les quitara lo cabrones. Le habían contado lo necesario para advertir que conocían los planes desde el principio, curiosamente lo de Marshall había pasado desapercibido y lo del Mossad fue un extra, pa' que te jodan, ¿Ustedes usan antitranspirante o desodorante? Pálida lo observa extrañada, ¿Os sentís mal, chaval? Los otros continúan su disputa.

Al tomar la calle donde vive Alezcano advierten que la casa ha sido tomada, Dos agentes de Inteligencia Militar vigilan. Tres autos negros están sobre el sendero. De hoy en ocho vida mía. Te acabás de quedar sin techo che. Resguárdense, voy a seguir, advierte Tepermann. Sonríe al recordar que dejó encargada las maletas del dinero con la madre de su vecina. Y con este clima, Tepermann avanza a velocidad moderada, los agentes observan. Aurora desde su patio discute acaloradamente con los hombres de verde, ¿Van llegando o van saliendo?, Se nota que les está diciendo hasta de lo que se van a morir, la casa está completamente iluminada, desde el carro se ve lo recio de sus ademanes, Tengo que leer *Adán Buenosayres*, uno de los agentes tiene un disquete en la mano, Adoro a esa mujer, afirma, Pálida sonríe, Bueno que lo dices, chaval, ya estaba creyendo que eras marica.

Hotel Park Plaza. Alezcano duerme un poco, sueña que Chuck lo persigue para que le cante *Run to me*, una horrible canción de los Bee Gees. Pálida fuma, los viejos deliberan. Cuando despierta sabe lo que deben hacer. Silba el *Cielito lindo*, saca el calzón y lo huele. Les comparte cómo van a entrar, los viejos sonríen, Pálida mueve

285

la cabeza aprobando. ¿Qué fue de Celeste?, Debe andar de viaje, así pasa siempre, ¿Y Moreno?, En su casa, recuperándose, ¿No debería estar preso?, Ya lo ajustaremos, ¿Alguna imbricación?, Eso es teoría inglesa che, y nada que sea inglés funciona acá, ¿A qué hora hablará el presidente?, ¿de quién es la frase: La pérfida Albión?, ¿Ustedes no comen? Pálida oye sus tripas, O le están siguiendo el ritmo al enfermo, Espero que no se haya ido muy lejos, de su bolso saca una hoja que entrega a Alezcano, Tu receta tío, luego pregunta a los viejos, ¿Nos vamos?, Ganduglia, ve que esa mujer coma queso. Pálida sonríe. Labios resecos.

Pálida y los viejos bajan al restaurante del hotel.

Alezcano ve su reloj. Enciende el televisor.

Una gran cantidad de personas se ha congregado frente a la Casa Rosada. Llevan pancartas de apoyo al presidente. Gritan consignas. La policía los rodea. Los apedrean. En una calle lateral la caballería aguarda expectante; por lo que se pudiera ofrecer, más atrás, los tanques con el motor encendido y camiones, muchos camiones colmados de soldados. Las cámaras van de un lado a otro. En los pasillos interiores demasiada gente frenética. Los piqueteros están llegando. Las madres de la plaza de Mayo en su ritual vivificante. Se escucha el ruido de los aviones. Aparece el presidente, cerrada ovación. Alezcano sube el volumen. Ve un número en la receta y marca en su celular, canta *With a Little Help from my Friends*. Responde Marshall: Club Caverna, Misa en diez minutos en el Sagrado Corazón, cien metros en once segundos. Sale, había visto un templo a poca distancia, espera que Pálida haya dado bien la dirección del hotel, Jamás una cena me ha costado tanto, *A que no puedes comer sólo una*. Pálida que ha previsto el movimiento y a sentado a los viejos de espaldas a la salida lo ve pasar desde su bife de chorizo. No para de hablar y de mover sus cubiertos. El frío es tecnología de punta.

La iglesia es blanca y pequeña. No cabe un alfiler. Toma asiento. La gente reza prosternada, pide para que se restablezca el orden. Sus rostros macerados son la medida de su fe. Virgen de Guadalupe, que no me falte el valor mi reina, voy a juntar dos puntas de 300 mil volts, así que agárrate de donde puedas, ¿crees que los japoneses superen mi invento? Para mí que se la van a pellizcar. No te enfurezcas ¿en qué quedamos con los curas pederastas?, ¿ya viste lo que te están preparando en los Yunaires? Nueve minutos después entra Marshall, su cara es la de la reina Isabel cuando menstruaba. ¿Qué significa esto Guitarra de Hendrix? Llega con la espada desenvainada, ¿Por qué abortaste la misión? Alezcano no lo deja replicar más, Escucha cara de mis güevos, le da a conocer su nuevo plan y lo que espera de él, Marshall no lo puede creer, ¿Cómo se le escapó ese detalle? Claro que detectó a los golpistas pero jamás imaginó que precisamente su hombre en Buenos Aires estuviera involucrado, un agente que jamás podía atender dos cuestiones a la vez. Se resiste, Estás chiflado, discuten en voz baja, Mis informantes lo aseguran y es bastante comprometedor, Marshall lo mira incrédulo, Confía en mí, qué puedes perder, analízalo, mientras divaga, Pinche puto ¿qué somos sin enemigos? Nada: una mosca en la pared.

Luego me traes como idiota y todavía te aprietas, Minutos después, moviendo la cabeza, Acepto si eliminas la cena con Jagger, ¿Por qué no me la acaricias? Una mujer pide paz para el pueblo argentino a viva voz, Es sólo imbricación ¿no es lo que sostenías en Madrid?, No sé si deba, Deja de hacerle al loco marshall Dillon, un soldado al que jamás se le volverá a ver vio el contenido de la caja, dijo que ustedes podrían todo lo que tocaban, qué te dice eso, Marshall medita, Algo debe quedar en ti del agente naranja, si los paramos será fácil ubicar lo que te interesa de tu príncipe, a eso viniste ¿no? La mujer insiste en que merecen la paz, Un nuevo ascenso no te vendría mal, luego me invitas a comer con Petula Clark, ah, y la cena es inamovible, Si su madre hubiera tenido un affaire con Vicente Fernández, por ejemplo, con mucho gusto le hubiera facilitado las cosas para que se reuniera con el charro de Huentitán, lo juro por esta cruz bendita. Sin estar totalmente convencido Marshall le entrega un Nokia, Utilízalo, estaremos atentos, ¿sabes qué? Estoy más fuera de tono yo que tú, sonríen, Hoy es miércoles, la cena debe ser el jueves de la próxima semana, a las 21 horas. Alebrijo, Alebrije, güey.

La oficina de O'Hara está a oscuras. Abandonada. Afuera el frío es un sexo afeitado.

La hojarasca es una nube viajera.

Alezcano dormita cuando vuelven sus compañeros. *Si quiere tener Smowing tome ginebra Bols.*

Noche cerrada. Pálida cargando su bolso un poco abultado es la última en subir al carro. El viejo Ford de Isaac. «Ese lunar que tienes, cielito lindo, junto a la boca», canta Alezcano. Pasan por el estadio de River Plate, hay gran movimiento de jóvenes, algunos camiones militares están a la expectativa. La muchachada les grita, los apedrea, ellos inamovibles. Es el concierto de Los Fabulosos Cadillacs. Se escucha rock grabado. Elvis abre la ventanilla, ¿Por qué no volvieron a tocar Los Beatles? Seguro por fresas, aunque ayudaron a marcar la época; en cambio los Rolling no han parado. En el estacionamiento no cabe un auto más. Deben estar todos: los que vienen a oír, los que se van a poner hasta las chanclas y los vendedores. *De Tijuana a Yucatán usan sombreros Tardán.*

Hacen escala en la embajada mexicana. El guardia Buenas noches señor Langagne ¿andaba de viaje? Lo reconoce y le permite pasar. Sustrae el atuendo de charro del embajador Campuzano y una botella de tequila Pa' que no me falte valor.

Dos horas antes, cuando afinaban los detalles de que entraría vestido de charro y Pálida como su asistente, la española tuvo una sugerencia que lo dejó pasmado por el resto de la reunión, Ellos esperan un macho, tío, debes ir de mujer. Los tres sabían que tenía razón; con O'Hara eliminado, Yrigoyen podía esperar varias cosas, en su mayoría perpetradas por varones. La mina tiene razón che, Elvis afirmó, Traigo maquillaje y una peluca que te va a quedar que ni pintada chaval, estarás hecho una maja, Vale.

Lo maquilla rápidamente. Se afeita las piernas. En cuanto está preparado dos mujeres toman un taxi. Pinche Marshall ¿estará el hijo de Molly a punto de volver a casa? Si te rajas te arranco los güevos pinche puto, *soy totalmente palacio*, esa cena nos la echamos. Pálida sonríe, Estás chula nena. Tengo que terminar ese libro, quiero saber qué pasa con ese cadáver, voy a tener que comprarlo de nuevo, pues sí, ni modo que regrese a la casa por el otro, cómo no lo preví, se lo hubiera dejado a Aurora junto con el de Marechal y el dinero; pobre Transformer, salió listo el pibe: me sacó de Culiacán, me llevó a Madrid, me rescató de las garras del Magnate sin nombre. Sólo le faltó rascarme los güevos. El autor resultó parecido al abuelo de Morales, y el pinche Calero que escapó, y Moreno en su casa, ¿lo pueden creer? Qué onda mi Molly ¿lista para cenar con su viejo amor ni se olvida ni se deja? Nomás no le pidas que te cante *Angie*, capaz que el ruco se encabrita y le rompe el hocico, ¿crees que no se anima? En esas circunstancias qué se va a acordar del amor y paz, ah, y no se preocupen, Marshall se encargará de conseguirles todo, no permitas que Chuck se comporte como esos mexicanos que contrabandean hasta con su madre . Con este pinche vestido parezco piruja, a poco no, ¿de dónde lo sacaría Pálida? Más vale que no sea fácil mi reina, llegó la hora de la verdad, de veras, lo de Elena está bien, déjalo así, encontró su medio tomate, que le aproveche. ¿Crees que vuelen pelos? Entonces no te muevas de aquí. Necesito un beso.

En el último tango nos vamos

Diez y media de la noche. Llegan caminando. Calle atascada: coches, guardias, ilusiones. ¿Los pájaros? Duermen. En ese momento dos hombres de verde sacan a Julio Morales a empellones, trastabillea, llora, su rostro es una pizza quemada, Mierda, acaban de torcer a nuestro hombre en la Habana, farfulla Alezcano mientras Julio es maltratado y conducido a un auto negro, Me cago en su puta madre, Pálida pone un Gold Coast en sus labios, Guarros de mierda, Hace mucho que no me la acarician, algunos soldados las miran con deseo.

Sobre el suelo el cadáver del agente comisionado es lechuza.

Isaac se ha disfrazado de cartonero y Ganduglia de Gardel. Isaac empuja un carrito lleno de chácharas que le ha comprado a una familia, Vittorio canta *Caminito* acompañado de una grabadora, junto a un camión militar.

Directamente de Las Vegas Nevada, Lola la chica y su fiel asistente, llegan a la casa del ministro entre ocho bailarines de tango, un mago y siete boleadores. Es la mejor cantante de ranchero, Ojalá que te vaya bonito, ¿lo pueden creer? Está muy mona con su jorongo de

291

Chiconcuac, botas de tacón cuadrado, la chamarra negra del traje de charro que le queda grande sobre el vestido, el gran bolso de Pálida y claro, muy maquillada. El sombrero de charro y un gancho con el pantalón los lleva su compañera. Es el regalo de cumpleaños del embajador mexicano al general Frank Alejandro Yrigoyen. El milico que las recibe sonríe, le encanta la música mexicana, a su lado un hombre de verde observa, Sobre todo la de Julio Jaramillo, corrobora, sin embargo, no las encuentra en la lista, Es una sorpresa del embajador Campuzano, el hombre de verde llama por su celular, las fotos de Alezcano, Ganduglia y Tepermann lucen bien pegadas en la puerta, el milico se pone serio y continúa, Permítame ver su bolso, Pálida trastabillea, Perdón, se apoya en el guardia, lo abre, No se preocupe, husmea, mete su mano, saca el calzón morado, Ay qué pena, gime Elvis, el hombre de verde le hace un gesto afirmativo, Pueden pasar, vuelve a sonreír, La maestra de ceremonias les indicará su turno.

El espectáculo es en un salón especial con área de camerinos, cuatro en total que ceden a las bailarinas. Entrega a un asistente la lista de canciones que va a cantar. Se oye el ambiente. Van a volar pelos. Su turno es después de una cantante de tango que pide a gritos le permitan concentrarse. Si las cosas que valen la pena se hicieran fácilmente, cualquiera las haría. Los cancerberos, la mayoría hombres de verde, circulan con conocimiento de causa. Están en todas partes y todos se parecen, Palidasombra Santibáñez, labios violeta, sin soltar el enorme bolso que ya le han regresado y el sombrero, es el ojo sin párpado. La emoción de caminar entre el enemigo no tiene madre. Afuera imperan militares uniformados, adentro exclusivamente agentes de IM, en el SINA hubo razzia; sin embargo, no ponen mayor cuidado a los artistas, en cambio a los invitados no les pierden pisada. Virgen de Guadalupe, hazme el paro mi reina, si en la ESMA no te importó que me rompieran el hocico y me dejaste oyendo fantasmas, no lo repitas por favor, si me vestí de mujer no fue por mofarme, lo sabes; estamos a punto, el ambiente está envenenado y no sabemos qué pasará, ya te prenderé tus veladoras, ah, y perdóname lo de los curas pederastas, ya sé que no es verdad, que es parte de una campaña de desprestigio en contra de la iglesia de unos cuantos periodistas ateos. Qué barbaridad, no sé cómo se me fue a ocurrir. Se asoma al salón, se halla discretamente poblado, un artista de la calle Corrientes cuenta chistes, se oyen oleadas de risa. Pálida explora cuidadosamente los alrededores. Las artistas no paran de resolver problemas. Un poco de rímel che, Una trabita. Elvis lamenta la ausencia de Julio, habrá que seguir el mapa, pobre agente: uno más. Cero-39, estás en mis manos pinche ultratumbano, del RUV: ni me acuerdo, ¿saben quién pasa junto a él en ese momento? La bailarina rubia, la compañera de Julio lleva un pastel en cada mano; lo mira indiferente, sabe que si a Julio le mataron al hermano y arruinaron la carrera del abuelo, a ella le acabaron la familia: tres hermanos y tres papás. Se salvó de milagro. Suspira, la torta, como se llama en Argentina, es de frutas secas. Pálida la sigue por un pasillo, Somos amigos de Julio, musita, No conozco a ningún

Julio, responde la rubia mirándola de frente, El domingo un milico te acarició la mejilla y él se molestó, eso pidió Alezcano que le dijera, la mira dudosa, Lo encanaron, mascullá al fin, Mucho le pedí que no se metiera, todo lo que lo podía perjudicar, nerviosa, temerosa de ser relacionada se le resbala un pastel que Pálida rescata, prácticamente sin moverse, Pues si quieres verlo vivo, ayúdanos y deja de mariconear, murmura, la rubia es de carácter y se controla, ¿Vino don Vittorio?, Está en los camerinos, ¿conoces una puerta que no sea la de la entrada?, Sí, por allá, pero está lleno de milicos, No te preocupes por Julio, tal vez ya lo han soltado, No quiero que me lo conviertan en perejil, «Es imposible Sr. Presidente describirle una imagen real de lo que nos tocó vivir, al abrir las puertas de las salas donde se encontraban los cadáveres, dado que algunos llevaban más de treinta días de permanecer en depósitos sin ningún tipo de refrigeración», ¿Trabajas acá?, Sólo por el cumpleaños y no llegué con Julio ¿viste? De nuevo los nervios le ganan, Dios mío, ayudáme, al paso encuentran meseros, cocineros, cantineros, trabajando desaforados. El pibe me pidió que si le pasaba algo les dijera que por aquí, señala un pasillo, Al fondo, desanda el camino de prisa, «una nube de moscas y el piso cubierto por una capa de aproximadamente diez centímetros y medio de gusanos y larvas, los que retirábamos en baldes cargándolos con palas...» Pálida recorre el pasillo llevando el pastel antes de ir con Alezcano.

Afuera Tepermann discute con los guardias que le impiden acercarse con su carrito, Dejáme recoger algo che, es para la familia, Alejáte jovato, volvé en la madrugada, a esa hora de seguro habrá desperdicios. Se oye el canto de Ganduglia.

Pálida le secretea a Elvis. Rápidamente termina de vestirse de charro, toma por el pasillo que rodea el salón, un par de hombres de verde que se acaba de ubicar lo observan con atención, fuman, silba el *Cielito lindo*, Necesito un beso, no coincide con el mapa, encuentra a la maestra de ceremonias, es una famosa conductora de televisión que tiene un estilo intimista y que se ve en México por cablevisión. Un día en casa de sus padres dijo que era una pobre mujer reconstruida, Déjala en paz, la defendió Molly, Ella simplemente hace lo que tiene qué hacer, como yo, y le dio una profunda calada a su cigarro. No te perdás charrita, le dice, Tú seguís, ¿Qué no voy después de la cantante de tango?, Ya no, Pasa que la mujer se queja de todo y la hemos mandado a la mierda, ese es el tema, Bárbaro, Cantás tres, mandamos los boleadores, los tangueros y después cantás el resto ¿te parece?, Ni mandado a hacer, ¿Cómo te llamás?, Lola la chica, ¿Venís de México?, Directamente de Las Vegas Nevada. En ese momento le entra el desánimo, Pisás fuerte che, apenas sonríe, ¿Por qué tengo que hacer esta mierda yo? No quise ser cantante de rock y vean ¿lo merecen los argentinos? Qué güeva, siquiera trataran bien a Diego, mejor les toco *El espantapájaros azul*, o les hablo de mi invento. Más cosas a mejores precios.

Camina despacio, Me hubiera gustado que cenaran en el Miró, observa un par de puertas, Les gusta y con Mick allí la hubieran pasado perfecto, las pequeñas ven-

tanas por donde se ven los invitados, Con el Transformer
en el otro barrio no creo que sea posible; Goyeneche,
gracias por tenerme fe viejo, te perdono que me dejaras
colgado de la brocha; valiendo madre, nada de esto está
en el mapa, no me puedo fiar, ni modo, al menos qué,
tendrá que ser en el Morphets Arms, los de verde lo miran sin deseo, Entre los colegas de Marshall, mira nomás
estos tipos, son idénticos, lo paran, Voy al baño, precio-
sos, ¿son gemelos?, ellos se encogen de hombros, siguen
fumando. Los pensamientos X lo atribulan, Podríamos
comprar una casa en la Condesa, te va a encantar, ¿qué
tiene ese animal que no tenga yo? Baja una escalera,
¿Quieres que me revuelque con Celeste? Pues te jodiste,
valió madre el asunto. Desemboca en una sala de estar
donde hay un escritorio y un estante con libros, Ella, su
palidez de repostera, me gusta, si la vuelvo a encontrar
la mato, la puerta es un hermoso vitral con Van Gogh
de cuerpo entero, Conocí a Celeste en una misión en
Argentina, me enamoré perdidamente, la iba a matar
pero mejor me la traje y vean, ¿otra vez este güey? Lo
bien que está, como dijo mi reina: ¿qué le ven?, rostro
consternado, Nalgas, cara, sonrisa: toda Meryl Streep,
sostiene la oreja con la punta de los dedos, Ahora que
estamos en edad provecta vivimos en la Condesa, su sitio
natural se ve rojo. Es la puerta. No hay picaporte a la
vista ni algo que señale el mecanismo de apertura. Alezcano se recupera. Toca el borde del retrato, le pica los
ojos, algo tiene, la oreja se mira tan real que llama su
atención, ¿Cómo te abres cariño?, la acaricia, Tienes que
decir las palabras de Alí Babá, tío, Pálida que adivina el

pensamiento le lanza el sombrero, sonríen, Ábrete, sésamo, Vamos chaval, que te toca. Llega la voz de la conductora que anuncia la cálida participación de México, que posee una gran tradición musical, casi tan importante como la de Argentina, salen rápido, que es la mejor del mundo, encuentran a la rubia en el camino con su cara sensual marchita, Sosiégate maja, le dice Pálida, ¿Un cigarrillo? Ella niega con la cabeza, Julio dijo que la oreja, ¿La oreja?, afirma, se apresura a desaparecer, Pálida echa humo y alcanza a Elvis. Maldito viejo macuarro, dónde ando por su culpa. La conductora habla de una pléyade de compositores de la talla de José Alfredo Jiménez, César «Batman» Güemes y Juan Gabriel. Pálida, antes de colocar la pista de canciones rancheras, pasa el mensaje. Está fría y ansiosa, Así debieron comportarse los conquistadores, reflexiona Alezcano, que una vez más se ha posicionado de su papel, Pobres indígenas. Con ustedes, como un obsequio especial del Gobierno mexicano a don Alejandro Yrigoyen, directamente de la capital de su país, la extraordinaria voz de, Lola, la chica.

Aplausos. Tequila doble. Entra tranquilo, coqueta, Qué afortunada soy de estar con ustedes amigos, Debe cantar *Las mañanitas* pero Pálida pone *Volver volver*. Señor general, Reciba el más afectuoso saludo de mi presidente y de mi embajador, el licenciado José López Campuzano. Al salir del Caesars Palace donde estoy haciendo mi temporada anual, invitada por don José, mi dilecto amigo, me dije: Lola, llevas a México en la sangre, ofrécelo a ese señor, y aquí estoy. Canta con buena voz y aunque se ve un tanto escuálida por el enorme sombrero

297

plateado y el traje del embajador, es aceptable. Muchos de los presentes se la saben, Yrigoyen que está en la mesa principal en uniforme de gala, la canta inspirado, a su lado, los comandantes de marina y del aire, tratan de seguirlo. Armengol muy serio. Alezcano cumple, Pálida fuma sin dejar de vigilar. Un colibrí se desboca en su sangre. La vibración del pez globo está a todo lo que da. Cuando recita: «No vuelves porque no quieres, papacito», descubre en una mesa del fondo a Celeste Petriciolli, Qué onda mi reina, su pálido rostro está engalanado con una expresión post mortem, ¿Estás arrepentida? Piensa en un camarón crudo, Sabía que ibas a venir, uno grande, Que por nada del mundo dejarías de oírme, le hace un brindis, ¿Qué tal me veo? A partir de ese momento le canta a ella. No son tres, el público embelesado pide más y más. Pálida le hace señas de que le corte, que están en tiempo, señala el reloj, pero él ha olvidado para qué está allí. Chuck deseaba que fuera vocalista de un grupo de rock y que le demostrara a Santana cómo tocan las nuevas generaciones. No estaba dentro de sus intereses. Una última mirada a Celeste y sale, tiene un plan, Total, tendré que vivir en San Isidro, claro, si ella no quiere vivir en la Condesa. Nutrido aplauso. Deveras que el amor no tiene lógica. Deja el sombrero, la rubia empuja un carrito con trozos de pastel, Pálida lo sigue.

Celeste está en el pasillo, Lo de San Isidro es en serio, eh, tal vez sea el momento de sentar cabeza, da el paso a la cantante, Estás preciosa, ¿y tu marido, regresó?, saca su pequeña ánfora, Mi reina deja eso, es un vicio muy feo, un guardia se acerca, ella la mira sin interés, Pálida con el bolso abierto, ven sus relojes, Van Gogh, el vitral, la cicatriz en la oreja, reflexiona, Claro, *soy totalmente palacio*. Cantás precioso, murmura el guardia con simpatía, Después de la fiesta un par de amigos y yo tendremos una celebración ¿querés venir?, Lola está agotada, replica la asistente, Tal vez mañana, Queremos festejarte a vos, redondea con voz meliflua acariciándole el rostro, Elvis abraza a Pálida, Gracias, nosotras ahora mismo vamos a saciarnos, nos gusta por ahí, señala el despacho, ¿No me engañás?, Ni de coña, responde Pálida, que besa a Elvis en la boca, el tipo sonríe, encoge los hombros, les deja el paso libre.

Siguen las indicaciones de Julio. Contemplan el vitral, Recorren cada matiz. Quedan menos de tres minutos, tío, Alezcano sonríe, *Si quiere tener Smowing tome ginebra Bols*, ¿Sabes qué? Este es el escritorio de Morales, el vitral está al revés, es puerta de emergencia y se abre por dentro, es el fondo de la biblioteca. Con la silla golpea la parte inferior, se rompe, suena la alarma, entran agachándose, Alezcano se apresura a tocar la oreja. El alumbrado es tenue. Nada. Maldice. Se desprende un trozo de vidrio. Observa. Palpa la cicatriz. A un costado se abre una pared aparente dejando al descubierto una caja fuerte. Un segundo. Pálida saca de su bolso, que luego coloca en un estante atiborrado, el pequeño artefacto y el escáner e inicia la apertura, aparecen dos agentes armados, Elvis los dardea, empiezan su extraña danza por los pasillos del enorme archivo. *Si la leche es poca al niño le toca*. Sólo el que ama perdona. Pálida encuentra la caja gris, es pequeña y sin misterio, Alezcano revisa rápido.

Son fotos. Dos atados con más o menos una docena cada uno. El príncipe de Inglaterra se besa desnudo con el Petiso Verón. ¿Y su cadáver? Ve otra donde están de frente, maquillados, sonrientes. El otro atado es de militares. Una de grupo, desnudos, sobresalen Petriciolli e Yrigoyen. Envíala, le pasa la primera, Pálida acciona el escáner. 27 segundos. Pinche Marshall, prepárate para ser *sir*, güey, el que no te conozca que te compre, sólo espero que no se te haya olvidado mi encargo.

De pronto se ilumina el lugar. Están rodeadas. Levantan las manos. Uno de los hombres de verde toma la pequeña caja y las conduce a una sala amplia. Se apaga la alarma. Yrigoyen está cómodamente instalado ante un enorme escritorio, cercado por los comandantes y Armengol. Necesito un beso. El mismo hombre de verde le quita la peluca. Virgen de Guadalupe, tendida como bandida mi reina, Elvis Alezcano, el famoso Guitarra de Hendrix, expresa el ministro con una franca sonrisa, colocan el paquete sobre el escritorio, Vaya vaya, el espía del Submarino Amarillo. Los rostros de los comandantes brillan. A Elvis le bulle la sangre, como ven, hay una cultura, una acumulación de datos en el espionaje mundial, Espero que me sirva cuando salga mi invento, ¿Cómo le ha ido, general? Oiga, usted no se anda con medias tintas, qué fiesta, A propósito, antes de cualquier cosa, quiero felicitarte che, cantás maravillosamente, tanto nos engañaste que ya te estábamos sorteando ¿no es cierto?, los comandantes afirman, Gracias, general, si le hubiera hecho caso a mis padres ahora estaría en el *Hit Parade*, Pero estás aquí, endurece el gesto, Y muy mal

300

ubicado por cierto, un agente corpulento lo encañona, otro a Pálida, ¿Por qué la gente elige guardaespaldas tan voluminosos? ¿Los tiene atrapados Schwarzenegger? Y yo, no tengo excusa, creo que jamás andaré armado, O'Hara se quiso pasar de listo, jugó del lado equivocado y se estrelló, ya tuvo su merecido, suena el teléfono del escritorio, Yrigoyen ve su reloj, responde, Hágalos pasar, cuelga, La prensa nacional e internacional che, se dirige a sus cómplices, Señores, llegó la hora, todo está bajo control, la Casa Rosada está tomada y el presidente inmovilizado, señores, el poder es nuestro; y vos, si encontraste algo en esa caja carece de valor, aquí todo está resuelto. Alezcano se halla completamente repuesto, los ojos de Pálida son el cielo de Madrid en noviembre, ¿Dónde guardó el cadáver del Petiso Verón? Yrigoyen sonríe sarcástico, Su amigo O'Hara en unos días será señalado como traidor y culpado por 37 asesinatos, entre ellos los de Granvela y Verón, Mejor noticia no me puede dar, al fin dejaré de vivir en la zozobra. Una de las paredes es un muro corredizo. Deja al descubierto un equipo de cómputo central y al Magnate sin nombre operando, sus ojos chispean, Los de Echelon tienen algo General, el príncipe de Inglaterra interrumpió su cabalgata matutina para hablar con *mister president*, sus ojos chisporrotean, Una foto es el tema y un favor sobre un asunto muy delicado, ¿Tiene que ver con nosotros? Qué pronto entramos al contexto internacional, Qué sorpresa, Elvis está completamente entonado, Tiene todo resuelto General, un gran hombre a su servicio, apenas lo puedo creer ¿sabe que es mi genio favorito? Cuando era joven reclamó a su madre ¿han visto el trasero de Meryl Streep? Si las cosas que valen la pena se hicieran fácilmente, lo miran sorprendidos ¿qué ha dicho?, Está aterrorizado, observa uno de los comandantes, Intenta transmitir alguna clave, opina otro, Infames triquiñuelas que de nada le servirán, el presidente está acabado y el poder es nuestro, el ejército, la marina y la aviación ya se movilizan, la prensa internacional está en la residencia, el mundo sabrá que el futuro de Argentina son las fuerzas armadas, Qué bien mi general, premítame ser el primero en felicitarlo, Tenemos el poder, haremos de este país un paraíso, Viva la patria ¿ya vio la foto que trae la mina? Pálida saca una foto de su pubis, el guarura que las invitaba a salir la toma y se la da a uno de los comandantes que abre la boca sorprendido, Yrigoyen se la arrebata, Minucias señores, el que repare en esto se muere, Ser homosexual es normal, dice Elvis, Lo incomprensible es retratarse en pelotas, en grupo, ¿para qué?, ¿es su lucha por la defensa de los derechos de los homosexuales?, Cállese imbécil, usted es hombre muerto, chicos, se dirige a los hombres de verde, es tiempo de que el señor se reúna con Sandro Verón, lleven también a la mina, no olviden la inyección antes de lanzarlos, no quiero problemas de que alguno se salve nadando.

Entra Celeste, su pelo es la cascada de MC Escher, Gracias querida, manifiesta Yrigoyen muy relajado, Tu ayuda fue invaluable para detener al señor y descubrir a los traidores, Alejandro, voy a salir, estoy exhausta, tanto ajetreo, tanto ruido, tanta espera, Claro mi amor, ve tranquila, todo está definido, a partir de este momento somos otros, ¿Puedo viajar a París mientras ponés todo en orden? Quiero ir a la ópera, al centro Pompidou, a comer a Le Grand Vefour, Hace meses que mi secretario hizo la reservación en el Palais Royal y ya tiene tus boletos, te lo has ganado con creces, mi amor; Celeste mira a Alezcano como si fuera la mierda del perro del vecino, sus ojos son un brillo perverso, él entristece, recuerda la forma dulce en que se despidieron en el museo, ¿Era una farsa?, ¿no era yo el único hombre que se había enamorado de ella? Dios, te pedí que no metieras tu cuchara, ¿ya ves por qué? Te consta que ya le tenía casa en la Condesa y una reservación en Oceánica para sus adicciones, y con éste ¿no te da pena?, ¿no has visto su foto en pelotas acariciándosela a Calero?, ¿Qué les pasa a las deprimidas? Un hombre de verde lo empuja, ¿Siempre tienen que ser tan traidoras? Pa' que te jodan, ¿y ahora, qué es lo que se imbrica?, Goyeneche, su grupo y hasta Granvela, eran unos ingenuos, ironiza el general, Y a los políticos nos encantan. Calero seguirá en México haciendo lo que más le interesa: dinero, reflexiona Elvis, Y nosotros estaremos encantados de pagarle. Suena el teléfono, el ministro se apresura a responder, *mister president*, qué alegría, no tiene usted idea de cuánto le agradece el pueblo argentino este gesto de humanidad, no cabe duda, estamos ante el más grande estadista de nuestra era, como se lo prometí todo sigue bajo control, breve impasse, ¿Cómo dice? Más breve, No le entiendo, el rostro del ministro se agría, mantiene su atención durante un minuto y cuelga, su mirada se vuelve torva, Me importa un carajo Estados Unidos, exclama, Tomaremos el poder con su respaldo o sin él, el boludo me está ordenando que suspendamos, está chalado, Un favor para el príncipe de Inglaterra, anota Alezcano, Una hermandad verdaderamente inquebrantable, no puede permitir que se exhiba la intimidad de un aliado tan importante, Marshall acaba de cumplir mi encargo, Nuestra patria nos necesita, qué pase la prensa, iremos contra el mismo imperialismo yanqui si se opone a los designios del pueblo argentino, un agente abre la puerta, entra un tumulto de reporteros bulliciosos, Dos hombres de verde intentan salir con sus prisioneros pero los de CNN los matan, Tepermann trae una rabia de pa' qué les cuento, coloca un tiro impecable en la frente de Armengol que se había apostado a un lado de la puerta, los guardaespaldas abren fuego, Yrigoyen no lo puede creer, Ganduglia es el camarógrafo, Olivia Quiroz, locutora, entrenada en Oriente, da un salto espectacular mientras los reporteros caen o se tiran al piso, le quita la caja al general que la tenía contra su pecho y con el mismo resorteo hacia atrás cae entre los heridos que están filmando el caos y transmitiendo en vivo. Se mueven. Sorprender a los poderosos vale doble. Ganduglia recibe un plomazo en un muslo, les avienta la cámara a los comandantes que se han pertrechado tras un estante y dispara a lo loco, Tepermann lo rescata. El Magnate no para de teclear impulsado por una corriente de chispas entre la máquina y sus ojos. Se escurren hacia el despacho de Julio. ¡Que no escapen! Pálida toma su bolso. Saca su pistola y acribilla a tres. Afuera hay una gran confusión, la rubia les hace señas, la siguen, salen por la puerta que antes había señalado porque los milicos están en el escándalo. Sin embargo, poco les dura el gusto. Apenas avanzan unos metros cuando ya traen un comando encima, disparos, Pálida cae, un milico se electrocuta en la barda y se desploma, Alezcano la levanta y corre con ella, suben al viejo Ford y salen como Fangio por su casa. Isaac pone el protector trasero. Olivia Quiroz le ordena ir más rápido. Pálida está aturdida pero su herida no es grave: se nota en su blusa destrozada que la salvó el chaleco. La persecución es intensa, Tepermann se relaja, Echáles aceite, che, sugiere Ganduglia sudoroso por la herida, No funciona la válvula, Los traemos pegados, Vamos a sacarlos, informa Olivia a Alezcano, ¿Qué ocurrió?, marca un número en su celular, Isaac toma avenida Libertador por un carril interior, una larga fila de camiones militares ocupa los otros. Pálida pasa crema y algodón a Elvis para que se desmaquille, Nada que a Inglaterra llegó una foto donde uno de sus príncipe se exhibe desnudo con el Petiso Verón, agregamos que teníamos varias y que si no paraban el golpe las daríamos a conocer, Seguramente el príncipe Carlos solicitó ayuda a Estados Unidos, los gringos, que poco le niegan a los militares del mundo, lo hicieron, no obstante, no contaban con la soberbia de Yrigoyen, Ganduglia lo mira inquisitivo, ¿Involucraste a los ingleses a nuestras espaldas? Vaya que sos cabrón, Fue por la causa, viejo, sonríe con media cara desmaquillada, ¿Solicitará ayuda el presidente a los norteamericanos, evitará que esos tíos tomen el poder? Le pasa otro pedazo de algodón, Lo más seguro es que le toque bailar con la más fea, Un trago no nos vendrá mal, Ganduglia ofrece una ánfora de whiskey, Porque estamos vivos y porque esa decisión parece que resultó adecuada, beben apresurados. El Ford derrapa por Sarmiento. Un camión militar intenta tapar el paso pero Tepermann es más rápido. *Donde su crédito vale más que su dinero*, Cuando menos tres coches negros le pisan los talones. Demonios. Olivia está enganchada con alguien, habla en clave: En la Media Luna, cerca de Comala, instante que aprovecha Alezcano para tomar varias fotos inglesas del paquete y entregarlas a Pálida, cuelga, le secretea: Para Marshall, no se las des antes de una cena que ya tenemos concertada en el Morphets Arms, luego te lo explico por *mail*, ¿Quién ha inventado el teflón?, sonríe, Dupont, yo inventaré algo para cuidar tus manos, ya verás, el trayecto ha sido entre una lluvia de balas, ¿Tú?, Ya te contaré, mira a Olivia, Pinche Dobermana, ¿de qué estás hecha?, La idea es tomar un helicóptero en el aeroparque Jorge Newberry, explica Olivia, Evidentemente no va a ser posible. Toman Leopoldo Lugones a 180. Los demonios andan sueltos. De un jeep les llega un obús que pasa silbando por encima. Vittorio saca la bazooka, ya me hartaron che, Isaac concentrado, Olivia vuelve a llamar al helicóptero y les propone moverse. Imposible detenerse en el aeroparque, continúan entre cuidadas áreas verdes profusamente iluminadas, Isaac no le saca el pie al acelerador, ni cuando el carro da bandazos, Primero nos encana la muerte que caer en manos de esos hijos de puta, manifiesta Vittorio, sus ojos diegorivera están apagados, ¿Alguien podría darme un beso? Fuku cabrón, lo traigo en los güevos, y hace mucho que nadie me acaricia.

Los tiros suenan en el protector. Elvis, ¿sabés manipular esta cosa?, ¿Por qué me hizo eso Celeste? Hijo de Molly, ya ni la friegas, enamorarte de la mujer del dictador, pobre Sandra, Yo sé, Pálida la toma decidida, baja el cristal de la ventanilla y dispara. El carro más cercano se incendia, da una serie de trompicones y queda atravesado. Los otros pierden segundos valiosos esquivándolo. Pálida suelta el arma que cae sobre el asfalto. Ganduglia aprueba sonriendo. En el Monumental de River continúa la fiesta, alcanzan a ver las luces, los reflectores de largo alcance recorren el cielo nublado y frío. El helicóptero los sigue a distancia, el piloto prefiere no exponerse a los fogonazos, hace creer a los perseguidores que es refuerzo. Alezcano tiene una idea, Entremos al estadio, grita, Tepermann maniobra, maldito carcamal, alcanza a tomar Udaondo, salta tres camellones y se vuelca, el carro queda llantas arriba, Alezcano sale, saca a Ganduglia que se ha desmayado. Los demás, sucios y maltrechos salen por su propio pie. Olivia lo jala, Vamos, dice adios a Tepermann, Me despides de Vittorio, Dejáte de sentimentalismos che, rajen, que los hijos de puta ya están aquí, les hace frente. Siguen al estacionamiento, corren entre los carros, Tío, fue un placer, externa Pálida que se da tiempo para un beso rápido, luego se escabulle entre la gente, los camiones de los milicos se ven monstruosos, pistola en mano entran al estadio, los de la puerta no dicen ni pío, Elvis lleva la caja. Detrás llegan los demonios. Entran. El escándalo es mayúsculo, el ambiente se halla a todo lo que da, Fuimos al concierto de Los Beatles en 66, ¿por qué no me había acordado de Joe Cocker? El campo de juego está lleno de jóvenes eslamiando, Con sus botas de estrellitas azules, Los Fabulosos lanzan *Revolution Rock*, Haciendo como que toca la guitarra. Alezcano y Olivia empiezan a brincar como el resto. Isaac y Vittorio son reducidos. Una gran pantalla complementa la enorme energía del grupo cuyo concierto se transmite en vivo y a todo color. «Todo mundo a mover los pies y a bailar hasta morir», Es una música acá, león contra pantera. Olivia no deja de mirar al cielo y a los hombres de verde que se desplazan entre la gente como gusanos de seda. Sígueme, Elvis la jala. Abordan a un camarógrafo de los que toman el ambiente, Elvis le muestra una foto y le explica rápidamente su pretensión, el chico sonríe, Macanudo, dice, lo diré ahora mismo al pibe de control, le va a encantar, mataron a sus viejos en el 77. El cámara hace una toma de la foto donde están los militares desnudos. Le agradecen. El helicóptero sobrevuela el estadio, la gente celebra la foto en la pantalla al igual que al helicóptero, piensan que es parte del espactáculo, ¿Quién va a cenar con Sophia Loren? Mete la caja bajo la ropa, el helicóptero desciende, los jóvenes gritan. Los de verde se han quedado estupefactos al ver a sus jefes en pelotas, ellos siguen brincando, Olivia saca su celular pero se le cae y es pisoteado por un bailarín. Servido maestro Goyeneche, varios milicos pasan a su lado. El helicóptero baja, no obstante vuelve a subir porque dos jóvenes se cuelgan, caen sin consecuencias, No queda de otra, grita Olivia, hace una señal con una pequeña linterna, el aparato se deja caer, se prenden de las patas. Unos jóvenes los imitan dando alaridos pero pronto se sueltan. Olivia como gimnasta da un giro en la barra y se pone de pie sobre ella, el aparato escapa en vuelo rasante entre una lluvia de tiros, en un extremo gana altura, un hombre la ayuda a llegar a la cabina, Alezcano, once segundos en cien metros, poco acostumbrado a sobresfuerzos, ¿Qué onda mi Ana, se hace la medalla o qué?, se halla inmovilizado, sufre, Virgen de Guadalupe, no me vas a dejar colgado aquí toda la vida después de por lo que he pasado, ¿verdad? Ya te dije que lo de los curas pederastas es un infundio, ¿dónde dejé el calzón? Al fin logra poner una axila en la pata y se agarra, Se fue en el bolso de Pálida, se siente débil, los demonios disparan de nuevo, abandonan el estadio. El hombre que ayudó a Olivia baja, logra ponerlo de pie. Sube. La ciudad es un árbol que se seca. De pronto, un camión arde y fue como el detonador para que ardieran todos. Los bomberos lo advierten pero tranquilos, aquí no ha pasado nada que siga la fiesta. La ciudad se llena de puntos luminosos. Mierda, será mejor que trabaje en serio en el abrecidís.

Cinco minutos después sobrevuelan el Río de la Plata. Las luces se alejan. ¿A dónde vamos?, A Colonia, territorio uruguayo, hay una avioneta esperándote. El agente del SINA que los ha rescatado se acerca, La caja, che, Elvis se la pasa, se sorprende al checar el contenido, luego le entrega un sobre, La clave de Zurich, Olivia saca un Nokia, La envía el señor presidente como agradecimiento, Ya, ¿lo pueden creer? Pinche viejo pergamino, siempre se sale con la suya. Lo abre: «Julio Florencio Cortázar», Vaya, vaya, así que su segundo nombre es

Florencio, mejor le hubieran puesto Emiliano Zapata, Olivia la envía, Acaba de llegar a México, informa con una sonrisa, ¿Te sirve haber trabajado en Sillicon Valley, verdad?, Fue una buena época, ¿Y los viejos?, Van a estar bien, en este momento deben estar en manos del SINA, eso de la foto fue genial. Escuchan el ruido sosegado del helicóptero, Cortázar escribió la historia de un hombre que muere en un sillón verde, se acuerda, ¿Cómo sigue tu estómago?, Bien, con el relajo ni me acordé, Vas a seguir la ruta de los narcos, en unos días estarás en México, ¿Y tú?, Me quedo, ¿Eres del CISEN?, Más o menos, Creí que sólo espiaban políticos y amas de casa, La gente cree muchas cosas, Mis respetos, hace un gesto de que no importa, ¿Mataron a O'Hara?, Es lo más probable, ¿Te puedo pedir un favor?, Puedes, Con la mamá de mi vecina en la casa de Núñez dejé dos maletas, hay tres cosas que quiero tener: un libro, un collar y mis honorarios, el collar me urge, le dicta la dirección de sus padres, El resto me lo puedes enviar por valija diplomática, Cuenta con ello, silencio, Ya vi que escribiste los recados, sonríe seductora, Tienes bonita letra, Gracias, desea preguntarle sobre su comportamiento en la embajada pero, ¿Te digo algo?, Olivia hace un gesto de aceptación, Eres hermosa, Tú no estás nada mal, ¿Alguna vez te deprimes?, Jamás. Lo que es no servir pa' nada.

Epílogo

Diez días después llega a Cancún. Entre volar y esperar se ha repuesto. ¿Y Gilillo Vega Real? El gañán debe estar en lo suyo. Un loco que apenas me conoce, *En la casa en la oficina tenga usted Vitacilina*. Lo esperan. Cero-39 está feliz. Viejo mañoso, quiero ver que un día pierda una. Lo abraza, ¿Todo bien, tarugo? Lo palpa, no vaya a traer micrófonos en el cuerpo, Hace mucho que no me la acarician, hasta su media sonrisa se ve fresca, Bienvenido. Llegas justo a tiempo, aduce Cero limpiándose el sudor, Sígueme, ¿Y mi padre?, Muy bien, de viaje, No me gustó ese asunto de involucrarlos, exijo más respeto para mi familia, Tranquilo zonzo, estuvieron en Houston, tu padre está más sano que tú, según informes ahora andan en Europa, Elvis sonríe, A esta hora deben estar quemándole las patas al Judas, Y qué, muy su gusto ¿no?, ¿intentó usted alguna vez quitarle aficiones a sus padres?

Calero camina apacible hacia la salida internacional.

Cuando se enteró por la prensa de que el golpe militar había fracasado se escabulló. Viajó por tierra a Cancún donde ha permanecido desde entonces. Nunca supo que le habían puesto *chips* en los zapatos. Claro, está en un proyecto con respaldo en las más altas esferas políticas y económicas y le han prometido impunidad. Eso le informaron la noche anterior y le ordenaron volar a Miami para ultimar detalles. Arrastra una pequeña maleta. Se ve radiante. El aire de los triunfadores. Elvis experimenta escalofrío, Pinche puto, quién te viera güey, tan decente y espigado, ¿por qué no torturas a tu madre? Se acercan dos agentes, le piden identificación. Solícito muestra su pasaporte. Los agentes le comunican que está detenido, Debe haber un error, exclama, Soy el director del RUV, Precisamente por eso, recalca el agente de la Interpol que lo esposa, Permítame hacer una llamada, Es su derecho pero será en la oficina, le decomisa el celular. Desde un puesto de periódicos cercano el viejo y Elvis observan. Se deja conducir, va confiado, seguro de que será rescatado en cuanto conecte con sus jefes.

Al pasar junto a Elvis se sorprende, Alezcano le hace el gesto romano de: chupaste Faros güey, a la vez que identifica su foto y se clava en una cabeza reveladora en el periódico *Reforma*. Se paraliza. Continúa caminando pero trastabillea. El viejo vigila con su media sonrisa. Elvis toma el periódico, Observa la foto y el encabezado: «Un torturador en el RUV»; sin embargo, se detiene en una noticia secundaria generada en Italia: «Mick Jagger desaparecido». Sonríe, el viejo lo vuelve a la realidad, Te tengo una buena y una mala, ¿cuál quieres primero?, caminan, La buena, Llegó tu lana, podrás pasar una larga temporada sin sobresaltos, Mientras no sea una temporada en el infierno está bien, ¿y la mala?, Elena no quiso venir, le echa el brazo al hombro, Tenías razón, es de las que no vuelven, silencio, Elvis saca la micro, ¿Le lleva esto en mi nombre?, Cero se la guarda en el bolsillo del que extrae un calzón rojo, Sin embargo, rescatamos esto para ti, se lo pasa, Es de antenoche. Sonríen, un hombre es sus amores, piensa y reconoce que le hubiera gustado mucho uno de encaje.

Latebra Joyce, julio de 2004

Esta novela y yo debemos mucho a:

Arturo Pérez-Reverte, 00C, Aurelio Major, Librada Valenzuela, César Güemes, Noemí Ales Gatti, Mario Magagnini, Martín Solares, Laura Ales, Carlos Ruiz Acosta, Aurora Gatti, Veckío Mendoza, Jutta Tesche, Alfonso Orejel, Lucila Lobato, Mario González Suárez, Elizabeth Moreno, Álvaro Rendón, Ian Carlos Mendoza, Susana Fanton, Daniel Sada, Eduardo Antonio Parra, César López Cuadras, Claudia Guillén, Oscar Cuende, Hugo Valdés, Lourdes Hernández, David Toscana, Felipe Ehrenberg, Lya Mendoza, Jorge Sánchez, Héctor Mendieta, Horacio Castellanos Moya, Agustín Coppel, Federico Campbell, María Paredes, Nelly Sánchez, Juan José Rodríguez, Humberto Hernández Gálvez, Carlos Barriga, José María Miranda, Felipe Parra, Papik Ramírez y su espía, redactores de *Reforma*.

Agradezco su tiempo, sus ideas, su curiosidad, su estímulo, su hospitalidad.

Las citas referidas a la tortura en Argentina son del libro de Ernesto Sábato mencionado.